KB096175

시티
투어
버스를
탈취하라

시티
투어
버스를
탈취하라

최민석 소설집

창비

차 례

Track 1

시티투어버스를

탈취하라

내 이름은 '유리스탄 스타코프스키 아르바이잔 스타노크라스카 제인바라이샤 코탄스 초이아노프스키'다. 줄여서 '초이아노프스키'라 부르기도 하고, '초이'라고 부르기도 한다. 이름이 꽤나 긴 탓에 태어나서 내 이름이 정식으로 불린 것은 딱 두번뿐이다. 한번은 출생신고를 할 때였고, 다른 한번은 초등학교 입학식 때였다. 중학교 때부터는 선생님들도 '유리스탄 스타코프스키 아르바이잔…'까지 읽다가 그냥 초이아노프스키로 불렀다.

이름 때문에 가장 가슴 아팠던 기억은 바라바라스키와의 일이었다. 바라바라스키는 7년을 사귄 여자친구였다. 그녀는 키르기스스탄에서 가장 유명한 이스쿨 호수 앞에서 고무튜브를 빌려주는 일을 했는데, 큰 눈과 시원한 목선이 사랑스러웠다. 순수 키르키스족으로서 집에서도 매우 마음에 들어했고 섹시하면서도 조신한 맛이 있었지만, 헤어질 수밖에 없었다. 내 이름을 못 외웠기 때문이다. 7년 동안 정확히 부른 적이 한번도 없다. 차라리 그냥 줄여서 부르면 상관없겠지만, 무슨 생각인지 매번 틀리면서도 굳이 다 부르려 했다. '유리사탄(×) 스타코프스키 아르바이잔… 사랑해'라거나, '유리스탄 스타코폴스키(×) 아르바이잔… 그리워.' 이런 식으로 7년 넘게 들으니 나로서도 자꾸 난처해졌다.

사랑을 저버리면서까지 내가 이름을 고수하는 데는 이유가 있다. 내 이름에 들어간 모든 이름이 내 조국 키르기스스탄을 용맹하게 지켜온 조상들의 이름이기 때문이다. 아버지 아르바이잔은 러시아에 항거했고, 증조할아버지 스타노크라스카는 우즈베키스탄에, 고조할아버지 제인바라이샤는 코칸트족에게, 그보다 앞선 할아버지의 할아버지들은 투르크족과 몽골, 위구르족에 대항해 몸 바쳤다. 지금 나 '유리스탄 스타코프스키 아르바이잔 스타노크라스카 제인바라이샤 코탄스 초이아노프스키'가 자유의 공기를 마시며 독립적인 생활을 영위하는 것은 모두 내 이름에 등장한 선조들 덕분이다. 나뿐 아니라 온 키르기스스탄 민족이 내 이름에 등장하는 선조들에게 감사해야 한다고 굳게 믿고 있다. 그러므로 내 이름은 우리 민족의 자랑스러운 역사이며, 나를 존재하게 하는 정체성과도 같다.

그런데, 나를 자꾸 '최씨'라고 부르는 사람이 있다.

나는 지금 한국의 안산에 와 있다(아…… 안산의 짜장면은 정말 맛있다). 용사의 후예인 내가 왜 한국의 안산에 있는 공장까지 왔느냐면… 일단은 돈이 궁해서였다. 카자흐스탄에서 빵을 굽는 작은삼촌에 의하면, 한국에 가서 일하면 한달에 일년치 급여를 벌 수 있다는 것이었다. 최근 우리 가문은 키르기스스탄의 경제 악화 탓에 주변 국가로 흩어져 비즈니스 활동을 펼치고 있다. 군인 가문에서 상인 가문으로의 대전환이 일어나고 있는 셈이다.

가장 먼저 외국에 나간 이는 작은삼촌이고, 나 역시 그의 영향으로 이곳에 와 있다. 여동생은 상하이에서 민속인형을 팔고, 작은삼촌은 투르크메니스탄의 식당에서 일하고, 아버지는 우즈베키스탄의 양조장에서 일하고 있다. 이런 가문의 흐름에 역행한 사람이 있는데, 바로 큰형 '스타로프스키…… 초이아노프스키'다(그의 이름 또한 몹시 길다. 중략이 미덕인 것 같다). 그는 자본과 결탁하는 행위야말로 가문의 수치라며 현재 아프가니스탄에 건너가 탈레반과 공모를 꾀하고 있다. 이것이 바람직한 방향인지는 모르겠으나, 큰형만이 우리 가문의 명맥을 유지하고 있다. 나는 그를 존경한다. 그가 무서워서 그런 것은 절대 아니다.

나는 이제 아홉살 된 막내여동생 유리를 위해 매달 집으로 돈을 보내고 있다. 유리는 웃는 모습이 정말 귀엽다. 유리의 웃음을 보면 세상의 모든 근심이 다 휘발되는 것 같다. 유리가 나보다 스물다섯살이나 어린 이유는 순전히 아버지 때문이다. 우즈베키스탄의 양조장에서 일하는 아버지는 저임금의 현실을 개탄하며, '월급 이

외에 무엇이라도 받아야 한다'는 궁리 끝에 양조장의 술을 매일 밤 몰래 마시기 시작했다. 밤마다 꾸역꾸역 술을 마신 지 7년째, 아버지는 알코올중독자가 되었다. 그러고선 무턱대고 성욕을 해결하고자, 용맹해진 남근을 과시하듯 여기저기 휘두르기 시작했다. 양조장에선 아버지의 문제를 파악하자마자 곧장 두달간 귀가 조치를 취했다.

아버지는 집에 돌아온 그날밤, 63세의 나이로 유리를 탄생시켰다. 어머니는 훗날 닥치는 대로 달려드는 아버지를 온전히 받아주는 게 상책이었다고 회고했다.

아버지의 양조장을 생각하니까 말하지 않을 수 없는 사람이 있다. 바로 나를 테러리스트로 만든 자다. 유순한 상인으로 살려고 했으나, 결국 포악한 용사로서 살게 만든 그. 나를 '최씨'라 부르는 사람. 우리 가발공장의 사장 '안면수'다. 사람들은 그를 '안면몰수'라 부른다. 안면몰수가 나를 최씨라고 부른 것은 나를 처음 보던 날이었다. 그는 내 이름을 '유리스탄 스타코프스키 아르바이잔…'까지 읽다가 마지막 '초이아노프스키'를 보고선, 금세 최씨라 불렀다.

"어, 초이? 초이면, 최씨네. 그냥 최씨라고 해." 안면몰수는 웃으며 말했다. 그것은 내가 본 그의 마지막 웃음이었다. 그뒤부터 그는 양 눈썹을 하나로 쭉 이어붙일 듯 인상을 찌푸리며, "최씨, 머리 잘못 붙이면 니 머리를 뽑아버린다" "최씨 눈 삐었어? 눈깔을 뽑아버릴라" "최씨, 어제 병원 갔다 왔으니 일당 깠어. 꼬우면 병신 되지 말든가" 같은 말을 습관처럼 해댔다. 사장이 일단 최씨라고 부르면 그 뒤에는 사전에도 없는 말들이 나온다. 나는 처음에 그것이 무슨 말인지 잘 몰랐으나, 몽골인 바타르의 도움으로 나쁜 뜻이라는 것을 알았다. 바타르는 한국어와 러시아어를 모두 구사하는 인텔리지만, 여기서는 그냥 박씨로 통한다.

사장은 어디서 그런 기술을 배웠는지, 직원들의 이름을 들으면 곧장 그것을 한국식으로 바꾸는 재주를 지녔다. 그것 하나만은 인정한다. 나는 최씨, 바타르는 박씨, 콩고의 주글레리는 주씨, 에티오피아의 워크네시는 내씨, 네팔의 쿠마리는 구씨, 이런 식이다. 인도의 라시가 라씨가 된 건 당연한 귀결이었다. 그나마 내 이름이 가장 정성 들인 작명이라 한다.

그는 이렇게 모든 것에 한국식을 강요한다.

"너희 여기에 배우러 왔잖아. 너희 꼴랑 이 돈 몇푼 때문에 브로커한테 비자 사서, 배 타고 비행기 타고 이까지 와서 쪽방에서 새우잠 자는 거 아니잖아. 너희는 꿈이 있어. 그 꿈을 가슴에 품고 인도양, 태평양, 대서양 넘어온 거야. 여기서 배워서, 너희 고국에 돌아가 그 정신과 기술을 전수하겠다는 꿈 말이야. 안 그래? 주씨! 너희 대통령 여기 와서 새마을운동 배워갔잖아. 간단해. 새벽 4시에 일어나서 5시부터 일하는 거야. 밤 12시까지 일하고, 윗사람들 보면 90도로 인사하고, 밥 주면 두 손으로 '감사히 먹겠습니다'라고 인사하고 먹는 거야."

그는 우리에게 한국의 스승을 자처했다. 한국의 스승은 사랑하는 제자를 위해서는 때로는 매를 들기도 하는 거라며, 애제자 라씨를 매로 키웠고, 몽골에서 온 여제자 치치게 지씨에게는 야간 특별 수업을 해줬다. 치치게는 수업을 받고 나온 후면 아랫도리가 아파

제대로 걸을 수 없었고, 라씨는 사랑의 훈육을 받는 날이 길어질수록 허리를 제대로 쓸 수 없었다.

나는 정의를 실천해온 가문의 후예로서 이런 일을 보고 있을 수만은 없었다. 당연히 라시 라씨에게 안산시청에 민원을 제기해 인간으로서의 기본권을 되찾으라고 했다. 라씨는 내 말대로 민원을 제기했고, 곧바로 불법체류자인 게 탄로나 추방당했다. 그는 치치게의 강간도 함께 고발했는데, 치치게도 보건소에서 검사를 몇번 받더니 에이즈나 매독 등 기타 성병에 걸리지 않았다는 위로와 **동시에**, 추방 명령을 받았다.

나는 바타르 박씨와 함께 대형 신문사에 제보했으나, 한국의 주류언론을 자처하는 그 신문사는 자신들의 자유주의 철학에 맞지 않는다며 우리 이야기를 거부했다. 결국 이름을 처음 들어보는 어느 작은 인터넷 매체에서 우리 사연을 기사화해주었는데, 맙소사—— 거기에는 우리보다 더한 사연들이 바글댔다. 폭행이나 월급 체불은 우리가 보기에도 기사 축에도 못 낄 것 같았다. 오히려 기사를 내주는 게 눈물겨울 정도였다. 그리고 그 기사 아래에는 '오늘밤 뜨거워요' '저 지금 촉촉해요' 따위의 성인광고 댓글만이 우리를 지지하는 듯했다.

웬만하면 참으려 했으나 나의 울분이 극에 달한 사건이 있었다. 그건 바로 콩고에서 온 주글레리 주씨의 죽음이었다. 주씨는 떡을 먹다가 죽었다. 경찰은 주씨의 죽음에 대해 한국에서 가장 오래되고 흔한 사고사라고 했다. 떡 먹다 목 막혀 죽은 사람들의 무덤을 쌓아놓으면 태백산맥을 능가할 것이라며 껄껄댔다. 나와 바타르는 단순 사고사가 아니라 산업재해라고 주장했지만, 경찰은 들으려는 의지가 없었다.

우리가 산업재해라고 주장하는 이유는 순전히 '안면몰수' 때문이다. 안면몰수는 언제나 주글레리 주씨를 느리다고 타박했다. 콩고가 가난한 것도 느려터졌기 때문이고, 콩고의 내전이 끝나지 않는 것도 느려터졌기 때문이라고 했다. 사장은 주글레리 주씨도 계속 느려터진 채로 있다면 새마을운동을 제대로 배울 수 없다고 단언했다. 안면몰수의 논지에 따르면 새마을운동의 요지는 바로 속도다. 초스피드로 일어나고, 초스피드로 일하고, 초스피드로 밥을 먹고, 초스피드로 똥을 싼다. 그래서 사장이 우리 공장에 걸어놓은 사훈은 '게 눈 감추듯 밥 먹자'다(평소 성격을 고려할 때 '게 눈 감추듯 똥 싸자'라고 정하지 않은 게 다행이다). 주글레리 주씨가 운명하던 그날, 사장은 우리에게 떡을 돌렸다. 자기 딸이 Y대 로스쿨에 합격했다며 말이다. 한국에서는 좋은 일이 있으면 떡을 돌리는 것이라 으스대며, 역시 '게 눈 감추듯' 먹고 일하라 했다. 평생 처음 떡을 맛보게 된 주글레리 주씨는 사장 눈치를 보며 떡을 한번에 열개씩 입안에 털어넣었다. 서른개째 쑤셔넣는 순간, 동공 옆으로 빨간 실뿌리들이 번지더니 그대로 고꾸라졌다. 주글레리 주씨는 가발 더미에 머리를 박고 즉사했다.

경찰은 우리 말을 믿지 않았다. 바타르 박씨가 열심히 설명했으나, 옆에서 쿠마리 구씨가 '송편이 정말 달았다'고 증언하는 바람에 그만 주글레리의 식탐과 부주의에 의한 사망으로 단정지었다. 쿠마리 구씨는 부인이 도망가고, 딸마저 연락이 끊겨 제정신이 아니었다. 쿠마리 구씨는 나이를 가늠할 수 없는 외모를 지녔는데, 자신은 삼십대라고 주장했지만 그 말을 믿는 사람은 아무도 없었다. 불에 탄 민둥산 같은 헤어스타일과 역시 산 같은 배 덕분에 안면몰수보다 더 사장 같아 보이기도 했다.

주글레리 주씨의 장례식은 안산의 한 병원에서 치러졌는데, 조문객은 공장 사람들뿐이었다. 세상은 주씨의 죽음과는 무관하게 흘러가고 있었다. 일요일이었지만 그의 죽음 앞에 모인 우리가 게으르게 느껴질 정도였다. 어디선가 안면몰수가 호통 치는 소리가 들리는 듯했다. 우리는 말이 없었다. 그저 장례식장 휴게실에 있는 TV 소리만이 일요일 낮 동네를 지나치는 고물상 방송처럼 들려올 뿐이었다.

TV에서는 '다이내믹 코리아' 광고가 나오고 있었다. 한복을 곱게 차려입은 여인이 얼굴에 인자한 미소를 띠고 부채춤을 추고, 아이들과 아버지는 인사동을 배경으로 팔을 벌린 채 어서 오라고 손짓한다. 용광로에서 나온 쇳물을 퍼나르는 노동자의 땀방울이 보이고, 몸에 붙는 슈트를 입고 서양 바이어들 앞에서 발표하는 여성이 지나가고, 웃으며 악수를 한다. 끝으로 인천공항 앞에 부채춤을 추던 한복 입은 여인, 악수했던 서양 바이어, 제철 노동자, 그리고 아이들에게 꽃을 선물받은 네팔, 몽골, 인도, 키르기스스탄 노동자들이 모여 있다. 세상에서 가장 행복한 미소를 짓고 있다. 마치 이곳이 낙원이라는 것처럼.

그때 나는 결심했다.

청와대를 폭파하기로.

*

일단 목표를 정하자, 언제부터 그랬는지 쿠마리 구씨가 자신은 히말라야의 후손이라며 합류했다. 바타르 박씨 역시 칭기즈 칸의 후예라며 의기투합했다. 칭기즈 칸 정도면 수많은 여자들과 잤을 테고 따지고 보면 모두 다 직계 후손이 아닌가 싶긴 했지만, 일단 그의 이름은 마음에 들었다. 알고 보니 박씨의 이름, 즉 '바타르'의 뜻은 영웅이었다. 일단 이름은 합격점이었다. 하지만 이름으로 따지면 나 '유리스탄 스타코프스키 아르바이잔 스타노크라스카 제인바라이샤 코탄스 초이아노프스키'를 따라올 자가 없다. 이름 자체가 용사의 족보 아닌가.

테러를 작정하고 가장 먼저 떠올린 사람은 큰형, '스타로프스키'였다. 우리는 보안상 그를 '별'이라고 부르기로 했다. 별은 접촉 결과, 탈레반의 총애를 한 몸에 받고 있었다. 별은 아프가니스탄에서도 한국의 이율배반적인 외교에 치를 떨었다며, 탈레반으로부터 적극적인 지원을 받아주겠노라 약속했다. 우리는 별의 지침에 따라 계획을 세웠다. 사실 쿠마리 구씨가 합류한 것도 별의 계획에 감탄해서였다. 바타르 박씨의 평가에 의하면, 우리의 계획은 톨스 또이의 문장만큼이나 사려 깊고, 앤디 워홀의 그림만큼이나 대담하고, 아인슈타인의 상대성이론만큼이나 간결했다.

1. 별이 탈레반으로부터 공수한 폭탄 재료를 가지고 입국한다.
2. 우리는 관광객을 가장하여 시티투어버스를 탈취한다.
3. 청와대로 돌진하여 폭탄을 투척한다.

실로 대담하고 간결하지 않을 수 없었는데, 우리는 특히 시티투어버스를 탈취하기로 한 대목에서 감탄했다. 우리 중 누구도 그 버스를 타본 적이 없었기 때문이다. 모두가 그날을 기다렸다. 시티투어버스는 한국이 내세우는 역겨운 친화적 이미지의 대표적 허상이었는데, 그것을 탈취한다는 게 여간 벅차지 않을 수 없었다. 게다가 출발지점이 광화문이었다. 한국인이라면 누구나 자랑스럽게 여기는 세종대왕과 이순신이 지키는 광화문에서 시티투어버스를 탈취당한다면 틀림없이 온 나라가 당황할 것이다. 승객을 인질로 납치할 것이므로 경찰이나 군대는 버스를 폭파시킬 수 없다. 일단 탈취에 성공하면, 우리는 차를 돌려 청와대로 직행한 후 별이 제조한 폭탄을 투척할 예정이었다. 그후는 신에게 맡기기로 했다. 구차하게 도망 다니느니 장렬히 전사하거나, 혹시 살아남게 된다면 떳떳하게 체포돼 세상에 우리의 뜻을 알릴 것이다. 과연 전사다운 선택이었다.

디데이는 나의 비자가 만료되기 하루 전인 2010년 4월 1일. 그날 우리의 성전(聖戰)이 시작된다. 이 나라의 반인륜적인 행태가 만천하에 공개될 것이다. 키르기스스탄의 용맹한 전사인 나 '유리스탄

스타코프스키 아르바이잔 스타노크라스카 제인바라이샤 코탄스 초이아노프스키'와 히말라야의 자손 쿠마리 구씨, 칭기즈 칸의 후예 바타르 박씨는 각자의 검지를 베어, 사발에 담긴 물에 핏방울을 떨어뜨려 나눠 마셨다. 그날 우리는 이 땅에 정의를 세우기 위해 목숨을 건 혁명을 단행하기로 결의했다. 그 혁명은 피를 나눈 우리 손에 이룩될 것으로 보였다. 확실히 그렇게 보였다.

별이 입국을 거부당하기 전까지는.

*

별의 정식 이름은 '스타로프스키 스타코프스키 아르바이잔 스타노크라스카 제인바라이샤 코탄스 초이아노프스키'다. 그의 이름을 정확히 아는 것은 지구상에 그 자신과 나 두명뿐이다. 내가 정확히 아는 이유는 내 이름과 앞부분만 다르기 때문이다. 우리의 이름이 숨차도록 길면서도 숨 막히게 유사한 이유는 아버지가 이름 짓는 데 그만 지쳐버렸기 때문이다. 아버지는 혼신의 힘을 다해 형의 이름을 지은 나머지, 내 이름을 지을 때는 도저히 창의력이라곤 남아 있지 않았다. 결국, 앞 글자만 TV 연속극 주인공 이름으로 살짝 바꿔놓았다. 나중에 안 사실이지만 그것도 여주인공이었다. 아무튼 아버지는 사랑스러운 막내 유리를 낳은 걸 빼고는 일생에 도움이 된 적이 없다. 별의 입국이 거부당한 것도 따지고 보면 아버지 때문이다.

별은 폭탄 제조에 필요한 화학재료 2kg어치를 전부 비닐봉지로 꽁꽁 싸매 줄줄이 소시지 모양처럼 만들어 삼켰다. 그러고는 대장 속에서 비닐봉지가 약 10시간을 버틸 수 있도록 지사제 한통을 다 먹었다. 인천공항에 입국했을 때, 그의 눈은 여름 나뭇가지처럼 핏발이 뻗었고, 다리를 꼬지 않고서는 한걸음도 더 걸을 수 없는 지경이었다. 경찰견들이 앞에 다가와 짖기 시작하자, 그는 괄약근에 더욱 힘을 주며 '원래 겨드랑이 냄새가 고약하다'고 둘러댔다. 적외선 검사대 앞에선 땀을 비 오듯 흘려, 별의 머리 위에만 소나기가 내리는 것 같기도 했다. 별은 검사대를 통과하자 감격에 취한 나머지 괄약근의 힘이 풀려 약품을 들킬 뻔했으나, 정작 그의 입국이 거부된 것은 실로 긴 그 이름 때문이었다.

탈레반이 자랑스러워하는 차세대 테러리스트 스타로프스키는 비자와 이름이 다르게 인쇄된 여권을 들고 적국에 내렸다. 여권에는 정확하게 '스타로프스키 스타코프스키 아르바이**잔** 스타노크라스카 제인바라이샤 코탄스 초이아노프스키'라고 씌어 있었지만, 비자에는 '스타로프스키 스타코프스키 아르바이**트** 스타노크라스카 제인바라이샤 코탄스 초이아노프스키'라고 쓰여 있었다. 멍청한 한국대사관 직원이 실수로 이름을 잘못 기재한 것이다. 별은 한국대사관의 착오라며 울며 항변했지만(그의 괄약근은 이미 충분히 운 상태였다), 입국심사원은 단호했다. 그는 미동도 않고 이름이 달라 입국 도장을 찍어줄 수 없다고 했다. 결국 별은 10시간을 기다려 다시 비행기를 타고 돌아갔다. 원래 별은 입국심사대를 통과하자마자 화장실에서 폭탄 재료를 바로 빼낼 예정이었으나, 덕분에 10시간을 더 참아야 했다. 별은 인천공항에서 다섯번의 통곡과 세번의 구토와 두번의 기절을 하고서야 비행기를 탈 수 있었다.

별이 입국에 실패하자 우리는 동요하기 시작했다. 우선은 칭기즈 칸의 직계 후예라는 바타르 박씨가 흔들렸다. 폭탄이 없는 테러란 있을 수 없다고 했다. 나도 잠시 흔들리긴 했으나, 언제부터였는지 갑자기 용맹해진 쿠마리 구씨가 아예 투어버스에 불을 붙여 청와대에 박아버리자고 했다. 나는 그 이야기를 듣는 순간, 이 땅의 억압받는 모든 노동자들의 혼령이 응원하는 듯한 소리를 들었다. 불타는 시티투어버스가 청와대 춘추관을 정면으로 들이박는 모습과 우왕좌왕하는 경비대, 이를 보도하는 전세계의 언론이 눈앞에 선하게 그려졌다. 나의 눈동자 역시 불타올랐고, 내가 뜨거운 기립박수를 치자 바타르 박씨도 언제 동요했냐는 듯이 곧장 박수에 동참했다. 쿠마리 구씨는 운전은 반드시 자기가 해야 한다고 선언했지만, 어차피 우리 중에 운전면허가 있는 사람은 그뿐이었다.

별에게는 미안해져버렸지만, 그의 실패 덕분에 우리는 좀더 원초적이고 헌신적인 방법으로 세상에 정의를 알리게 되었다. 역시 이 방법은 쿠마리 구씨의 용단과 바타르 박씨의 결단, 그리고 별의 헌신―특히 대장(大腸)의 헌신―이 없었다면 결코 탄생하지 못했을 것이다.

*

4월 1일 광화문의 하늘은 거짓말처럼 청량했다. 태풍 전야의 고요함이 감돌았다. 우리는 시티투어버스 앞에 나란히 섰다. 관광객처럼 보이기 위해서라며 쿠마리 구씨는 등산 모자를, 바타르 박씨는 청바지에 스니커스를, 나는 라운드 면티에 건빵 바지를 새로 사 입었다. 우리의 이런 모습을 보고 에티오피아인 워크네시 내씨는 평소의 모습과 똑같다고 했다. 듣고 보니 그런 것 같아 몹시 기운이 빠지긴 했지만, 우리는 다시 서로의 뺨을 때리며 전의를 불태웠다. TV에서 스모 선수들이 시합 전에 이렇게 하는 걸 본 적이 있었는데, 실제로 해보니 무척 아팠다. 하지만 분노는 확실히 일어났다.

쿠마르 구씨는 심판의 질주를 책임질 기갑부대 대장처럼 서울관광지도를 묵묵히 보고 있다. 눈빛에는 비장한 기운이 뿜어져나온다. 바타르 박씨는 주변을 살피며 인질로 잡을 사람들이 누군지 확인하고 있다. 바타르 박씨에 의하면 오늘의 인질은 중국인 단체관광객 12명과 태국인 가족 3명이었다. 역시 바타르는 정확했다. 한 치의 오차도 없이 예상 인원이 모두 탑승했다. 바타르는 현대전은 정보전이라며, 쓰레기통에서 주운 예약자 명단을 자랑스럽게 흔들어 보였다. 뭔가, 오늘은 일진이 좋아 보인다.

우리의 작전은 이렇다. 버스가 출발하면 내가 칼을 꺼내 기사를 운전대에서 물러나게 한다. 쿠마리 구씨가 운전대를 물려받고, 나는 기사를 보조석에 묶어놓는다. 그동안 바타르 박씨는 인질들이 움직이지 못하게 총으로 위협한다. 물론 가짜 총이다. 용산전자랜드 취미용품점에서 샀는데, 꽤 그럴싸하다. 에나멜 물감까지 칠하니 쇠가 약간 벗겨진 느낌마저 난다. 그러면 나는 가방에서 준비해온 시너를 바닥에 뿌리고 청와대 춘추관에 당도할 즈음 불을 붙이고, 우리는 버스에서 뛰어내린다.

　이번에도 역시 대담하고 간결한 작전이다. 특별히 혼선을 빚거나 헷갈릴 일은 없었다.

　오십대 초반으로 보이는 대머리의 운전기사는 20cm 길이의 회칼을 꺼내자마자 바로 차를 갓길에 세웠다. 통역을 하는 오이처럼 생긴 이십대의 여자는 칼을 보자마자 바로 눈을 동그랗게 뜨고 두 손을 머리 위로 올렸다. 바타르 박씨가 총을 꺼내들자 버스 안은 잠시 술렁였으나, 이내 잠잠해졌다. 별은 버스를 탈취할 때 외부에 들키지 않도록 반드시 흉기를 허리 높이에서 휘둘러야 한다고 했다. 그러나 굳이 그럴 필요는 없었다. 시티투어버스의 차창은 안에서 집단살인사건이나 난교가 벌어진다 해도 전혀 모를 정도로 진하게 썬팅이 돼 있었다. 파키스탄이나 아프가니스탄에서 통용되는 지침을 한국에서 실행하려니 약간 차이가 생겼지만, 이 정도는 괜찮았다.

　바타르 박씨는 총을 한번 꺼내 보여주고는 이내 빵 봉투를 구겨 총을 그 안에 넣었다. 그리고 총구만 밖으로 꺼내 인질들 쪽을 겨냥했다. 이 역시 별이 가르쳐준 것이다. 별이 이렇게 하라고 한 이유는 창밖으로 총을 보이지 않기 위해서였는데, 우리는 모조품인 게 탄로날까 싶어 봉투 안에 총을 숨겼다. 테러에는 은근히 임시변통적인 순발력이 필요했다. 구씨는 외국인이 운전하면 의심받을 수 있다면서 '라이방' 썬글라스와 「그린 호닛」에서 브루스 리가 썼던 50년대 미국 리무진 운전사의 모자를 썼는데, 아무리 봐도 눈에 더 띄는 것 같았다. 하긴, 어차피 칠흑처럼 썬팅이 돼 있어서 상관없었다.

이제 계획대로 진행된다면, 차가 남대문을 지나 서울역에 진입했을 때 구씨는 갑자기 차를 돌려 삼청동 쪽으로 돌격할 것이다. 이 불합리하고 악으로 가득 찬 나라가 심판받는 순간이 다가오고 있다. 세상은 우리를 주목하고, 이 땅의 부조리가 온 세계에 낱낱이 파헤쳐져야 하는데…… 쿠마리 구씨가 계속 직진만 하고 있다.

어찌 된 영문인지 용산역이 보인다.

바타르 박씨는 여전히 빵 봉투에 숨긴 장난감 총을, 진품이라는 표정으로 중국인 관광객을 향해 겨누고 있다.

"쿠마리, 어떻게 된 거야. 뭐 해, 차 안 꺾고." 내가 다그쳤다.

순간 쿠마리는 고개를 돌리더니 울상이 되어 말했다. 얼굴은 심하게 일그러져 있었다.

"모…… 모…… 못 꺾겠어. 버스중앙차선이 있는 줄은 몰랐어. 게다가 서울은 처음이야."

그랬다. 쿠마리 구씨는 한국에 온 뒤 인천공항에서 브로커의 손에 이끌려 바로 안산 공장으로 왔다. 그리고 쭉 안산에만 있었다. 그가 주말에 한 일이라고는 방에서 가요 순위 프로그램을 본 것이 전부였다.

"그냥 꺾어버려!" 내가 소리치자, 바타르 박씨가 끼어들었다.

"아…… 아냐. 교통신호를 잘 지켜야 해. 우리의 목적은 청와대 폭파지, 교통법규 위반이 아니야." 내가 바타르를 노려보았다. 바타르는 떨리는 눈으로 "그리고…"라며 얼버무렸다.

"그리고 뭐!"

"지금 불법유턴하면 교통경찰한테 걸려. 그럼 우린 청와대까지 가기도 전에 잡힐지 몰라. 일단 목적지까지는 교통법규를 준수하면서 가야 해."

똑똑한 녀석. 녀석은 정말 천재다. 역시 몽골국립대학을 나오고 3개 국어까지 하는 녀석은 다르다. 하지만 나는 화낸 기색이 있으므로, 겉으로는 절대 감탄하지 않은 척했다.

그때, 짝. 짝. 짝. 박수가 터져나왔다. 통역을 하는 젊은 여자였다. 얼굴이 기다랗고 피부가 울퉁불퉁한 게 꼭 깎지 않은 오이처럼 생겼다. 오이는 합성소재의 줄무늬 셔츠와 남색 사무용 치마를 입어 마치 은행창구 직원 같았다. 돈을 쥐여주면 곧바로 통장을 개설해줄 것 같았다. 아마 따분한 인생을 대표하는 모델을 찾는다면 그녀가 적격일 듯했다. 오이는 백년 침묵의 저주가 지금 막 풀린 사람처럼 갑자기 바쁘게 말을 쏟아댔다. "맞아요. 목적을 이루기 위해서는 인내할 줄 알아야 해요. 펀치를 날리기 위한 최선의 방법은 우선 한발 뒤로 빼는 것이다, 영화 밀리언달러 베이비~!"라고 하더니 턱을 앞으로 내밀며 '피~스' 하고 말을 길게 쭈욱 뺐다. "넌 뭐야!" 내가 인상을 그으며 다그치자, 오이는 기어들어가는 목소리로 "노순영"이라고 대답했다.

"아니, 누가 이름 물었냐고. 입 다물고 있어!"

"………"

"대답 안해?!"

그녀는 우물쭈물하다가 입 다물라고 해서 대답하지 않았다고 했다. 젠장. 나는 대답 정도는 해야 알아들을 거 아니냐고 되받았고, 오이는 그럼 처음부터 대답할 땐 빼고 입 다물라고 했으면 오해 없었을 것 아니냐고 되받아쳤고, 나는 한국어가 서툴러서 그랬다고 얼버무렸고, 오이는 내 한국어가 그렇게 나쁜 수준은 아니라고 말했다.

그 와중에 바타르 박씨는 한국어는 자기가 제일 잘한다고 끼어들었고, 쿠마리 구씨는 질 수 없다는 듯 "간장공장 공장장은 장공장 공장장, 장공장 공장장은 간장공장 공장장"을 되풀이했다.

버스중앙차로에 영혼을 강탈당한 쿠마리 구씨는 여전히 헤매고 있었다. 그러다 가까스로 차를 돌려 출발점으로 돌아가려 했는데, 이정표의 화살표는 어느덧 '이태원'을 가리키고 있었다. 그린 호닛 모자에 눌린 그의 옆머리 사이로 땀이 떨어지고 있었다. 하지만 그는 무슨 영문인지 넉살 좋게도 "이렇게라도 이태원에 와보니 좋지 않냐!"며 쓸데없는 농담을 해댔다. 이에 운전이나 똑바로 하라며 다그쳤지만, 실은 나도 이태원은 한번 와보고 싶었다. 이태원에 오면 왠지 내 마음을 알아줄 친구들이 많을 것 같아서였다. 시티투어 버스가 이태원 해밀턴 호텔 앞을 지나자, 쇼핑백을 한아름 든 흑인 두명이 버스를 보고 택시를 잡듯이 손을 흔들어댔다. 미친놈들, 같은 외국인이라도 이렇게 똥인지 된장인지 못 가리는 놈들이 있다, 고 생각하는데 순간 몸이 앞으로 확 쏠렸다. 급브레이크였다.

"왜 그래!"

"아…… 미… 미안. 나도 모르게 그만 '주글레리 주씨'인 줄 알았어."

맞다, 떡 먹다 죽은 주글레리 주씨. 그를 잊어선 안된다. 우린 지금 '안면몰수'의 작태와 이를 방관하는 이 국가의 위선을 알리려 하는 것이다. 주씨의 죽음을 헛되이 할 수 없다. 이런 생각으로 각오를 되새기고 있는데, 옆에서 울먹이는 소리가 들렸다. 바타르 박씨였다. 박씨는 "주글레, 주글레, 주글레" 하고 이름을 계속 부르면서 울먹거리는데, 오이는 **죽으면 안된다**며 또 끼어들고 있다. 표정을 보니 진심인 것 같기는 하고, 박씨는 울먹이며 총을 든 손으로 눈물을 닦는데 손이 너무 가볍게 올라간다. 진짜 총인 척하려면 손을 저렇게 가볍게 올려서는 안되는데. 쿠마리는 계속 직진하고, 바타르는 긴장이 풀어졌는지 어설픈 행동을 해대고, 오이는 말이 많아지고 있다. 이거 뭔가 잘못되어가는 것 같다. 우리의 대담하고, 간결하고, 위대한 계획에 차질이 생기고 있다.

"그런데 왜 버스를 탈취하려는 거죠?"

오이가 물었다. 이쯤에서 동지들에게 우리가 행동에 나선 이유를 상기시키고, 인질들에게도 그 이유를 천명할 필요가 있다. 나는 언론 앞에서 말하기 위해 수차례 연습해온 간결하고 또렷한 러시아 악센트 영어로 말했다.

"더 코흐—리아 유노 이—즈 어 베리 어—글리 마흐—스크.(너희가 알고 있는 한국은 잘못됐다. 한국은 인권을 유린하고 반인륜적인 가면을 쓰고 있다. 너희가 실체를 보지 못하는 것이다,라는 게 나의 요지다.) 아이 투크 더 버스 투 인폼 어글리 코리아.(나는 한국의 위선과 허위와 극악한 행위를 전세계에 알리고자 오늘 역사적인 버스 탈취를 감행했다.) 디스 컨츄리 이즈 킬링 어스, 워킹 피플.(이 나라가 우리, 즉 삶에 대한 순수한 열망으로 가득 찬 외국인 노동자를 학살하고 있다.)"

버스 안은 순간 쥐 죽은 듯 고요해졌다. 전사의 후예다운 나의 러시안 억양이 울려퍼지자, 사람들은 호흡을 멈춘 듯이 집중했다. 버스 안에는 정적이 가득 찼고, 시간은 흘러가길 포기한 것처럼 멈춘 듯했다. 그렇게 얼마나 지났는지 모르겠다. 버스는 고요한 채로 계속 혁명을 향해 직진하고 있었다.

그때 뒤쪽 좌석에서 이상한 소리가 들려왔다. 비명 같기도 했고, 절규 같기도 했다. 아무튼 무지 비장했다. 한눈에 중국 고등학생이라는 것을 알 수밖에 없는 녀석이었는데, 도대체 무슨 생각인지 이곳까지 교복을 입고 왔기 때문이다. 중국인이라는 것을 몸으로 증명할 요량인지 차이나식 교복 재킷 단추를 목젖에 닿을 듯이 채우고 있었다. 머리는 소림사 수도승처럼 박박 밀었고, 자기 얼굴만 한 검은 뿔테안경을 끼고 있었다. 녀석은 심한 충격을 받았는지 어깨를 들썩이며 떨리는 목소리로 말했다.

"노 파씨블. 노 파씨블.(그럴 리가 없어요.) 하… 하우. 하우.(어떻게.) 코리아. 코…… 코리아…… 한궈.(한국이. 아마 '한국이 그럴 리가 없다'는 말을 하려는 것 같았다.)"

현명한 고등학생이라면 비열하고 냉엄한 국제정세쯤은 이해할 텐데, 녀석은 아마 학교 공부에 열심인 것 같진 않았다. 멋모르는 아이에게도 지금의 경험이 상처가 되어서는 안되겠다 싶어, 교복에게 손을 내밀었다. 교복은 내 손을 잡으며 그렁그렁한 눈으로 나를 올려다보며 말했다. "한…국…은…" 나는 녀석의 손을 뜨겁게 잡아주었다. "한…한…국…은… 엉…… 흐흑…… 원더걸스의 나라잖아요."

이런 얼빠진 녀석. 이런 녀석들 때문에 이 나라의 위선이 덮이는 것이다. 녀석의 손을 내치고 머리를 가격하려는데, 앞쪽에서 태국 소녀가 혀 짧은 소리로 따발총을 발사하듯 외쳐댔다.

"노, 노노노노노. 노웨이. 뚜삐엠. 뚜삐엠 껀뜨리. 굿 껀뜨리.(아니다, 한국은 2PM의 나라다. 좋은 나라일 수밖에 없다,라는 것 같았다.) 싸와디카— 닉쿤." 옆에선 중국 관광객 몇명이 중국어처럼 둥글둥글한 발음으로 "네~ 마—님" 하며 대장금 흉내를 내고 있었다. 차이나 교복은 마치 나라 잃은 백성처럼 울먹이며 원더걸스 멤버들의 이름을 하나하나 뜨겁게 외쳤다. 나는 더욱 전의에 불탔다. 겉과 속이 다른 이 나라의 실체를 낱낱이 밝혀야 한다.

나는 바타르 박씨에게 눈길을 주었다. 바타르는 허상에 속아넘어간 이들의 모습과 이 나라의 위선적인 선전 전략에 분노한 듯 몸을 부들부들 떨고 있었다. 바타르 박씨는 "조국을 침략당하고도 할리우드 영화라면 환장하는 이라크 녀석 같으니"라며 총을 높이 들어 차이나 교복의 머리를 내리칠 태세를 취했다. 나는 잽싸게 몸을 날려 총을 높이 치켜든 박씨의 오른팔을 잡았다. 인질이 걱정됐다기보다는 그대로 내리쳤다가는 모조품 총이라는 게 탄로나기 때문이었다. 바타르 박씨는 인질들이 우리를 비웃고 있다는 사실과 이들의 화날 만큼의 무지와 뻔뻔함에 분노하고 있었다.

이번에는 쿠마리 구씨가 그렁거리며 울분을 참지 못하고 신음했다. 나는 박씨의 등을 진정시키듯 쓰다듬다 다시 쿠마리 쪽으로 몸을 돌렸다. 그때, 쿠마리가 비분강개하듯 감정을 토해냈다.

"불쉿! 불쉿!(Bullshit! Bullshit!) 헛소리!!"고개를 격하게 흔들며 내뱉더니, 버스가 떠나갈 듯이 울먹이며 외쳤다.

"소—녀—시—대— 소시라고!!"

맙소사. 녀석은 완전히 한국화됐다. 녀석이 네팔에서 마오주의자였느니 히말라야의 자손이니 하는 것은 죄다 헛소리다. 구씨의 몸에는 히말라야 인근에서 포터 노릇을 할 때부터 자본의 때가 끼었다. 히말라야를 욕되게 하고 한국에 영혼을 팔아버렸다. 김밥천국을 즐기고, 롯데리아의 데리버거를 탐닉하고, 술을 마시면 트로트를 메들리로 불러젖히는 녀석이다. 게다가 또 직진 중이다. 용사로서의 자격이 없다. 적에게 영혼을 팔고, 할 줄 아는 것은 직진밖에 없는 망할 녀석.

진정한 혁명주의자 바타르와 나는 핸들을 뺏어 곧장 청와대로 돌진하기로 했다.

*

차이나 교복은 멤버들의 이름을 한명씩 외치며 울다가, 소희의 이름을 부를 때 절규했다. 태국 소녀는 질세라 2PM 멤버들의 이름을 외쳤고, 중국인 아줌마들은 계속해서 대장금 흉내를 내고 있었다. 이 와중에 바타르는 교통신호만은 지켜야 한다며 버스중앙차선이 끝나는 곳에서 유턴하겠다고 했다.

서울시내 교통은 지독했다. 중앙차선 안의 버스만이 무법자처럼 쌩쌩 달렸고, 나머지 세개 차선에선 차들이 피난열차에 올라타려는 피난민처럼 얽히고설켰다.

바타르는 막히지 않는 길로 돌아가겠다며 교통방송을 틀었다. "시청에서 서울역까지 양방향 극심한 정체를 빚고 있습니다. 또한 오늘 청와대에서는 한류스타 연예인 문화훈장 수여식이 있어, 경복궁에서 삼청동 방향 환영인파가 몰려 혼잡한 상황입니다."

바타르와 나는 눈이 마주쳤다. 잽싸게 다른 방송으로 돌리니 마침 뉴스가 나왔다. 내용인즉, 오늘 오후 2시부터 청와대 춘추관에서 한국의 위상을 높인 한류스타들에게 훈장을 준다는 것이었다. 수상자는 소녀시대, 동방신기, 보아, 배용준, 이병헌이었고, 외국인 노동자들에게 소액대출과 무료 결혼식을 지원한 청량리의 한 목사에게도 '자랑스러운 대한국민상'이 수여된다는 것이었다.

이 소식을 듣고 가장 극심한 동요를 보인 것은 쿠마리 구씨였다. 그는 비폭력 집회 연설대에 선 간디처럼 결의에 차서 말했다.

"국가는 미워해도, 소녀시대를 미워할 수는 없어."

나야 소녀시대 따위는 어떻게 되든 상관없었지만, 의외로 바타르의 생각도 구씨와 비슷했다. 바타르 박씨는 청량리 목사가 목표지에 있다는 소식에 흔들리기 시작했다. 박씨는 작년에 그 목사가 안산까지 찾아와 이발도 해주고 식사도 대접하는 것을 보고 감명받아 훌쩍거리기도 했었다. 나는 이 모두가 체제를 공고히 하기 위한 선전이며, 결국 목사도 정부의 소행을 덮기 위한 위선책일 뿐이라 했으나, 아무도 믿지 않았다.

계획을 가장 먼저 포기한 것은 구씨였다. 아니, 구씨 표현에 따르면 '연기'하자는 것이었다.

"오늘 작전을 실행하면 무고한 사람이 너무 많이 희생당해. 우리가 목숨을 걸고 이러는 건 이 땅에 정의를 세우기 위해서인데, 오늘은 그 정신에 맞지 않아"라고 말했으나, 실상은 소녀시대 때문이었다. 내가 그렇게 확신한 이유는 이대로 청와대로 돌진하면 제시카*를 실물로 볼 수 있지 않겠느냐고 하자, 그의 눈에서 광채가 났기 때문이다. 그러다 한참 뒤 몹시 낙담한 표정으로 고개를 흔들더니, **아무래도** 다음이 좋겠다고 했다. 나는 구씨의 멱살을 잡고 우리가 꿈꾸는 새 세상은 어떻게 되느냐고 따졌다. 구씨는 죄인처럼 고개를 떨어뜨리더니, 실은 자기가 꿈꾸던 세상을 오늘 이뤘다고 했다.

"그게 무슨 말이야 구씨? 우린 오늘 한 게 아무것도 없다고. 도대체 뭘 이뤘다는 거야! 구씨! 말이 되는 소리를 해!" 나는 격분했다.

구씨는 작지만 떨리는 음성으로 말했다. 그토록 진지한 그의 눈빛을 나는 이때껏 본 적이 없었다. 그의 눈은 세상에서 가장 밝은 별처럼 빛나고 있었다.

"내 꿈이 버스 운전기사였거든. 난 오늘 꿈을 이뤘어."

---

*군계일학. 소녀시대 중 단연 독보적인 멤버로, 작가도 맘을 뺏겼다. 엉엉.

*

　구씨의 고향에서 차를 가진 사람은 부자라고 했다. 차가 크면 클
수록 더 부자로 알아준다. 그래서 구씨는 가장 큰 차를 모는 버스
운전사가 되는 게 어릴 적부터 소원이었다. 죽기 전에 꼭 버스를
몰아봐야겠다고 생각해왔다.

　그런 구씨에게 석달 전에 편지가 한통 왔다. 내용인즉 아내가 가
난을 견디지 못해 도망을 갔고, 두 딸 역시 카트만두로 돈 벌겠다
며 떠나버렸다는 것이었다. 구씨에게는 희망이 없었다. 평일에는
사장 말대로 새벽부터 밤까지 일만 했고, 주말에는 외출할 의지도
기운도 없이 그저 TV만 보며 시간을 보냈다. 망연자실한 채로 멍
청히 TV만 보던 어느날, 구씨는 딸을 보았다. 눈이 맑고 해맑게 웃
는 아홉명의 요정 같은 딸들을. 소녀시대였다. (나는 이 대목에서
도저히 공감할 수 없었는데, 도무지 연배를 가늠할 수 없는 구씨의
얼굴에서 소녀시대 같은 딸들이 나올 수가 없었기 때문이다. 하지
만 구씨는 이미 폭포 같은 눈물을 쏟아내고 있었다.) 구씨는 딸들
에게 편지를 써봤지만 답장이 없었다. 그러다 마침내 한달 전에 답
장을 받았는데, 딸들은 모두 새아빠를 따라갔으며 이제 더는 연락
하지 말아달라는 내용이었다. 때마침 구씨는 우리의 테러 이야기
를 들었고, 그는 청와대까지 불붙은 버스를 몰고 가 뛰어내리지 않
을 작정이었다.

　나로서는 무슨 말을 해줘야 할지 몰랐다. 그저 살아야 한다는 말

밖에 해줄 수 없었다. 아까처럼 오이가 살아야 한다고 주책없는 목소리로 끊임없이 말했고, 바타르도 딸들을 위해서라도 살아야 한다며 구씨의 손을 끈적하게 잡아주었다. 그 와중에도 오이의 격려는 마치 한 구절만 녹음해 반복재생하는 채소장수 아주머니의 방송처럼 창의성이 없었다.

다행히 구씨는 우리의 격려에 감복했는지, 태도를 바꾸어 반드시 살아남겠다고 주먹을 불끈 쥐어 보였다. 평소에 우유부단하기로 소문난 구씨가 갑자기 결단력 있게 자살 계획을 포기하자, 애당초 죽을 의지가 없었던 게 아니었나 의심스러웠지만 그걸 묻기에는 그리 적당한 상황이 아니었다. 구씨는 눈동자가 튀어나올 듯이 힘을 주어 "살아남아서 우리의 뜻을 꼭 세상에 알리겠어. 살아남아서, 정의를 실천하고, 그래서 당당히 딸들 앞에 다시 나타날 거야"라고 말했다. 이 대목에서 구씨의 의뭉스러운 눈동자를 보니 그가 말한 딸이 네팔에 있는 딸을 말하는 건지, 소녀시대를 말하는 건지 역시 헷갈렸다. 그러나 이번에도 그걸 묻기에는 상황이 그리 좋지 않았다.

구씨의 사연 때문에 상황이 의도치 않은 방향으로 흘러가버리자, 박씨도 흔들렸다.

"오늘은 하늘이 심판의 피를 허락하지 않는군."

"아— 박씨, 너까지 왜 이래."

나의 목에서는 마치 목이 꺾이는 순간의 닭의 비명 같은 외침이 터져나왔다.

"아무래도 오늘은 안되겠어. 오늘은 심판을 감행할 사자가 피 대신 눈물을 흘리는 날이야. 심판은 다음에 해야겠네, 동지." 바타르 박씨는 근엄한 말투로 말했다.

눈물이 핑 돌았다. 내일이면 나의 비자는 만료되는데……

똘스또이의 문장만큼이나 사려 깊었던 계획은 난독증 환자의 문장처럼 갈피를 잃어갔고, 앤디 워홀의 그림처럼 뚜렷했던 대담함은 겁에 질린 훈련병처럼 쪼그라들었다. 아인슈타인의 상대성이론에 비견할 만하다며 감탄했던 간결한 계획 역시 부패 정치인의 채무관계처럼 복잡해져버렸다.

계획이 엉망진창이 되어버리고 내가 통한의 눈물을 흘리는 사이, 박씨는 마치 아무 일도 없었다는 듯이 태연히 투어버스에 앉아 있다. 얼핏 보면 애초부터 관광버스에 탄 승객 같기도 하고, 또 어찌 보면 뭔가에 홀린 사람 같기도 하다. 아무튼 알 수 없는 표정이다. 확실한 점은 그의 영혼이 지금 빠른 속도로 다른 곳을 향해 가고 있다는 것뿐이다.

불현듯 박씨는 아무렇지 않게 말했다.

"바다에 가고 싶어."

나는 그만 아연해지고 말았다. 박씨의 말이 떨어지기 무섭게, 위산은 박씨의 말을 명령으로 이해했다는 듯이 몸 구석구석으로 급속하게 퍼져갔고, 장 역시 질 수 없다는 듯이 긴박하게 자신을 마구마구 꼬아댔다. 박씨는──물론 이러한 나의 내부 사정에는 전혀 개의치 않고—하던 말을 이어갔다.

"나도 죽기 전에 꼭 해보고 싶은 게 있었어. 이 상황에 어울리는 지는 모르겠지만, 나는 바다에 가고 싶어. 내가 **진정으로 소중히 여 기는 사람들**과 함께."

박씨는 어찌 된 영문인지, 어느샌가 촉촉이 젖어든 눈망울로 말 했다.

"나, 내륙 국가에서 태어나 바다를 실제로 본 적이 한번도 없어."

그러고 그는 바다의 바람, 냄새, 모래의 감촉을 느껴보고 싶다고 말했다. 이 대목에서 우리는 어이가 없었는데, 구씨와 나 모두 바다 에 가본 적이 한번도 없었기 때문이다. 네팔도, 키르기스스탄도 모 두 국경이 다른 나라에 둘러싸인 내륙 국가고, 우리에게 바다를 간 다는 것은 외국을 간다는 것을 의미했다.

어처구니없게도 나는 그만 흔들리고 말았다.

나는 이때껏, 사진과 TV로만 보았다, 바다를.

오이는 우리의 말을 듣자마자 바다는 주문진이 최고라며 여전히 주책없는 말을 반복재생했고, 중국인 관광객들과 태국인 부부는 오이에게 드라마 「천국의 계단」에 나왔던 바다가 어디냐고 물어댔 다. 오이는 능청스레 숨도 안 쉬고 당연히 주문진이라고 선을 그은 뒤, 한국의 모든 바다 신은 죄다 주문진에서 찍은 것이라고 얼토당 토않게 답했다.

순간 나를 제외한 모두가 단결했다. 목적지는 순식간에 주문진 으로 변경됐다.

나도 내심 바다가 궁금하긴 했지만, 전사의 후예로서 거사를 이

따위로 포기할 순 없었다. 당연히 나는 결사반대를 했는데… 상황이 갑자기 역전돼버렸다.

바타르와 인질들이 나를 포박해버린 것이다.

이들은 순식간에 한패가 되었다. 운전사는 안대에 눈을 가려 아무것도 못 봤다고 증언하면 된다고 했다. 오이 역시 고개를 끄덕였다. 인질들은 어차피 관광하러 왔으니 아무래도 좋다 했다. 인질과 납치범들 사이에 담합이 이뤄지자 차는 급속히 주문진으로 향했다. 운전대는 다시 대머리 운전사가 잡았다. 그는 주문진 회가 한국에서 최고라며 휘파람을 불어댔다.

서울시티투어버스는 영동고속도로를 달리고 있다. 차 안에는 운전기사가 평생의 꿈이던 히말라야의 후예 구씨와, 내륙 국가에서 태어나 바다를 한번도 못 본 칭기즈 칸의 후예 박씨, 그리고 키르기스스탄 전사의 족보를 자랑스럽게 이름에 달고 있으나 일시적으로 포박당한 나 '유리스탄 스타코프스키 아르바이잔 스타노크라스카 제인바라이샤 코탄스 초이아노프스키'가 함께 있다.

아, 빠듯한 직장 생활에 시달려 그토록 좋아하는 주문진 회 먹을 여유조차 없었다는 운전사 김씨, 원더걸스의 이름을 울먹이며 부르는 중국 소년과 그 옆에서 질세라 2PM을 외치는 태국 소녀, 그리고 드라마 촬영지라며 마냥 들떠 있는 중국인 관광객도 빼놓을 수 없다. 이 괴상한 조합이 한곳을 향해 달리고 있었다.

그리고 차 안에서 나는 결심했다. 비자가 끝나 이제 고향으로 돌아가면, 별을 따라 아프가니스탄에 가겠다고. 그곳에서 탈레반으로 인정받아 별과 함께 이곳에 다시 돌아올 것이라고. 그전까지는 구씨와 박씨에게 청와대를 잘 지키고 있으라고 해야겠다. 청와대를 폭파하는 것은 언제나 이 용맹한 키르기스스탄의 전사인 나와 별의 몫이니까.

손을 뒤로 묶인 채 창밖을 돌아보니 어느덧 온통 물인 세상이 보인다. 푸르다. 물이 계속 우리 쪽으로 떠밀려오고, 하얀 새가 물 위를 떠다닌다. 박씨가 내게 와서 밧줄을 풀어준다. "이제 바다를 즐겨야지." 귀를 찰싹거리며 때리는 파도 소리, 발이 기분 좋게 폭폭 꺼지는 느낌, 약간 짭조름한 냄새, 마음까지 식혀주는 바람. 이게 바다인가보다. 눈을 감고 생각한다.

그래, 다음에 좀더 잔인한 탈레반이 돼서 돌아오는 것도 나쁘지 않겠어.

Track 2

부산말로는
할 수
없었던

이방인
부르스의
말로

1장 불시착

'분명 어디선가 본 것 같은데, 기억이 나지 않는다.'

저 반지르르한 윤기. 모기가 앉는다면 바로 미끄러질 듯이 매끈한 정수리. 흡사 전구와 같은 저 두피와 두상. 어디선가 봤는데… 기억이 나지 않는다.

내 기억이 가물가물한 것은 **그날**에 겪은 초자연적 현상 때문이다. 우리는 실수로 태양에 너무 가까이 갔고, 기체는 요동하듯 흔들렸다. 그 순간, 우리 모두 기체 내부에 심하게 부딪쳤고, 아마 내 기억은 그때 빠져나간 것 같다.

그날 함께했던 우리가 몇명인지, 많았는지 적었는지, 지금 내 눈 앞에 있는 대머리가 있었는지도 기억나지 않는다. 그날에 관한 아주 사소한 것이라도 기억하려 하면, 뇌가 쪼여오듯 머리가 아프다.

나는 줄곧 고향에서 기록을 담당해왔기 때문에 모든 일을 문자로 남기는 일에 익숙하다. 머릿속에 얽혀 있는 생각들도 손끝을 통해 문자로 쏟아낼 때 명료해진다. 그제야 비로소 버려야 할 생각들은 버려지고 남아야 할 생각들은 남는다. 하지만 어찌 된 영문인지 이곳에 온 후로는 한자도 쓸 수 없다. 곤혹스러운 일이 아닐 수 없다.

말하자면 나는 글을 쓸 때 명료해지는 사람이기 때문이다.

아, 사람이라고 하기엔 무리가 있다.

비록 인간의 형태를 하고 있지만, 사실 사람이 아니다.

그러니까, 당신들, **사람들의 표현 방식**에 따르자면, 나는 외계생명체이다.

그렇지만, 내가 외계인이라는 사실을 믿는 사람은 아무도 없다.

그건 내가 외계어를 할 줄 모르기 때문이다.

*

"그러면 부르스 씨는 한국어를 부산에서 배우신 겁니까?"

TV 스튜디오의 모든 조명을 온 두피로 반사하고 있는 대머리 사회자가 물었다. 그의 둥그런 두피는 마치 태양계에 존재하는 모든 형태의 빛을 한 몸에 받는 위성 같았다.

나는 원래 TV 토크쇼 같은 걸 좋아하지 않는다. 사람들 앞에 나서기보다는 오히려 조그만 방에서 혼자 글 쓰는 것을 좋아한다. 내가 오늘 이 번잡한 TV 쇼에 출연한 이유는 단 하나다. 추락했던 날에 잃어버린 친구들을 찾기 위해서다. 동료들을 찾아야 고향 별로 돌아갈 수 있다. 그외에 다른 방법이 떠오르지 않는다.

TV 쇼에까지 출연하기로 한 건 물론 사람들의 반응 때문이다. 내가 외계인이라는 사실을 몇번이나 밝혔지만, 누구도 믿지 않았다. 대개 썰렁한 농담으로 치부하거나 정신병자로 취급했다. 커밍아웃을 하기 전까지는 아무렇게나 둘러댔다. 어느 고등학교를 졸업했냐, 어디서 군복무를 했냐, 2002 월드컵 이탈리아전을 어디서 봤냐, 등의 질문에는 거짓말을 할 수밖에 없었다. 내가 지구에서 한 말은 모두 지어낸 말이다. 거짓말도 자꾸 하다보면, 어느 순간 완벽히 앞뒤가 맞는 새로운 한 인격체를 창조하게 된다. 나는 허구의 나를 창조했고, 그 허구의 나를 들키지 않기 위해 떠벌려놓은 거짓을 실천하며 살았다. 말하자면, 가짜가 커지고 커진 끝에 어느 순간 진짜를 압도했고, 진짜는 점점 위축되어 하나의 점이 돼버렸다.

하지만 내게도 진실이 있다. 내가 품고 있는 단 하나의 진실. 내가 외계인이라는 사실이다. 물론 어느 누구도 진실을 진실로 받아들이지 않았다. 오히려 나의 무수한 거짓들을 진실로 받아들였다. 사람들은 그들이 이해하고 싶은 말들만 진실이라 했다. 그들에게 받아들일 수 없는 사실은 듣기 전에 이미 거짓이 되어 있었다. 자신들의 경험과 가치관에 부합하면 그것은 진실이고, 불편하면 거짓이다. 이 나라에서 소통이라 일컬어지는 거의 모든 것이 이러한 식으로 작동되고 있었다. 간편하고, 이기적인 방식이다.

삶이란 내게 있어 시간의 강 위에 몸을 띄우는 것과 같다. 그리고 조용히 흘러가는 것이다. 나는 강에 몸을 맡긴 채 떠내려왔다. 소소하게 신음하고, 감탄하고, 투정해왔다. 생산자라기보다는 소비자였고, 정치가라기보다는 유권자였고, 혁명가라기보다는 군중이었고, 유세자라기보다는 찬동가였다. 그것이 지난 5년간 내가 이곳 지구에서 살아온 모습이었다.

그러나 나는 오늘, 이곳에서 중요한 실천을 하나 하려 한다.
그것은 말을 하는 것이다. 선언을 하는 것이다. 그리고 나의 존재와 진실을 찾는 것이다.
나는 오늘 선언을 하고, 우리를 찾을 것이다.
내가 '내가 되고', 온전히 진실되게 살 수 있는 고향으로 돌아갈 것이다.
역시 방송만큼 선언에 유용한 수단은 없다. 지구인들은 방송에 나와서 하는 말들은 간단하게 진실로 믿어버리는 경향이 있다. 아마 한 정치인이 실제로 공중부양을 한다는 내용의 특집 다큐멘터리를 방송하면 사람들은 '뭐야, 이 어처구니없는 프로그램은…'이라고 하다가도, 목격자들의 증언을 보고, 박사들의 인터뷰와, 공중부양의 친척쯤 되는 화면을 본다면 '어, 어… 뭐야. 진짜였어' 하며 수긍해버릴지도 모른다. 중요한 건 사건의 진위 여부가 아니다. 사소한 부분에서 매력을 느껴버리면—가령 정치인의 그럴싸한 가발 매무새라든가, 고혹적인 콧구멍 크기 따위—이미 마음 한구석은 황당한 주장에 대해 관대해져버리고 만다. 다만 이성의 고개가 끄덕이는 데 시간이 걸릴 뿐이다. 그 시간 동안 사람들은 다양한 시각의 화면과 다양한 사람들의 증언을 요구한다. 스스로 이성적이라고 믿는 존재일수록, 황당한 사실을 믿게 된 이성적 동료들의 증언과 화면을 변명거리로 삼을 뿐이다.

게다가 방송만 한 확성기가 없었다. '우리' 중 누군가가 이 방송을 본다면 나에게 연락을 할 것이다. 아니면 소문이라도 퍼질 것이다. 언젠가는 '우리' 중 누군가의 귀에 나의 생존 사실이 닿을 것이다.

*

사회자는 다시 한번 물었다.

"한국어를 부산에서 배우신 건가요?"

나는 그렇다고 짧게 대답했다. 사실이다. 우리가 초자연적 현상을 겪은 후에 불시착한 곳은 부산의 달음산이었다. 의식을 차려보니 혼자였다. 처음 지구에서 눈을 떴을 때 혼자였고, 이후로도 줄곧 혼자였다. 때로는 함께 있기도 했지만, 혼자 있을 때와 차이는 없었다. 지구인들은 같이 있을 때도 전화기만 쳐다봤기 때문이다.

불시착한 그날, 기묘하게도 나는 모든 기억을 잃어버렸다. '우리'라는 존재만 기억할 뿐, 우리가 몇명이었는지, 우리를 구성하는 실체들의 얼굴이 어땠는지, 우리가 왜 지구에 왔는지, 이곳이 불시착한 곳이라면 우리는 어디로 가고 있었는지.

무엇보다도…… 나는 언어를 잊어버렸다.

실로 참담한 일이었다. 글을 써야 하는 내게 언어를 잊는다는 것은 거의 모든 것을 잃는 것과 같았다. 머릿속이 엉망이 돼버렸다. 쓰레기를 수거해가지 않는 골목처럼 지저분해졌다. 무엇을 버려야 할지, 남겨야 할지 알 수 없었다. 내게 있어 언어는 호흡과 같다. 산소를 마시고 이산화탄소를 내뱉듯이, 나라는 존재는 들이마신 경험을 언어로 내뱉어야 살 수 있다. 그러므로 한국어를 배우기로 결정한 것은 어찌 보면 당연한 일이었다.

나는 살아야 했기에, 책을 보았다.

물론 무슨 말인지 알 수 없었다. 도저히 알 수 없었다. 피라미드의 상형문자 앞에 선 관광객의 심정으로 하염없이 책을 쳐다봤다. 멍하니 보다가 눈에 힘이 풀리면 노려봤다. 눈에 힘이 잔뜩 들어가면 다시 멍하니 보았다. 나는 혼자였고, 말할 상대가 없었다. (물론 말을 할 수도 없었다.) 그렇기에 줄곧 책만 바라봤다. 루쉰의 『아Q정전』을 봤고, 마르께스의 『백년의 고독』을 봤고, 도스토옙스키의 『카라마조프 가의 형제들』을 봤다. 언제나 오랜 시간 동안 책을 펼쳐놓고 쳐다봤다. 해가 뜨면 책장을 펼쳤고, 해가 지면 책장을 덮었다. 외롭고 긴 시간이었다.

고전문학들을 보고 나서는 매일 아침마다 공원에 나가 앉아 있었다. 말이라는 걸 할 수 없었으므로, 사람들의 말소리를 마냥 들었다. 바람이 부는 소리, 낙엽이 바스락거리는 소리, 새가 지저귀는 소리, 강아지가 짖는 소리처럼 그저 흘러가는 사람들의 이야기를 들었다. 아이들의 이야기를 들었고, 노인들의 이야기를 들었고, 부부싸움을 들었다. 이런 생활을 계속하고 있자니, 언젠가는 새들의 언어도 이해할 것 같은 기분이 들었다. 같은 식으로 연인들의 약속을 들었고, 청년들의 좌절을 들었다.

활자들은 뇌리에서 혼란스레 춤추며 나를 괴롭혔다. 두 문자가 서로 손을 맞잡고, 하나가 발을 내밀면 다른 하나가 발을 빼내듯 춤을 추었다. 시간이 지날수록 문자들의 움직임은 현란하고 빨라졌다. 그럴수록 머릿속은 더 복잡해져갔다. 거리에서 들은 언어가 눈을 감고 누워도, 귓속에서 웅웅 울렸다. 연주자의 손가락은 멈췄지만 앰프에는 살아 있는 전자기타의 잔음처럼 신경질적으로 울려댔다. 그 울림들이 서로 춤추듯 뒤섞여 새로운 울림을 만들어냈다. 사이키델릭한 울림이었다.

매일 울림과 혼돈의 스텝들이 나를 채워가는 사이, 나는 지구인들(그러니까 한국인들)의 언어를 조금씩 이해하게 되었다. 끝이 보이지 않는 기다란 계단을 하나씩 밟고 올라가는 느낌이었다. 한계단씩 오를 때마다—귀는 웅웅거리고 뇌는 혼란스러워졌지만—하나씩 이해하게 되었다. 계단의 정상에 오르기까지 아주 오랜 시간이 걸렸다. 하나의 우주가 탄생하고, 하나의 행성이 생성되고, 소멸되는 길이의 시간이었다. 지구인들의 기준으로 보자면 3년의 시간이었지만, 내 기준으로는 3천년이라는 시간이었다. 즉, 영겁의 세월 같은 그 시간 동안 오로지 언어를 깨닫는 데에만 온 힘을 쏟아부은 것이다. 그리고 그때가 되어서야 깨달았다.

비트겐슈타인의 말처럼 '내 언어의 한계가 내 세계의 한계'라는 것을.

지구인들의 언어를 말하게 되어서야, 나는 비로소 지구에 왔다는 것을 실감하게 되었다. 심지어 내 몸의 일부가 지구인이 되었다고 느낄 수 있었다. 물론, 한국어에 국한된 이야기다. 그런데, 나는 이 한국어를 깨우치며 놀라운 사실 두가지를 발견했다.

　　1) 이들은 '쓰는 문자'와 '말하는 언어'가 다르다.
　　2) 그리고 이들이 입에 담는 언어가 '부산 사투리'라는 것이다.

　　∴ 간단히 말해, 나는 부산 사투리를 배운 것이다.

현재로선 이것이 내가 할 수 있는 유일한 언어다.
즉 현지 식으로 말하자면,
이…… 이…… 이, 이, 머, 우째, 우찌 된 겁니꺼. 예에에—에.

*

"그거 참 흥미로운 말씀입니다."
머리 위를 비추는 조명이 태양처럼 뜨겁다. 사회자의 머리는 여전히 태양광선을 온몸으로 반사하는 위성처럼 빛나고 있다.

"부르스 씨처럼 이국적인 외모를 가지신 분이 부산 사투리를 쓰신다니 말이죠. 부르스 씨의 부산 사투리는 이제 곧 화제가 될 것 같습니다. 어쩌면 이 방송이 나갈 때쯤이면 실시간 검색어에 '부산 사투리 외국인'이 등장할지도 모르겠네요."

사회자는 말을 빠르게 쏟아냈다. 나는 잠자코 있었다.

"그런데, 여기 대본에는 국적이 안 나와 있는데요. 어느 나라에서 오셨습니까? 제가 보기에는 큰 키에 구릿빛 피부, 알맞게 부푼 입술, 서양인의 건장한 체구에, 동양인의 눈빛을 가지신 걸로 보아……."

그의 말은 듣기만 해도 숨이 차다. 뇌 운동이 활발하게 일어나고 있다는 것을 증명이라도 하려는가보다.

그는 이어서 "마치 다니엘 헤니처럼, 혼……"까지 말을 내뱉고선, 뭔가 생각났다는 듯이 이내 헛기침을 하고선 "부모님의 국적이 서로 다른 것 같군요" 하고 정정했다. 사회자는 신중하게 어휘를 고르는 늙은 고위공직자처럼 말했다. 방청객들을 의식해 혼혈이라는 단어를 피하려 한 것 같다. 하지만 방청객들은 세상사엔 도통 무관심한 노인처럼 앉아 있다. 호흡을 하기에도 벅차 보인다. 아니, 혼이 빠지기 직전의 인간들 수십명이 겨우 호흡기에 의지한 채 앉아 있는 것 같다.

분위기야 어찌 됐든 간에, 나는 연습한 대사를 했다.

어차피 세상은 자기들만의 템포대로 흘러가는 것이고, 무언가를 이루기 위해선 타인들의 속도를 인위적으로 틀어놓지 않으면 안된다. 훌륭한 연설가가 강조하기 전에 말을 멈추거나, 뛰어난 작곡가가 방점을 찍고 싶은 부분을 변박자로 구성하듯이 말이다.

나는 세상의 템포를 뒤집어놓을 말을 한다. 아니, 세상을 뒤집어놓을 말을 한다. 한 음절씩 힘주어 또박또박 말한다. 물론, 연습한 대로다.

"저.는.외.국.인.이.아.닙.니.다."

사회자는 나의 대답에 약간 당황한 듯하면서도, 새로운 호기심이 발동했다는 표정을 띠며 다시 물었다.

"그럼 한국인이신가요?"

"아니요."

나는 짧게 대답했다.

"이국적인 외모지만 외국인이 아니다…… 그렇다고 해서 한국 국적도 아니다……" 사회자는 명탐정이라도 된 듯이 엄지와 검지를 Y자로 펼쳐 턱에 괸다. 그러고선 중대한 사안에 대해 발표라도 하듯 말했다. 그 목소리에 잔뜩 힘이 들어갔다. 이 사람은 지금 자기가 무슨 올림픽이나 월드컵 개최지를 발표하는 위원장쯤 되는 줄로 착각하고 있는 것처럼 보인다. 간단히 말하자면, 멍청해 보인다.

"아…… 그럼 부르스 씨는 우주에서 온 외계인이시군요."

사회자는 척추 없이 흔들리는 오징어처럼 웃어댔다.

혼이 없던 수십명의 방청객들도 갑자기 생기를 회복했는지 미친 듯이 웃어댔다.

스튜디오는 신장개업한 가게 앞의 풍선인형처럼 몸을 흔들어대는 사회자와, 좀비처럼 사회자를 따라 하는 방청객들의 경박한 웃음소리로 가득 찼다.

나는 그들의 눈동자를 진지하게 바라보며 대답했다.

"네, 실은 지가 외계인이라예."

*

"카메라 꺼!"

감독이 짧고 신경질적인 외침을 내뱉었다. 그 외침은 방청객의 웃음소리를 모두 베어버렸다.

"이 사람이 지금 장난하나? 시청률 뽑을 사차원 캐릭터 한명 나오나 싶어 기다렸는데, 이건 너무하잖아. 외계인이라니……" 감독은 울분에 차올랐는지 고개를 젖히더니, "믿을 수 있는 말을 해야지, 이 사람아"라고 타이르듯 말했다. 그러고선 대본을 말아쥐고 있는 손으로 카메라 감독에게 다시 가자,고 신호를 줬다. 누가 보더라도 화를 억누르고 있다는 것을 알 수 있었다. 나는 그럴 분위기가 아니라는 것을 잘 알았지만, 다시 한번 감독에게 진지하게 말했다. 나로서도 더이상 물러설 수 없는 심정이었다.

"조감독님, 지 진짜 외계인 맞는데예."

"하아……!" 하며 감독은 길게 탄식했다.

몸속에 있는 삶의 허무를 모조리 내뱉는 것 같았다.

"이 사람이! 진짜 왜 그래! 장난도 유분수지. 아, 그리고 조감독이라고 부르지 말랬잖아"라고 조감독은 세상에 존재할 만한 모든 짜증을 입속에 응축시켜 말했다.

"그야, 감독님이 조가 아입니꺼?"라고 나는 되물었다.

"자네 진짜 외계인이야?"

"네, 그런데예."

"그럼 영어 해봐."

"예? ……영어예?"

"그래. 영어 말야, 영어! 영화 보면 외계인들은 항상 영어만 하잖아. 그러면 미군들이 발포하겠다고 경고하고. 외계인들은 그것도 다 이해하잖아. 우리는 외계인들이 말한 영어, 자막 보면서 이해하고."

젠장. 이게 무슨 아마존 한복판에서 웰던 춥스테이크에 송이버섯 얹어달라는 소린가.

"지는 영어는 못하는데예."

나의 억울함은 맨틀에서 이글대는 마그마처럼 뜨겁게 끓어올랐다. 내 혈관 속을 타고 흐르는 억울함과 분노는 짧은 순간에 내 온몸을 몇천바퀴 휘감고 돌며 뜨겁게 데웠고, 더이상 억누를 수 없는 열기가 눈 밖으로 튀어나올 지경이었다. 나는 실핏줄이 붉거져나오는 눈으로 감독을 똑바로 쳐다보며 "으— 아— 어— 내 이 몸 한국어 배우는 데도 3천년 걸렸는데, 무신 영어 타령이란 말이오!"라고 말하려 했으나, 그러면 더 이상한 사람 취급받을 것 같아, 그냥 속으로 삼켰다. 으으으— 물론, 내 속은 분노의 마그마로 이글

이글 끓었고, 그럴수록 내 속은 타들어갔다.

그러나 감독은 붉어져가는 나의 눈빛 따위에는 아랑곳 않고 말했다.

"누가 얘 섭외했어. 이놈 '사짜'잖아. 외계인이라고 괜히 허풍 떨어서 어떻게 이목이나 끌어보려 그러고. 혼혈인지 외국인인지 모르겠지만, 암튼 영어도 한마디 못하고. 안되겠어. 얘 빼고 해."

감독 역시 붉으락푸르락하고 있었으므로, 나는 얼떨결에 입을 다물고 말았다. 내 눈은 충혈되고 분노의 눈물이 치밀어올랐다. 게다가 나는 말을 하지 않고 울먹거리고 있었으므로, 그 광경을 처음 본 사람에겐 겁에 질려 울먹이는 초등학생처럼 보였을지도 모른다. 그 생각을 하면 나는 더욱 슬퍼진다. 나는 이대로 물러설 수 없어 목구멍을 타고 흐르는 콧물을 삼키고, 폭풍처럼 진상(眞相)을 쏟아내려 했으나, 조감독 두명에게 팔짱을 끼인 채 끌려나왔다. (아, 헷갈릴까봐 말하는데, 그 둘은 조(趙)감독 밑에 있는 진짜 조(助)감독들이다.)

그날 나는 방송 데뷔를 하기도 전에 방송 퇴출을 당했다.

그날의 상황을 정리하자면, 다음과 같다.

1) 나는 외계인이라는 말을 했다가 퇴출을 당했다.
2) 그러나 내가 외계인이라는 사실을 믿는 사람은 아무도 없다.

∴ 그건 내가 영어를 모르기 때문이다.

2장 글로벌 생존 어학원

모델 에이전시 사장은 어이가 없다고 했다. 설마 했는데 방송에서 그런 말을 할 줄은 전혀 몰랐다는 것이다. 그는 내가 외계인이라는 사실을 믿지 않는다. 지금도 내가 심술궂은 농담을 해댄 것으로 알고 있다. 사장 덕분에 나는 판매부수가 현저히 떨어지는 잡지 화보를 몇번 찍었고, 간혹 브로슈어 광고 사진도 찍곤 했다. 그 덕에 생활을 유지할 수 있었지만, 사장은 좀더 큰 뜻을 품고 방송에 진출하자고 했다. 사장은 별 볼 일 없는 광고모델 에이전시 생활을 청산하고, 폼나는 연예인을 키우겠다는 꿈을 가지고 있었다. 나 역시 방송에 나가 거짓된 생활을 청산하고 진실된 삶을 시작하고 싶었다. 나는 당연히 '진실'을 말했고, 조감독과 진짜 조감독들에게 퇴출을 당했다.

'진짜' 말 몇마디로 나는 '사짜'가 되었고, 덕분에 진짜로 살기 어려워졌다.

지구에서의 삶은, 진짜 무슨 말을 어떻게 해야 진짜로 살 수 있는지 여전히 헷갈린다.

*

"그러니까, 서울말을 배워야 한다."

"예? 서울말예?"

"그래. 몰랐나? 여는 서울 공화국 아이가. 서울이 다 지배한다 아이가.”

역시 피지배계층은 지배계층의 언어를 배워야 하는 것인가……라고 자문해보았지만, 사장이 그런 것을 알 턱이 없다.

사장은 단지 전략을 바꾸었을 뿐이다. 방송 데뷔 날 멋지게 치러낸 '방송사고' 때문에 나는 토크쇼나 버라이어티 프로그램에는 발을 붙일 수 없게 됐다. 나는 그렇게 끝났다고 생각했다.

하나 사장은 새 길을 찾아냈다. 연기를 하라고 했다. 정극 연기 말이다. 그러려면 사투리가 아닌 표준어를 쓸 줄 알아야 한다, 살길은 이제 연기밖에 없고, 그러기 위해서는 표준어를 써야 한다고 했다. 사장은 몹시 심오한 표정을 하고 있었다. 입을 약간 벌린 사장을 해질녘 다리로 이동시키면 그대로 뭉크의 「절규」*가 될 것 같았다.

“니, 여서 살아남을라 카문 서울말 단디 해야 한데이.”

*

“여러분, 언어 능력이 바로 생존 능력입니다. 그리고 지금은 바야흐로 웰빙 시대입니다. 웰빙이 뭡니까? 잘 살자는 것 아닙니까. 언어의 능력이 생존의 능력이므로, 제대로, 잘, 살기 위해서는 언어를 제대로, 잘, 구사할 수 있어야 합니다.”

---

* 이 그림이다. 보고 있으면 먼 곳에서 삶의 허무가 밀려온다.

'21세기 글로벌 생존 어학원'은 대림동에 있었다. 정확히는 대림동 906번지 우리시장 초입의 개복보신탕 2층이었다. 학원에 가라는 사장의 말을 들었을 때는, 어째서 그런 학원이 존재한단 말인가, 라고 의심했지만, 실제로 보신탕집 위층으로 연결되는 학원 출입문을 보고서는, 하…… 정말로 이런 세상이 존재한단 말인가,라고 실감하고야 말았다.

학원은 오래된 중국 영화 속 인민회관을 연상시켰다. 벽지는 오묘한 색을 띠고 있었다. 어찌 보면 욕창에 걸린 노인의 엉덩이 같기도 했고, 어찌 보면 서부개척시대의 황무지 같기도 했다. 원래 흰색이었다는 사실을 깨달은 것은 학원에 다닌 지 여섯달 뒤였다. 바닥은 시멘트 칠이 돼 있었는데, 울퉁불퉁하고 군데군데 발자국도 있었다. 공사를 한창 하던 업자가 깜빡한 장비를 챙기러 갔다가, 영원히 돌아오지 못한 상태로 굳어버린 것처럼 보였다. 움푹 팬 발자국에는 먼지와 머리카락이 뒤엉켜 자리를 틀고 있었다. 바닥에서는 아기 턱받이 수건 냄새 같은 비릿한 냄새가 났다(그것이 침 냄새였다는 것은 며칠 후에 쉽게 알 수 있었다).

무허가 학원장의 말투에서는 신흥종교의 교주가 내뿜는 기운이 밀려왔다. 그의 말은 부산 사투리에 빠져 빛 없이 방황하던 시절을 회개하고, 하루속히 광명의 표준어를 내려받아 영원한 복락을 누리라는 설교 같았다. 서울말을 쓰는 사람이 본다면 얼토당토않게 느꼈을지 모르겠지만, 당시의 나는 몹시 절박했다. 그러므로 원장의 말은 내 귓속에서 진리의 말씀처럼 살아서 움직였고, 내 혼을 흔들어놓았다. 내면의 일말에는 불법 무허가 학원까지 와서 비싼 수업료를 내면서까지 이렇게 배워야 하는가, 하는 의구심이 있긴 했으나, 선생의 말을 듣고 나니 어느덧 의심을 떨쳐내는 것은 물론 감복까지 하고 말았다. 정말이지, 선생의 말씀은 감탄을 아니할 수 없었다.

"여러분, 유엔이 공식 국제연합기구이면서 왜 국제사회에서 영향력이 없는지 아십니까? 왜 미국이 이라크에 있지도 않은 대량살상무기 운운하면서 석유 캐내는 전쟁을 하는데도, 기껏해야 성명만 발표하는지 아십니까. 왜 군사지원까지 하는지 아십니까? 코트디부아르에서 선거로 대통령이 엄연히 선출되었는데도 왜 물러나지 않는 독재자에게 그저 '유감'이라고 말하고 맙니까?"

대림동 906번지 우리시장 초입 개복보신탕 2층에 위치한 '21세기 글로벌 생존 어학원'은 거대한 침묵의 파도에 덮여버린 듯이 조용했다. 오직 힘없는 노인의 기침 같은 선풍기 소리만이 털털거리며 간간이 침묵을 깰 뿐이었다.

"그게 모두 유엔 사무총장들의 영어 발음 때문입니다. 미국이 볼 때 얼마나 같잖겠습니까. 미국이 아니라, 영국이 볼 때도 형편없는 겁니다. 반기문 총장은 충청도 영어를 쓰지요. 인권해방운동의 대명사라 불렸던 코피 아난도 남아프리카 발음을 혹처럼 달고 다녔습니다. 아이비리그에서 요트 클럽에 가입해 상표가 보이지 않는 옷을 입는 것이 근엄한 것이며, 학자건 금융인이건 군살이 없어야 육체적 설득력을 지닌다는 것을 배우고, 상대가 아무리 마음에 안 들어도 눈앞에서는 인공적인 미소로 응해주는 것을 배운 이들이, 말투에는 또 얼마나 공을 들였겠습니까. 캘리포니아 출신들이 왜 서부 영어를 버리고, 바득바득 동부 영어를 배우겠습니까. 동부 영어가 바로 미국 정치, 경제, 학계에 입문하는 코드이기 때문입니다. 영국 출신 앵글로색슨 족이 영국 영어를 쓴다면 금상첨화지요. 하지만 영국 출신도 아닌 미국인들이 영국 영어를 쓰는 것은 지적 허영으로 보인다 이겁니다. 그러니까, 그들만의 동부 지식인 영어를 만드는 것 아닙니까. 그 정도로 세계를 움직이는 브레인들은 언어에 신경을 씁니다. 오죽하면 말 한마디만 들으면 그 사람의 계급을 알 수 있다고 하겠습니까. 아무리 『USA 투데이』 대신 『뉴욕 타임스』나 『월스트리트 저널』을 보고, 미소니나 아르마니 대신 영국제 맞춤복을 입어도 소용없습니다. 언어를 '제대로, 잘' 구사하지 못하면, 교육받지 못하고, 교양 없고, 무신경한 인간으로 찍혀버리는 겁니다!"

원장은 실내를 한번 쓰윽 둘러보았다. 누구 하나 토를 다는 사람은 없었다.

"그러니 아이비리그에서 동부 영어를 배우고, 케임브리지에서 귀족 영어를 습득한 이들에게 유엔 최고 수반의 한마디 한마디가 얼마나 안쓰럽고 어처구니없이 들렸겠습니까. 그런 겁니다. 모두가 말은 안하지만, 여러분이 말을 하는 순간, 여러분의 권위와 지적 능력, 그리고 삶의 등급이 매겨지는 겁니다. 여러분이 제아무리 신문을 읽고, 사자성어를 입에 담고, 논어를 인용하더라도, 언어를 '제대로, 잘' 쓰지 못한다면 소용이 없습니다. 차라리 그저 고급스러운 넥타이를 매고, 결이 좋은 양복을 입고 고개만 끄덕이는 게 낫습니다. 입은 꾹 다문 채로요."

모두가 입을 꾹 다물고 있었다. 침묵의 감탄은 21세기 글로벌 생존 어학원을 압도하고, 우리시장을 압도하고, 대림동 906번지 전체를 압도하는 듯했다.

수강생들은 모두 고개를 끄덕였다. 부산 사투리를 쓰는 외계인인 나 부르스, 심한 중국어 억양으로 상인조합에서 무시를 당하는 조선족 상인 리씨, 일본어 억양 탓에 팀 내에서 차별을 당하고 있는 재일교포 야구선수 키무 상, 그리고 명동에 입성했으나 심한 벌교 사투리 때문에 교양 없어 보인다며 정치인들에게 소개받지 못한 어깨 여섯이 고개를 끄덕였다. 글로벌 생존 어학원의 실내를 가득 채운 침묵 속에는 그야말로 글로벌하게 살아남아야겠다는 의지가 가득 차 있었다. 모두들 '입을 꾹 다문 채' 있었지만, 마음속으로는 수천장에 달하는 결의문을 써내고 있었다. 벌교 어깨들, 조선족 리씨, 재일교포 키무를 통해 그 결의는 한국을 넘어, 중국과 일본에까지 퍼지는 듯했다. 아니, 나도 합세했으니 서울말 한번 제대로 배워보자는 의지가 전우주적으로 퍼지는 밤이었다.

길고 오랜 침묵이었다. 리씨가 대륙 전체를 누비며 후회를 하고, 키무가 열도 전체를 헤집으며 한탄을 하고, 어깨들이 남도 전체를 때려눕히고 과거까지 바로잡을 수 있을 만큼의 시간이었다. 지구인들의 기준으로 본다면 짧을지 몰라도, 나로서는 화성에서 밥을

먹고 금성에서 소화를 시키고 수성에서 똥을 쌀 만큼의 시간이었
다. 그 시간 동안 우리는 '제대로, 잘' 해내지 못했던 과거의 언어생
활을 청산하고 있었다. 그리고 굴욕적이었던 우리의 기억들을 떨
쳐내고 있었다.

"아…… 노…… 그라라무노, 우쨰케 아…… 노…… 칸베키나 하
는 소우루 마를 구사하루 수 이쑤니까?(아, 그러면 어떻게 완벽한
서울말을 구사할 수 있습니까?)"라고 키무가 물었다.

'과연 무시당할 만한 한국어 실력이다.'

순간, 나는 나 자신에게 경악하고 말았다.

이런, 내가 키무가 무시당할 수 있다는 것을 '납득이노, 하고노'
말았다니. 내 안에도 언어로 사람을 판단하고 무시하는 정서가 존
재했던 것이었다.

정말, 제대로, 서울말을 잘, 구사해야 한다.

그래야 연기를 할 수 있다. 인기가 높아지면 방송에서는 어쩔 수
없이 나를 찾을 것이다. TV를 좌지우지하는 존재는 시청자다. 시
청자들이 원하면 나는 다시 방송에 나갈 수 있고, 그때는 제작자들
도 어쩔 수 없을 것이다. 잘만 하면 생방송에 나갈 수도 있다. 그렇
다면 지난번처럼 나의 중대발표가 녹화 도중에 잘리는 일은 없다.
어쩌면 방송을 본 동료들이 나를 찾아올지 모르고, 그러면 동료들
을 다시 만나 고향 별에 돌아갈 수 있다.

생각이 여기까지 미치자, 더욱 열과 성을 다해 서울말을 배워야
겠다는 의지가 샘솟았다.

"자, 그럼 다 같이 볼펜을 입에 물어볼까요."

우아하고, 근사한 말투였다. 교양 있고, 학식 있는, 국립대학 박사 학위 소지자라 해도 좋을 만큼 부러운, 무허가 학원장의 말투였다.

글로벌 생존 어학원생들은 문자 그대로 살아야겠다는 의지로 볼펜을 입에 물었다. 그리고 연습을 시작했다.

"밥,먹,었,어,요?"

내가 "밥— **무**— **아**— **았**— **어**— 요—?"라며, 침을 흘리며 따라 했다. 호수 위를 미끄러지듯 유영하는 선생의 백조 같은 억양과는 달리, 나의 억양은 칼부림을 하며 미쳐 날뛰는 망나니 같았다.

어깨도, 리씨도, 키무도 다 같이 외쳤다. 동시였다.

"밥— 무— 었— 어— 요—?

머— 읐— 오— 요—?

마— 았— 우— 용—?"

처참한 광경이었다. 리씨는 통한의 눈물처럼 침을 흘렸고, 키무는 눈물 섞인 침을 흘렸고, 어깨들은 그냥 대놓고 울었다. 글로벌 생존 어학원의 바닥에는 살고자 하는 이들의 침과 눈물이 뒤섞였다. 끈적끈적한 신체의 반응이자, 질퍽질퍽한 생존의 몸부림이었다.

부산말을 처음 배울 때도 힘겨운 시간을 보내기는 했지만, 서울 말을 배우는 것은 차원이 달랐다. 부산말은 백지 상태에서 오랜 시간을 들여 꼼꼼하게 내 의지대로 배운 것이었다. 거기에는 그 어떤 정취 같은 것이 있었다. 말하자면, 누구도 시키지 않았지만, 가슴이 시켜서 시를 쓰는 것 같은 일종의 낭만이 있었다. 하지만 서울말은 달랐다. 그것은 애써 채워놓은 나를 다시 비워내는 일이었다. 애써 붙여놓은 살들을 다시 잘라내는 것이었고, 애써 붙여놓은 근육을 다시 떼내야 하는 것이었다. 마치 너는 출생지가 잘못됐으니 뉴욕에 가서 다시 태어나라는 명을 받은 것 같았다. 그야말로 환골탈태였다.

우리는 아침 드라마를 보며 볼펜을 물었고, 일일 드라마를 보며 볼펜을 물었고, 미니시리즈를 보며 볼펜을 물었다. 마찬가지로「모닝 와이드」를 보며 볼펜을 물었고,「여섯시 내고향」을 보며 볼펜을 물었고,「나이트 라인」을 보며 볼펜을 물었다. 때로는 뉴스 속보를 보며 물었다. 놓칠 수 없다는 듯이 물었다. 그리고 물 때마다, 우리는 울었다.

물고, 울고, 물고, 울고.

파블로프의 개가 된 심정이었다.

바닥에는 침이 고였고, 눈물도 따라 고였다.

건물이 녹말로 지어졌다면 건물 전체를 녹여버릴 만큼의 아밀라아제가, 침으로 쏟아져나왔다. 역시 염전을 차려도 손색없을 정도의 염분이, 눈물로 쏟아져나왔다.

달력은 한장씩 찢겨나갔고, 몸에서 아밀라아제와 염분은 줄줄 빠져나갔다.

어느날, 우리는 더이상 울지 않게 되었다.

리씨는 눈물샘이 말랐기 때문이라 했다.

키무는 침도 흘리지 않았다. 신체의 수분이 모두 빠져나갔기 때문이라 했다.

어깨들은 심지어 살마저 빠졌다. 화보 촬영을 할 태세의 날씬한 근육질 몸매로 변했다. 수분이 모두 빠지고, 엄청난 칼로리를 소모한 덕이라 했다.

나는,

이미,

눈물과 침이 마르고, 수분이 빠지고, 군살이 빠지고 난 후였다.

글로벌 생존 어학원에서의 8개월을 겪으며 나는 완전히 다른 사람이 되어 있었다.

리씨가 와서 말했다.

"부르스, 정말 축하해. 자네도 이제 제법 근사하게 말을 하는군."

완벽한 서울말이었다.

우리는 악수를 나눴다. 각자의 손에는 '21세기 글로벌 인재 육성 과정 수료증'이 쥐어져 있었다. 눈물이 터질 만한 감격적인 순간이었지만, 눈물은 더이상 나오지 않았다.

*

사장은 입에 거품을 물고 반색을 했다.

"내는 마, 니가 해낼 줄 알았다. 니는 마, 집념의 사나이 아이가. 이제부터 연기하고, 다시 방송하는 기라. 안 그래도, 조(趙)감독이니 궁금해하더라. 전에 미안했던 일도 있고, 지도 이제 드라마로 입

봉한다고 니만 괜찮다면 니 쓰고 싶다 카더라."

사장은 마치 라테를 마신 것처럼 입가에 거품을 뿜어내며 말했다.

"예능 하다가 드라마 하는 일이 방송국에서는 흔치 않거든. 조감독도 마, 역사를 새로 쓴다고 입이 째지고 난리 아이가."

입이 째져 있을 조감독을 생각하니 갑자기 슬퍼졌지만, 눈앞에 있는 사장도 당장 손쓰지 않으면 곧 입이 찢어지려 했다.

"니, 조감독 이래 업돼 있을 때, 함 찾아가라. 가가 이자 헛소리 안하고 열심히 한다 캐라. 알았제. 안 그래도 내가 연락 다 해났다. 여의도에 있다 카이까, 지금 가봐라. 이자 시작된다. 부르스의 전성시대. 우리는 마 니 이름처럼 춤출 날만 남았다 아이가."

사장은 이제 할 일이 정말 춤밖에 없다는 듯이 맥락 없는 스텝으로 춤추기 시작했다. 사장의 입이 찢어질까 여전히 염려스럽긴 했지만, 일단은 간단한 인사를 한 뒤 사무실 문을 나섰다.

햇살이 혼곤하게 머리를 데워주는 날이었다. 태양이 나를 미행하듯 쫓아왔고, 9월의 햇살 속에 피어난 아지랑이가 어지럽게 떠다녔다. 새들은 별다른 목적지가 없다는 듯이 허공을 유영하고 다녔다. 그런 풍경을 보고 있자니, 내가 지구에 와서 이때까지 과연 무슨 일을 했는가 싶었다.

여의도로 가기 위해 구로역에 들어섰을 때도 그 느낌은 사라지지 않았다. 열차가 들어왔을 때도, 열차에 올랐을 때도, 열차가 움직일 때도 여전히 생각의 흐름은 지구에서의 지난 시간들을 거슬러가고 있었다.

어디선가 부산의 골목길과 공원에서 뛰어노는 아이들의 소리가 들렸다. 나는 그곳에 약속 없이 앉아서 노인과, 아이들과, 청년과, 노부부의 대화를 듣고 있다. 해질녘 갠지스 강에서 노을을 바라보는 수행자인 양 앉아 있었다. 지구의 햇볕을 쬐었고, 지구의 공기를 마셨다. 지구인들의 대화에 조금씩 빠져들었고, 내 존재 전체가 지구인들의 대화에 흠뻑 빠져들었을 때 불현듯 지구인들의 삶을 이해하기 시작했다. 그러던 사이, 어느 순간 입안에 지구인들의 말이 불쑥 들어왔다. 마치 누가 입안에 음식을 넣어준 것처럼.

열차는 어느덧 신도림역에 들어섰다.

서울말을 배우며 보낸 긴 시간 동안 눈물을 들키지 않으려 세면대에 수돗물을 틀어놓고 세수하며 울고, 샤워기를 틀어놓고 엉엉운 것이 몇번이었던가. 그럴수록 나는 더욱더 열심히 말을 배우려 했다. 서울말을 배우는 것은 돌아가기 위한 수단이었는데, 어느 순간 그것 자체가 목적이 돼버렸다. 고향에 돌아가기 위해 서울말을 배우려는 건지, 이곳에서 살아남기 위해 서울말을 배우려는 건지 나조차도 헷갈렸다. 고향에 가려면 살아야 하고, 살아남아야 하기 때문에 서울말을 배우는 거라고 나 자신을 설득했다. 서울말만 입에 붙으면, 모든 일이 풀릴 거라고 주문을 걸며 지내왔다. 지난 4년을. 물론 지구인들의 기준으로 보자면 4년이지만, 내 입장에서는 4천년의 시간이었다. 조감독을 만나러 가는 길에는 삼류 영화의 엔딩처럼 지난날들이 머릿속을 스쳐 지나갔다. 아니, 좀더 촌스러운 표현이 낫겠다. 그래, 주마등. 37,865만번은 본 듯한 표현. 지난날이

주마등처럼 스쳐갔다.

열차가 신도림과 영등포를 지나는 동안, 나의 기억도 빠른 속도로 부산의 골목길과 공원을 지나 대림동 불법 학원을 지나고 있었다. 그리고 이제 나를 버렸던 여의도로 다시 간다. 여의도로 가려면 일단은, 신길에서 갈아타야 한다. 신길에 이르자 사생아처럼 태어나자마자 버려져야 했던 나의 방송이 떠올랐다. 나를 보며 조소를 던지던 사회자. 그 대머리 사회자가 내 앞에서 여전히 웃는 것 같았다. 나는 머리를 흔들었다. 나는 달라졌다. 더이상 웃음거리가 되는 사투리만 쓰는 외국인(아니, 외계인)이 아니다. 이제는 감동적인 연기를 펼쳐 시청자들의 성원을 등에 업고 당당히 컴백할 거라고, 되뇌었다.

그리고 나서 눈을 뜨니, 놀랍게도 그 대머리 사회자가 내 앞에 있었다.

나의 동공은 눈꺼풀을 벗어날 정도로 커졌다.

내 앞에 그가 있다는 사실에 놀랐고, 기억 속에서 미친 듯이 웃어대던 그가 미친 듯이 울고 있다는 사실에 또 한번 놀랐다. 울고 있는 대머리와 멍하니 서 있는 나 사이로 많은 환승객들이 우르르 지나갔다. 그러다 한참을 바라본 뒤에야 알았다.

그는 대머리 사회자가 아니었다.

어쩌면 대머리 사회자를 처음 보았을 때, 어디선가 본 것 같다는 생각이 들게 했던 당사자, 그 착각의 주인공이라는 생각이 들었다.

그의 입속으로는 여전히 콧물과 눈물이 두줄기 폭포수처럼 흘러들고 있었다. 그때 그 혼돈의 주인공이 입을 열었다.

"나여, 부르스. 나, 라돈치치. 나 못 알아보겠는감."
심각한 충청도 사투리였다.

3장 할리우드적 세계관

라돈치치는 대머리 사회자처럼 눈을 똑바로 뜨고는 쳐다볼 수 없을 정도로 눈부셨다. 그 광채는 온 우주의 모든 암흑을 밝혀내고도 남을 만했다. 어쩌면 나는 라돈치치가 뿜어내는 이 눈부신 빛 때문에 내 기억의 눈동자가 실명한 게 아닐까,라고 생각했다. 그러나 그런 생각의 꼬리를 붙잡기도 전에, 그는 이야기를 들려주었다. 그 이야기는 실로 굉장했다. 정면으로 바라보면 실명해버릴 정도로 압도적이게 눈부셔, 도저히 믿기 어려운 이야기였다.

라돈치치와 나는 '우리'였다.
내가 이 땅에 보내지기로 계획된 것은 3만 5천년 전.
나는 총 300명의 정예집단에 포함된 한명이었다. 우리의 선조들은 원래 살던 행성의 극심한 재해로 인해, 고향 별을 떠날 수밖에 없었다. 선조들은 수억년을 살아온 삶의 터전을 버리고 이웃 별인, 빨래수타로 이주했다. 빨래수타는 이수라멘 행성인이 버린 별이었다.

극소수였던 이수라멘 족들은 척박한 빨래수타를 버리고 지구로 떠났다. 초기에 지구인들의 모습으로 미처 성형하지 못한 일부 이수라멘 족들은 몇번 발각되기도 했다. 미국 뉴멕시코 주의 로즈웰 초원에서 제법 심각하게 발각된 적이 있었으나, 당시 굉장했던 메릴린 먼로의 엉덩이에 묻혀 관심을 돌릴 수 있었다. 물론 우리 빨래수타 선조들도 종종 시찰단을 보내 지구를 탐색하기도 했다. 그러나 우리는 빨래수타라는 버려진 행성에 만족하기로 했다. 선조들은 약 10억년 동안 빨래수타에 산소를 주입하고, 인공산을 쌓고, 바다를 지어 살 만한 환경을 갖추었다. 우리는 자연스럽게 빨래수타를 고향으로 여기게 됐다. 하지만 3만 5천년 전, 빨래수타를 버리고 떠났던 이수라멘 행성인들이 다시 불쑥 찾아왔다. 우리가 가꿔놓은 빨래수타가 그들의 탐욕을 자극했던 것이다.

지구에 살던 이수라멘 족은 빨래수타에 대한 향수병을 심각하게 앓고 있었다. 그들은 대부분 북미에 거주하며 할리우드 영화를 만들었고, 석유가 필요하다는 지구인들의 요구에 따라 전쟁을 일으켰다. 지도자가 바뀔 때마다 태도를 바꿨고, 그럴 때마다 철학을 바꿨다. 아니, 철학이랄 게 없었다. 아예 버리고 시작한, 피곤한 이주민의 삶이었다. 이수라멘 족은 빨래수타가 살 만하게 되자, 자신들의 행성 소유권을 주장하기 시작했다. 더이상 지구에서 피곤한 이주민 생활을 할 필요가 없다고 판단한 것이다. 그 결과, 우리는 지난 3만 5천년 동안 그들과 행성 소유권을 놓고 분쟁을 겪어야 했다.

결국 평화를 사랑하는 우리 선조들이 빨래수타를 떠나 지구에서 살기로 했다. 대대적인 엑소더스였다. 살기 위해 지구인의 모습으로 수술을 했고, 지구의 언어를 습득하기 시작했다. 나와 함께 왔던 '우리'는 지구인의 모습을 한 최초의 빨래수타인 300인이었다.

수술은 대대적으로 실시됐다. 호로쇼비츠 박사는 300명을 차례차례 지구인의 모습으로 바꿨다. 북미에 정착한 이수라멘 족들이 거처를 '양보' 하겠다 했으므로, 우리는 그곳으로 갈 생각이었다. 수술의 모델은 당연히⋯⋯ 앵글로색슨 족이었다.

첫 수술은 대실패였다. 박사는 원숭이와 사람을 구분할 수 없었다. 원숭이 같은 녀석이 만들어졌다. 두번째도 실패였다. 박사는 원숭이와 사람은 겨우 구분하게 되었지만, 흑인과 백인을 구분할 수 없었다. 그래서 반은 흑인이고 반은 백인인 몰골이 탄생했다. '반흑반백인'이었다. 피아노 건반처럼 한가운데에서 흑과 백으로 나뉜 얼굴이었다. 스티비 원더와 폴 매카트니의 「에보니 앤 아이보리(Ebony and Ivory)」* 뮤직비디오에 출연하면 딱 맞을 것 같았다.

그제야 박사는 지구인의 색을 너무 쉽게 봤다며 본격적인 농도 연구에 착수했다. 하지만 박사의 실수는 계속됐다. 앵글로색슨 족이라기보다는 과테말라, 볼리비아, 네팔, 인도인이라 해도 손색없는 까무잡잡한 얼굴들을 빚어냈다. 깜박 졸았다 했다. 그럴 만했다. 박사는 눈만 뜨면 성형수술을 했다. 자면서 해도 모자랄 정도였다.

156번째인 나를 수술할 때, 박사는 어느정도 감을 익혔다고 했다. 절반의 성공이라는 평가도 들었다. 덕분에⋯⋯ 나는 어찌 보면 동양인 같고 어찌 보면 서양인 같았다. 박사는 신약 개발에 몰두했고, 그러던 어느날 탄성

---

* 폴 매카트니가 스티비 원더와 함께 부른 듀엣 곡. 사이좋은 피아노 건반처럼 세상은 흑과 백이 조화를 이뤄야 살 수 있다는 가사의 노래로, 인종차별 반대 메시지를 담고 있다.

을 질렀다. 앵글로색슨 족의 피부 비결을 파악했다는 것이었다.

박사는 개발한 약을 많이 써보기도 했고, 적게 써보기도 했다. 많이 썼더니 밀가루처럼 허연 얼굴이 나왔다. 256번째 실험 대상, 라돈치치가 그랬다. 실로 희끄무레했다. 인간 도화지였다. 바라보면 낙서를 하고 싶을 만큼 깨끗했다. 게다가 모발공장의 파업으로 모발 공급까지 부족했다. 라돈치치는 첨예한 노사 갈등과 박사의 실수로 빚어진 결과를 한 몸에 안고 태어났다.

300명째 실험 대상인 마지막 요원 차례에 박사는 가까스로 성공을 거뒀다.

박사는 남자를 수술했고, 남자에겐 그 이름도 정통 앵글로색슨 족다운 '마이클'이란 이름을 붙여줬다. 그리고 마이클이 홀로 지구인의 모습으로 지내는 게 보기 좋지 않아, 그 아내를 수술해줬다. 아내의 이름은 당연하다는 듯이 '제인'으로 결정되었다.

하얀 도화지 위에 털 몇개와 눈 코 입이 대충 그려진 듯한 라돈치치가 말했다.

"거, 뭐여, 그라구 전부 300명이 지구로 온 거여."

실로 엄청난 스토리였다.

"그럼, 제인은 안 온 건가?"

이상하게도 나는 그따위 질문을 하고야 말았다.

"그려. 마이클은 기러기 아빠여. 아들이 빨래수타에서 과학고를 다니거든."

"음…… 똑똑한 집안이군."

이상하게도 나는 또 이따위 것에 감탄하고 있었다. 그러다가 문득 생각이 들었다.

"그런데, 자네는 왜 충청도 사투리를 쓰는가?"

그와 나 사이에 침묵이 흘렀다. 라돈치치의 얼굴에 연애편지를 한통 쓰고도 남을 시간이었다. 쓴 편지를 지우고 두번째 편지를 쓸 만할 때, 라돈치치가 입을 뗐다.

"그날 추락하는 기체에서 탈출할 때, 1소대 애들은 낙하산을 일찍 펴서 경기도 동두천에 떨어졌고, 우리 2소대는 충북 증평에 떨어졌구먼."

라돈치치는 여기까지 말하다가, 잠시 쉬었다.

"3소대 애들은 전남 영광에 떨어졌고, 마지막까지 딱 한놈만 낙하산을 못 폈는디……"

바람이 우리 둘 사이를 지나갔다.

"그게 너여."

바람이 온몸을 관통하는 것 같았다.

"대기권을 통과할 때 모두 기체에 엄청 부딪혔는디, 몇몇은 아예 의식을 잃었구먼. 아마 자네도 그랬나벼."

그러더니 라돈치치는 갑자기 흐느끼며 울기 시작했다.

"미안혀, 내가 챙겨주지 못혀서. 우리 훈련받을 때 자네가 나 엄청 챙겨줬는디, 그때 의식 잃은 넘덜이 너무 많혀서, 나도 그만 정신이 없어서. 미, 미…… 안…… 혀…… 친구"라며 얼굴이 흐늘흐늘해질 듯이 울먹였다.

라돈치치의 말을 듣고 나니 이해가 되었다. 어째서 추락한 기체 안에 충분한 달러가 있었는지, 왜 내가 혼혈인 같은 모습을 하고 있는지.

내가 잃어버렸다고 생각했던 것과 그것을 되찾기 위해 걸어왔던 길이 생각났다. 결국 나는 실험용 쥐인 것이다. 지구에서 과연 생존할 수 있는지 실험해보기 위해 보내진 대상이, 바로 우리였다.

"그런데, 자네는 대기권을 통과할 때 기억을 잃지 않았나?"

"그려, 나도 그렸어. 나도 뭐에 홀린 것 같았다니께. 근데 딱 한 놈, 그놈만이 제대로 기억하고 있었던 거여. 마이클이여. 그놈이 방방곡곡을 댕기며 우리를 다 모은 겨."

"그럼 지금 다들 어디에 있단 말인가?"

말할 수 없는 기대감이 부풀어올랐다. 나는 감격에 차서 라돈치치의 대답을 기다렸다. 라돈치치는 희끄무레한 눈빛으로 말했다.

"여기여, 여기. 신길역에서 내리는 겨."

*

긴 이야기를 해서 지친 탓인지, 라돈치치는 말없이 걸었다.

어디선가 기분 좋은 비가 내리고 있었다. '내린다'는 표현이 무색할 만큼 가는 비였다. 처음에는 눈에 보이지 않을 정도였다. 비라기보다는 오히려 증발하려던 수증기가 뭔가를 잊은 게 있어서 잠시 땅으로 되돌아오는 것 같았다. 어찌 보면 누군가가 거대한 분무기로 하늘에서 옅은 물방울들을 흩뿌리는 것 같았다. 그리고 행인들은 이상하게도 이 이색적인 광경을 반가워했다.

우산을 쓴 사람은 아무도 없었다. 아이들은 이 정체 모를 시원함이 좋은지 발맞추어 뛰었다. 대학 신입생 정도로 보이는 남녀는 추억이라도 쌓을 생각인지 분무기처럼 흩뿌려지는 빗속에 호기롭게 몸을 맡겼다. 곱게 다린 양복을 입은 회사원은 아무렇지 않다는 듯이 서류가방을 든 채로 묵묵히 가던 길을 계속 걸었다.

그러는 사이, 비는 아이들과 젊은 남녀와 회사원에게 차츰 내려앉았다.

무심하다면 내리는지조차 모르게, 비는 조금씩 시원한 공기처럼 가라앉았다.

아이와 청춘들과 회사원의 어깨를 적셨고, 몸을 적셨고, 세상 모두를 적셨다. 시원했던 9월의 비는 차가워지기 시작했고, 세상은 어느새 냉랭한 기운에 흠뻑 젖어들었다. 그러나 사람들은 약속이라도 한 듯이 **자신들이 젖고 있다는 것을 몰랐다.**

그리고 어디선가 우산을 쓴 사람 한명이 불쑥 나타났다. 그제야 사람들은 하나같이 고개를 젖혀 하늘을 보았다. 비는 사람들이 도망가지 않게 하겠다는 듯이 소리 없이 내리고 있었다. 하지만 시간이 지나고 보니 그것은 상당한 양이었다. 상당한 양의 비가 여전히 야금야금 내리고 있었다. 사람들은 그제야 우산이 필요하다는 것을 깨달았다. 그러나 이미 모두가 흠뻑 젖고 난 후였다.

라돈치치와 나 역시 흠뻑 젖어 있었다. 라돈치치의 머리 위에는 빗물이 눈물처럼 뚝뚝 떨어지고 있었다. 라돈치치가 고개를 돌려 말했을 때, 그의 얼굴에서 떨어지는 것이 빗물인지 눈물인지 약간 헷갈리기까지 했다.

"근데 자네 부산에 떨어졌다면서 어째 그래 서울말을 잘하는 감?"

"아, 나는 학원에서 배웠다네."

"자네도 학원 다녔는감? 우리도 학원 다니는디. 근디, 학원에서 영어는 안 배우고 웬 서울말인가?"

"응? 영어라니." 나는 놀라서 물었다.

라돈치치는 너무도 태연하게 대답했다.

"아, 내가 아까 말 안해줬나. 우리 외계인은 영어로 소통하는디."

순간 온몸에서 근력이 빠져나가는 것 같았다. 나도 모르게 주저앉고 말았다. 라돈치치의 말은 바람에 실려 날아갔지만, 그 말에는 강한 자성이 있어 내 몸의 철분을 모조리 뽑아버린 것 같았다. 나는 빗물이 고인 바닥에 무릎을 꿇은 채 쉰 소리로 물었다.

"그럼, 자네는 뭔가?"

"말했지 않은가. 대기권 통과할 때 초자연적 현상으로 기억을 잊었다고. 자네도 그런 거 아닌가?"

그랬다. 나도 언어를 잊었다. 그런데 그게 영어라니.

자세히 보니 라돈치치의 얼굴에 흐르는 것은 빗물이었다.

눈물은 오히려 내 볼을 타고 내리고 있었다.

*

"우리는 다 영어만 쓰는구먼. 지구로 오기로 하고, 3만 5천년 전부터 영어만 써. 지금 빨래수타어를 쓰는 동족은 아무도 없어. 사실 못 쓰는 거여. 학자들만 알어. 이수라멘 족도, 화성인도, 금성인도 모두 영어를 쓴다야. 모든 외계인의 공용어가 영어란 말이여. 자네는 영화도 안 보는감. 할리우드 영화 말이여. 거 보면 외계인들은 전부 대사, 영어로 하는디."

그 순간, 내가 이때까지 봐왔던 영화들이 정말 필름처럼 스쳐 지나갔다.

미국 영화 「다락방의 외계인」. 영어를 했다. 할리우드에서 만든 영화에 출연하는 외계인들은 모두 영어로 말했다. 혹은 말을 하지 않았다. 말을 한다면 영어를 했고, 그렇지 않으면 묵묵히 건물을 부술 뿐이었다. 처음 보았을 땐, 외계인이 태연하게 영어로 말하는 게 의아했다. 하지만 그런 영화들을 계속 보다보니 어느 순간 익숙해져버렸다. 그것을 당연하게 받아들였고, **할리우드의 입장에서 지구를 이해하게 되었다.**

한국 영화 「불청객」도 그랬다. 외계인은 당연하다는 듯이 영어로 말했다. 심지어 주인공은 영어를 유창하게 구사하지 못해 식은 땀을 흘리기까지 했다. 주인공의 친구는 영어에 자신이 없다며 외계인과의 대화를 주인공에게 떠넘기기까지 했다. 흡사 미국인이

길을 묻는 장면 같았다.

일본 만화 「간츠」도 그랬다. 거기서도 비록 욕지거리나 짧은 대사뿐이었지만, 외계인은 분명 영어로 말했다. 마치 유창하지 못한 자신의 영어회화 실력에 열등감이라도 겪고 있는 듯 주눅 들어 보였다.

중국 영화 「장강 7호」. 외계인은 한마디도 하지 않았다. 맙소사. 영어를 하지 못해서 그랬던 거다. 순간, 섬뜩하게 깨달았다. 영어를 하는 외계인들은 항상 주인공들과 소통을 하는 친구이거나 메시지를 주고받는다. 그리고 영어를 하지 못하는 외계인들은 고개만 끄덕이거나, 바보처럼 주인공을 물끄러미 바라보며 웃기만 한다. 안절부절못하는 웃음. 어학연수 간 학생이 첫 시간에 강사의 질문을 이해하지 못해 대답 대신 보내는 억지웃음. 그것이었다.

할리우드 영화를 보다가, 할리우드 식으로 생각하다가, 할리우드 식으로 지구를 이해했다. 그리고 어느날 나는 그것을 당연하게 받아들였다. 할리우드가 내게는 지구를 이해하는 세상의 창이었던 것이다. 망할, 이수라멘 족들의 승리다. 이수라멘이 이 땅에 적응하기 위해 할리우드를 세우고, 할리우드 영화를 만들고, 할리우드 영화를 전파했다. 할리우드 식 가치관이 지구를 지배하는 것이다. 결국 이수라멘 족의 가치가 지구를 지배하는 것이다. 그렇다면 이수라멘 민족들이 빨래수타로 대이동을 하더라도, 지구는 여전히 이수라멘의 손안에 있다. 이미 모든 지구인들이 이수라멘이 만든 할리우드 식으로 생각하기 때문이다. 나조차도 그랬다니…… 완벽한

패배다.

그렇게 생각하고 보니, 알 수 없는 분노에 휩싸여 말없이 금문교와 엠파이어 스테이트 빌딩을 부수는 외계인의 모습은…… 어쩌면 이수라멘 족이 보내는 메시지 같다는 생각이 들었다.

영어를 열심히 배우지 않으면, 이렇게 난폭하고 무식한 외계인이 됩니다.

은하계에서 가장 살기 좋은 지구에서 적응하고 지구인들과 사이좋게 지내고 싶으면, 어서 빨리 영어를 배우세요. 지금입니다.

그러면서 영어를 하는 외계인들은 지구인들과 친구가 된다. 악수도 하고, 운이 좋으면 금발의 미소녀가 흘리는 우정의 눈물이 당신의 손등에 떨어질지도 모른다. 그러니 영어를 배우세요. 빨래수타는 3만 5천년 전부터 영어를 배웠답니다. 지금은 모두 영어를 쓰죠. 우리, 이수라멘요? 물론 영어를 쓰죠. 그러니 여기 뉴욕 32번가에서 근사하게 스테이크를 자르는 거 아닙니까. 영어를 배우세요, 어서 빨리. 바로 지금입니다.

홈쇼핑 광고 같다. 그러고 보면 이수라멘 족들이 만든 할리우드의 배출물들은 모두 거대한 광고 같다. 이 긴 광고를 본 화성인이나 목성인들도 지금쯤 할리우드 식으로 생각하고, 할리우드 식으로 이해하고, 할리우드 식으로 살아가겠지. 지구에서의 삶을 꿈꾸면서. 아, 어쩌면 리바이스 청바지를 입고 있을지도 모르겠다.

자괴감에 빠졌다.
심각한 할리우드 식 자괴감이었다.

나는 리바이스도 없고, 뉴욕에서 스테이크를 주문할 줄도 모른다.

부산에서 지구 생활을 시작한 나는 뭔가. 왜 하필이면 부산인가. 왜 하필이면 한국이었을까. 햇살 좋고 바다 좋고, 달러를 바꿀 필요도 없는 캘리포니아도 있었는데. 플로리다에 추락할 수도 있었는데. 아니면 영어를 쓰는 런던에 추락할 수도 있었는데. 런던이 아니더라도…… 필리핀. 그래, 필리핀 정도만 됐더라도 나는 당연하게 영어를 배웠을 텐데.

감당하기 힘든 거대한 충격과 자괴감 사이에서 허우적거렸다. 눈물과 침을 흘리며 배운 표준어란 무엇인가. 언어를 '제대로, 잘' 배워야 한다고 말했던 원장은 뭐였나. 지나간 세월이 무용(無用)하게 느껴졌다. 과거를 새로 쓰고 싶어졌다. 새로 태어나고 싶었다. 열심히 땀 흘리며, 눈물 흘리며 배웠던 부산말과 서울말이 원망스러웠고, 과연 무엇을 위해 살아왔는가 하는 서글픈 회한이 밀려왔다. 거대한 파도처럼 밀려왔다.

그것은 온 세상을 삼킬 만한 막대한 파도였다.

그리고 라돈치치가 안내한 곳의 문을 열었을 때, 그 파도는 나의 온몸을 삼켜버렸다.

297명의 외계인들이 길게 혀를 빼물고 'r' 발음을 하고 있었다.

과테말라, 멕시코, 볼리비아, 아르헨티나, 브라질, 러시아, 우즈베키스탄, 키르기스스탄, 네팔, 몽골, 부탄, 인도, 독일, 이탈리아, 보스니아, 터키, 사우디아라비아, 이라크, 이란, 아프가니스탄, 에티오피아, 케냐, 스와질란드…… **사람처럼 생긴** 외계인 297명이 길게 혀를 빼고 있었다. 모두 혀가 뽑혀나갈 정도였고, 모두 'r' 발음을 하고 있었다. 원숭이 같은 녀석도 있었고, 반흑반백인 녀석도 있었다. 언젠가 텔레비전에서 본, 세계 각국의 영어를 배우는 학생과 노동자들의 다큐멘터리 같았다.

'우리' 중의 유일한 앵글로색슨 족, 마이클만이 여유 있는 웃음으로 부드럽게 혀를 굴리고 있었다. 호수 위를 떠다니는 백조처럼 우아하고, 아주 미끈한 혀 놀림이었다. 반면, 나머지 297명의 혀는 백조가 되고자 몸부림치는 오리처럼 절박하고 촌스러운 발악을 하고 있었다.

이미 놀란 나의 입은 턱이 빠질 듯이 벌어졌지만, 나는 더욱 충격적인 사실을 보고야 말았다. 내 동공은 안구를 뚫고 나올 듯이 확대돼버렸다.

그들 틈에 글로발 생존 어학원장이 있었다. 과테말라와 볼리비아 사이에 끼어 혀를 길게 빼고 'r' 발음을 하고 있었다. 혀는 부들부들 떨고 있었고, 몸 역시 바들바들 떨고 있었다. 마이클은 원장 옆에서 혀를 더 길게 빼야 한다고 사무적으로 말하고 있었다. 원장은 안간힘을 다해 혀를 빼다 급기야 바닥에 침을 질질 흘리고 있었다. 마이클은 여전히 사무적으로 좀더 빼야 한다고 말했고, 원장은 더이상은 나오지 않는다며 아이처럼 그렁그렁한 눈망울로 마이클을 바라보았다. 그러면서 입을 열었다.

"설소대*를 자를까요?"

---

* 혀 밑바닥과 입안을 연결하는 힘살.

나는 화석처럼 굳어버린 채, 그 광경을 바라보았다. 이러지도 저러지도 못하는 굳어버린 표정으로 그 광경을 넋 놓고 보았다. 그러다가 마이클과 눈이 마주쳤다.

마이클이 뭐라, 뭐라, 뭐라, 뭐라, 뭐라, 뭐라, 뭐라, 뭐라, 뭐라, 뭐라, 크게 말했고, 나는 안절부절못한 채 마이클에게 웃음을 지어 보였다. 마이클이 반갑다고 말하는 것 같기도 했고, 나를 찾아다녔다고 하는 것 같기도 했고, 어디 있다가 이제 왔느냐는 것 같기도 했고, 우리 어머니가 죽었다고 말하는 것 같기도 했고, 영어를 배워보지 않겠느냐고 하는 것 같기도 했다. 나는 억지웃음을 지어 보였다.

그리고 다음 날부터 길게 혀를 내빼는 '우리' 중 한명이 되었다.
마이클이 말한다.
역시 살려면 어서 배워야 한다는 것 같기도 하고,
별것 아니니 자신감을 가지라고 하는 것 같기도 하고,
어서 다 같이 빨래수타에 돌아가자고 하는 것 같기도 하고,
아니면 지구에서 살자는 것 같기도 하다.
여전히 나는 이해하지 못하고 있다. 지금 내가 이해하는 것은 하나뿐이다.
어서 'r' 발음을 마스터해야 한다.
가족들을 만나기 위해서일 수도 있고,
고향 별에 한번이라도 가보기 위해서일 수도 있고,
이곳 지구에서라도 살아남기 위해서일 수도 있다.
어쩌면 그저 'r' 발음을 근사하게 하기 위해서일 수도 있다.

비트겐슈타인이 그랬다.

'내 언어의 한계가 내 세계의 한계'라고.

Track 3

"괜찮아,

니 털쯤은"

1

세상에는 여러 부류의 사람이 있다. 키 큰 사람, 키 작은 사람, 머리숱 많은 사람, 머리숱 적은 사람, 근육질의 남자, 왜소한 체격의 사람, 그리고 원숭이 인간.

'아, 잠깐. 뭐라고, 원숭이 인간?'

'맞다, 원숭이 인간.'

그렇다. 내가 실은 원숭이라고 말을 하면 처음에는 농담으로 생각하다가, 나의 진지한 얼굴을 보고는 '설마겠지'라는 표정을 짓다가, 결국에는 당혹감을 감춰버리지 못할 것이다.

뭐, 어쩔 수 없는 건 어쩔 수 없다.

물론, 내가 원숭이라는 사실을 사람을 만날 때마다 떠벌리지는 않는다. 아무리 사회가 다양화되어도 "만나서 반갑습니다. 저는 사실 원숭이입니다. 밤마다 목이 감겨버릴 정도로 털이 자랍니다"라고 첫인사를 건넬 수는 없는 노릇이다.

나는 어쩔 수 없이 내가 원숭이라는 사실을 몇명에게 밝혔다.

첫번째, 엄마다. 나는 마치 초경을 한 소녀가 죽을병에 걸렸다고 걱정하듯이 심각하게 고백했다. 하지만, 엄마는 "시장에서 바나나 사올게. 많이 먹고 재주도 보여주렴" 하고 대답하고선, 이틀에 한번씩 필리핀산 바나나를 사오고 있다. '왜 유독 필리핀 바나나냐?'고 물으면, 엄마는 "평생 동안 사야 하는데 매번 비싼 제주 바나나를 사올 순 없잖니"라고 말했다. 엄마의 말대로라면 매번은 어려울지라도 한두번은 제주 바나나를 사올 법도 한데, 여태껏 제주 바나나를 사온 적은 단 한번도 없다. 교리를 엄격히 지키는 구도자처럼 묵묵히 필리핀 바나나만 사오고 있다.

별말 없이 바나나만 사온 게 이십년째니, 엄마도 내가 원숭이라는 사실을 암묵적으로 인정한 셈이다. 그러나 단 한번도 진지하게 이 주제에 관해 이야기를 나눈 적은 없다. 그저 필리핀 바나나를 꾸준히 사오고, 욕실 배수구가 털로 막히면 꾸준히 뽑아내고, 아침마다 내 방에 수북이 쌓인 털을 묵묵히 쓸어낼 뿐이다.

두번째는, 나의 주치의다. 그는 담담하게 이미 학계에선 공공연한 비밀이라며 증상에 대해 차분히 설명해줬다. 나와 같은 사람이 우리나라에만 약 백여명에 달하며, 일본에는 특히 이 증상이 성행해 약 만명에 가까운 환자들이 있다고 했다.

그는 매일 면도하는 법을 알려주었고, 바나나만 먹으면 완전한 원숭이가 될 수도 있으니 인간과 같은 식단을 꾸준히 지켜야 한다고 충고했다. 특히, 된장이 좋다는 말을 강조했다. 최근 의학계에서 인간이 원숭이로 퇴화하는 걸 막는 데 가장 좋은 성분이 바로 콩이 발효할 때 생성되는 펩타이드 성분이라는 것을 밝혀냈다고 했다. 물론 의학계만의 비밀이었다.

또, 팔이 다리로 퇴화하는 것을 막기 위해서는 상체 근육을 단련해야 하고, 두뇌의 퇴화를 방지하기 위해 끊임없이 독서를 해야 한다고 조언했다. 잘만 훈련하면 야구선수 이치로처럼 오히려 인간 이상의 신체적 능력을 지닐 수 있다는 성공 사례도 곁들였다. 무라카미 하루키 역시 꾸준한 독서로 오히려 작가가 된 케이스라며 격려했다. 의외로 나 같은 증상을 겪고 있는 원숭이 인간이 많았고, 그들의 '인간 승리'는 눈물 날 만큼 감동적이었다.

따지고 보면, 주치의에게 한 고백은 일종의 치료이자 직업적 관계에서 나눈 상담이었다. 그러니 나는 한번의 진정한 고백과 한번의 의료적 고백을 했는데, 추가하자면 약간 생소한 고백도 하나 있다. 지면이 부족할 것 같아 생략하려 했으나, 아무래도 그 고백의 대상이 그냥 지나치기에는 미안하다는 마음이 들기 때문에 짚고 넘어가야겠다.

아버지다. 명색이 아버지인지라 자식 된 도리로 그냥 지나칠 수 없었지만, 영 내키지 않았다. 아버지는 내 이야기에 귀 기울여준 적이 한번도 없기 때문이다. 그는 내가 무슨 말을 하든 항상 자기 관점에서 말을 재구성한 뒤에 답을 했다. 어디서부터 어긋났는지는 기억나지 않지만, 어느 순간 우리는 서로의 말에 귀 기울이지 않는 사이가 돼버렸다.

그런고로, 나는 간결하게 "실은 제가 원숭이입니다"라고 말했고, 아버지는 날 한동안 뚫어지게 보더니 "허, 원숭이 자식이라도 되고 싶은 거냐?"라고 쏘아대고는 읽고 있던 신문으로 시선을 되돌렸다. 일분 정도 걸렸다. 엄마처럼 바나나를 사오거나 털 청소를 해주는 실천 따위는 물론 없었다.

아버지의 행동이 나의 콤플렉스를 모른 척해주려는 속 깊은 배려는, 당연히 아니었다. 단지 무관심이었다. 아버지는 나의 고백을 십대의 반항 정도로 치부해버렸다. 나 역시 정말 진지하게 목청 높여 '당신 아들이 바로 원숭이라고요'라고 고함지를 생각은 없었다.

이게 다 이십년 전의 일이다.

이렇듯 내 고백은 각자의 방식대로 해석되고, 처리되었다. 의사는 어쩔 수 없다 쳐도, 어머니와 아버지의 반응은 너무나 태연하거나, 무관심했다. 깨달을 수밖에 없었다. 가족이 이러한데, 과연 세상 그 누가 이 고백을 진지하게 받아준단 말인가. 내 고백은 타인에게 어떤 행동을 취할지 결정하라며 강요하는 위협과 같았다. 서글픈 현실을 자각하자 나는 '정상적인 인간들'을 힘들지 않게 하기 위해선, 진실을 철저히 밀봉해야 한다고 여기게 됐다. 가면을 쓴 채 생의 모든 날을 대면해야 한다고 여기니, 그만 몹시 외로워졌다. 컴컴한 우주에 홀로 쓸쓸히 버려진 것 같았다. 그 깊고 허무한 좌절의 바다에 빠져 나는 한동안 밥조차 먹을 수 없었다. 그 때문인지,

나는 그때 바나나만 먹었다. 탄수화물과 펩타이드를 꾸준히 섭취해줘야 인간의 외모를 유지할 수 있다는 의사의 권고를 무시한 채, 바나나만 먹어댔다. 바나나를 안 먹을 때는 바나나 맛 우유, 바나나 맛 소시지, 바나나 맛 초콜릿 같은 것만 먹었다. 통제와 균형, 절제 따위와는 철저히 담을 쌓고 오로지 본능의 강에서 허우적거렸다.

한동안 집 밖에 나가지 않은 탓에 털이 이집트산 카펫처럼 빽빽이 내 몸을 뒤덮었다. 면도할 생각도 없었으며, 아버지에게 그런 모습을 보이기 싫어서 그저 방문을 잠그고 하루키의 책만 읽어댔다. 당시에는 어떤 현자의 공허한 위로보다 같은 원숭으로서 고통을 딛고 묵묵히 문학의 길에 정진하는 그의 글이 나를 위로해줬다. 비틀스의 음악도 내 가슴을 비슷하게 어루만져주었다. 폴 매카트니 역시 원숭이라는 사실도 이즈음 알았다.

하지만 이때 저지른 실수가 있는데, 그건 바로 엘지 트윈스의 야구를 본 것이었다. 시즌 내내 봤다. '그래도 프로팀인데 언젠가는 이기겠지' 하는 심정으로 오기 부리듯 봤는데, 희망이라고는 없는 좌절과 패배의 연속이었다. 그들의 야구를 통해 무턱대고 희망만 품는 것이 사람을 얼마나 초라하게 만드는지 깨달았다. 비참한 시간이었다. 하루키의 글과 비틀스의 음악으로 차곡차곡 쌓아올린 위로를, 속수무책 야구가 송두리째 무너뜨리곤 했다.

그러는 동안 털은 계속 자라기도 했고, 그만큼 빠지기도 했다.

역시 어머니는 말없이 바나나를 내 방 안에 넣어줬고, 간혹 내가 담배를 피우러 옥상에 올라가면 틈을 놓치지 않고 내 방의 털을 청소해주곤 했다.

물론 방황의 날이 그리 길지는 않았다. 그 어느 누구도 손을 내밀지 않는 한, 나는 스스로 일상의 구덩이에서 기어나와야 했다. 나를 구원해줄 수 있는 이는 오직 나 자신밖에 없었다. 우주에 홀로 버려진 이상 스스로를 구원하지 않으면 이 끝없는 암흑 속에서 유영해야 했다. 의사는 학계의 새로운 발견이라며 김치찌개와 DHA가 풍부한 등 푸른 생선을 먹길 권했고, 나는 효능이 검증되지 않은 신약 테스트에 참가한 불치병 환자라도 된 양 의사의 말대로 꾸역꾸역 먹었다. 인간들의 음식은 위장에 쌓여가고 있었지만, 정말 먹고 싶은 것을 먹지 못하니 공복감이 사라지지 않았다. 나의 장은 여전히 바나나를 소화할 준비가 돼 있었다. 어떤 때는 바나나가 먹고 싶어서 식은땀을 흘리기도 했고, 금단현상인지 눈가가 퀭해지기도 했다. 겪어보지 않아 뼈를 깎는 고통이었다고 말할 순 없어도, 색욕에 들끓는 고교생이 자위행위를 한달 정도 참는 고통은 되었다.

좌절의 바다에 빠져 있는 동안 방에만 틀어박혀 지냈는데, 조금만 더 있다간 등이 완전히 굽어버릴 판이었다. 나는 자신을 더이상 방치할 수 없어서 헬스클럽에 갔다. 가는 김에 매일 나갔다. 소림 무술 영화의 주인공처럼 다리를 운동기구에 끼운 채 허리 힘만으로 상체를 들어올리는 운동을 매일 100회 이상 반복했다. 역기와 덤벨도 빼놓을 수 없었다. 러닝 머신 위에서 제자리를 지키는 길이 쉬지 않고 뛰는 수밖에 없듯, 퇴보를 막는 길 역시 무리를 해서라도 진일보하는 수밖에 없었다.

처한 상황은 혹독했지만, 나는 도리어 긍정적인 생각을 하려 했다. 어차피 사람은(혹은 원숭이는) 누구나 자기만의 굴레를 지니고 살아간다. 어떤 사람은 대머리로 살아가고, 어떤 사람은 단신으로 살아가고, 어떤 사람은 비만으로 살아간다. 나는 단지 원숭이로 살아갈 뿐이다.

나는 대머리라기보다는 오히려 털이 많은 사람(이길 바라는 원숭이)이다. 어떤 이는 역한 겨드랑이 냄새를 감추기 위해 화장실에 숨어서 쿵쿵거린 후 향수를 뿌릴 것이며, 어떤 이는 혹시 가발이 돌아가지나 않을까 싶어 바람 부는 강변에서 조심스레 자전거를 탈 것이다. 나는 내 실상을 (아주) 약간 감추고 사회에 맞춰 생활하기 위해 식이요법을 하고 운동을 하며 면도를 할 뿐이다.

그뿐이다. 그렇다. 그뿐이다.

누구에게나 숨기고 싶은 것은 있기 마련이다. 걱정은 각자의 금고에 보관한 채 집 밖에 나와서 웃으면 된다. 대화 중에 쓸데없이 고백을 하는 우를 범할 필요도 없고, 설사 타인의 그런 고백을 듣더라도 꼬치꼬치 캐물을 필요도 없다. 그것이 이 시대를 살아가는 방법이고, 책에서 배우지 못한 '사회화'다. 나는 면도를 할수록 더욱 '사회화'될 뿐이다.

2

이쯤에서 내가 왜 이런 증상을 겪고 있는지에 대해 말하지 않을 수 없다.

그렇지만 약간은 곤란하다.

실은 나도 잘 모르기 때문이다.

학계에는 몇가지 설이 있는데, 그중에 논리적 근거나 과학적 설득력을 가지고 있는 건 하나도 없다. 그나마 관심을 받고 있는 설도 황당하기는 마찬가지다. 그러나 이 황탄무계한 학설이 관심을 받고 있는 이유는 환경 파괴에 대한 경각심을 일깨워주기 때문,이라고 주치의가 말했다.

최근 들어 학자들은 지구의 놀라운 능력을 발견했는데, 그것은 바로 지구의 '회귀력'이라는 것이다. 이건 기본적으로 자정 능력과 어느정도 연관이 있다. 예를 들어 지구는 오염된 대기를 나무가 배출하는 산소로 스스로 정화한다. 이게 자정 능력인데, 이것이 한계에 다다르면 지구는 더이상 자정할 수 없다는 것을 깨닫고 스스로를 최초의 상태로 돌리려는 특성을 지니고 있다는 것이다. 그 일례로 지구의 대륙 간 거리가 조금씩 가까워지고 있다. 아주 사소한 차이이긴 하지만 현재 유럽과 아프리카는 백년 전에 비해 약 일 미터 정도 가까워졌다. 마치 기후변화로 빙하가 녹아내리듯 지구는 더이상 환경오염에 견디지 못해 자신이 태어날 때의 모습으로 되돌아가고 있다. 모든 대륙이 하나로 합쳐져 있던 그때로 말이다. 과거에 제기됐던 대륙이동설이 이제는 대륙합체설로 바뀌어가고 있으며, 이러한 변화는 전지구적으로 일어나고 있다.

문제제기는 진화론을 신봉하는 학자들 사이에서 시작되었다. 이들은 인간이 진화를 한 것은 지구의 환경 변화 때문인데, 그 환경이 초기의 상태로 되돌아가기 때문에 인간 역시 서서히 진화하기 이전의 모습, 즉 **원숭이의 모습**으로 되돌아가고 있다고 주장했다. 물론 학계에서는 터무니없는 가설이라고 일축했다. 그러나 1964년 브라질에서 털북숭이가 돼버린 10세 소년이 발견되면서 이 주장은 서서히 관심을 받게 되었다. 1976년에는 온몸이 털로 뒤덮인 아기가 중국에서 태어났다. 게다가 80년대 들어서 피부과를 중심으로 이같은 환자들이 점차 늘어가고 있다는 보고가 속출하자, 이를 설명할 준비가 돼 있지 않던 학계는 당황하기 시작했다. 비록 논리는 빈약했으나 '인간회귀론'을 주장하는 이른바 원숭이 학파만이 적어도 무슨 말이라도 할 준비가 돼 있었다.

학계가 그럴싸한 논거를 찾지 못한 사이, 우왕좌왕하던 학자들은 원숭이 학파의 이론에 편승하기 시작했다. 그러면서 삼십년 가량 지나니 이것은 자연스레 하나의 학설로 자리 잡았다. 물론 그렇다 해서 외부적으로 공개할 정도의 가치는 (당연히) 없었고, 그저 내부적으로 가타부타하며 의심을 받는 정도의 학설이었다. 근거라면 끊임없이 속출하는 환자들의 존재뿐이었다.

그 와중에도 세상은 복잡하게 돌아가고 있었다. 여전히 이해할 수 없는 의문투성이였고, 원숭이 인간은 점차 늘어만 갔다. 원숭이 인간들은 그 존재를 숨긴 채 살아가고 있었고 의학계 역시 그 사실을 비밀로 하고 있었으므로 일반인들이 우리의 존재나 지구의 변화, 특히 인간의 신체적 변화에 대해 알 턱이 없었다. 어디 가서 "이치로와 무라카미 하루키가 원숭이래" 하고 말해봤자 정신병자 취급만 받을 뿐이었다. 앞서 말했듯이 비틀스의 폴 매카트니 역시 원숭이 인간으로 추정되고 있는데(나는 원숭이로 믿고 있다), 그가 '렛 잇 비' 앨범을 작업할 때 딱 하루 집에 가지 않았는데 그새 털북숭이가 돼버려 멤버들이 아연실색했다는 일화를 증거로 들 수 있다. 이를 말해주며 주치의는 날카로운 식견을 지닌 사람들이 많다며 경계를 드러냈다. 나는 당연하지만 이 이야기를 듣고 난 후로 폴이 좋아져버렸다. 비틀스에 빠지게 된 것도 그 때문이었다.

이야기가 점점 내 개인사와 멀어져가서 미안하긴 하지만 기왕 시작한 이야기를 좀더 하자면, 이 원숭이 인간들끼리 갖는 엘리트 모임이 있다. 유명 원숭이 인사들이 주축이 돼서 결성한 모임으로, 'MGM(Man of Great Monkeys, 위대한 원숭이 인간)'이라는 이름으로 활동하고 있으며, 그 본거지는 도쿄에 있다. 많은 원숭이 인간들에게 희망을 주자는 취지로 설립되었고, 같은 맥락에서 이치로는 열심히 안타를 쳐대고, 하루키는 또 성실히 글을 써내고 있다. 폴 매카트니는 아직 정체성의 혼란을 겪고 있어, 클럽의 끈질긴 구애에도 불구하고 자신이 원숭이라는 것을 인정하지 않고 있다고 한다. 뭐, 이런 잡다한 이야기가 왜 이렇게 길어졌냐 하면, 실은 이 클럽 소개가 내 개인사와 완전히 동떨어졌다고는 할 수 없기 때문이다. 이 클럽의 이야기를 듣는 순간 나는 삶의 의지 같은 것이 발동돼버렸다.

그렇다.

나는 이 클럽에 가입하는 것을 생의 목표로 삼았다.

따라서 내 삶을 남의 삶인 양 수수방관하며 살 수는 없었다.

나는 더욱더 근면 성실한 (원숭이) 인간이 되기로 작정했다.
우갸갸갸.

3

누구나 감추고 싶은 콤플렉스가 있다. 차이점이라면 그 약점을
의지에 따라 감추고 살아가거나, 마지못해 인정하며 살아간다는
정도뿐이다.

예컨대 키가 작은 사람은 어쩔 수 없이 인정하며 살아가는 부류
다. 간혹 키높이 깔창을 잔뜩 깔고 다니는 무리들이 있긴 하지만,
언젠가는 신발을 벗어야 하니 인정할 수밖에 없다. 반면에 대머리
들은 감추고 살기도 하고 내놓고 살기도 한다. 듬성한 채로, 벗겨진
채로 살아가는 '순응형', 오히려 삭발을 하는 '개척형' 들이 인정을
하며 살아가는 부류다. 반면, 아침마다 가발을 고쳐 쓰거나, 흑채를
뿌리거나, 아니면 옆머리나 뒷머리를 한올씩 정수리 쪽으로 끌어
당겨 빗는 사람은 인정하지 않는 부류다. 일일이 예를 들자면 끝이
없으니 이쯤에서 끝내자면, 이 모든 사람들은 사회적으로 익숙한
약점을 가지고 있는 자들이다.

그러나 원숭이라면 곤란하다. 단신인 사람, 대머리인 사람, 냄새
가 심한 사람, 모두가 '사람'이다. 서로 이해할 수 있는 선을 벗어나
지 않았다는 이야기다.

그런데, 젠장, 하필 나는 원숭이다.

아니다, 긍정적으로 생각해야 한다.

나는 원숭이이기에 오히려 더욱 노력해야 한다. 평발이기에 더욱 노력했던 박지성처럼, 가진 것이 아예 없었기에 더욱 노력했던 이순신처럼, 들리지 않았기에 더욱 연습해야 했던 베토벤처럼, 나역시 원숭이이기에 더욱 노력해야 한다.

나는 원숭이이기에. 제기랄, 망할 원숭이이기에……

아니다, 최악의 상황 속에서도 희망을 보아야 한다.

눈을 잃었기에 오히려 세상의 소리를 들을 수 있었다는 장님처럼, 발이 없기에 오히려 발이 닿지 않는 사람의 마음까지 더 다가갈 수 있었다는 한 장애인처럼, 온몸에 화상을 입어 오히려 마음을 더 가꿀 수 있었다는 한 소녀처럼…… 주어진 상황을 감사하게 여겨야 희망을 볼 수 있다. 그래야 기쁘다. 살 수 있다. 내 삶의 의의를 발견할 수 있다.

그런데, 대체 뭘 감사하지?

4

'주어진 삶이 운명이라면, 그 운명을 어떤 식으로 받아들일 것인가 하는 것은 삶의 태도'라는 거창한 말은 하고 싶지 않다(면서 해버렸구나). 사실 나는 나이를 먹어감에 따라 원숭이가 되어갈 뿐이고, 동물원이나 아마존에 가서 살지 않기 위해서는 보통 인간 이상의 노력을 꾸준히 해야 한다. 한때는 역겨운 된장을 먹고(이런 젠장), 무거운 덤벨을 들고(어우 염병), 아침마다 남들보다 한시간 일찍 일어나 털을 밀어대는(이런 털 같은) 내 삶이 싫어, 진짜 동물원에나 들어가버릴까 했다. 아니면 아마존도 괜찮을 것 같았다. 밀림에서의 자유로운 삶이라.

하지만 생각해보니, 원숭이 아내를 맞아(오 마이 갓) 빨간 엉덩이를 잡고 교배를 하고(발기나 될까), 서로의 털 속에 감춰진 이나 잡아주는(둘의 이가 교배를 해 더 번성하지 않을까) 삶이란 도저히 받아들일 수 없었다. 어쩌다보니 원숭이가 되어가고 있지만, 난 원래 원숭이로 태어나지 않았다. 게다가 나는 인간으로서의 삶을 사랑하고 있다.

아침마다 쏟아지는 햇살(원숭이도 이걸 느낄까), 두 다리로 걸으며 느끼는 산책의 평온함(중요한 건 두 다리다), 매번 지기는 하지만 어쩔 수 없이 기대를 걸게 되는 트윈스의 야구, 한강변을 끼고 있는 합정동에서 내려 마시는 드립 커피(커피 마시는 원숭이를 상상할 수는 없지 않은가), 서늘한 여름 밤바람과 잠자는 나무를 깨우는 조깅, 심야 영화, 소소한 일상이 빛나는 수필, 언제일지는 모르나 목선이 가냘프고 웃는 얼굴이 화사한 여자와의 연애.

아무리 생각해봐도, 동물원이나 아마존에서는 영위하기 어려운 삶이다. 혹시 나와 같은 원숭이 인간들이 몇억명 속출해 이 모든 문화와 삶의 방식을 구축하지 않는 한, 나는 적어도 인간의 사회에 속해 있어야 했다. 물론 인간의 모습을 한 채로.

역시 아무리 생각해봐도, 현실적으로 나와 같은 원숭이를 위해 그간 인류가 구축한 모든 문화와 삶의 방식을 재현해낸다 해도 적어도 내 생애 동안은 불가능할 것 같다. 체제의 문제라면 체제의 문제고, 개척의 문제라면 개척의 문제라 할 수 있다. 어디에 끼워맞추든지 다 들어맞을 만큼 광범위하고 모호한 문제다. 하지만 내게 중요한 것은 이러한 문제가 아니라, 바로 내가 처한 현실이었다.

나는 어쩔 수 없이 노력했다. 열일곱살 때부터 매일 8킬로미터를 뛰었다. 주치의가 뛰지 않으면 다리의 기능이 점차 퇴화되고, 허리는 굽어져 결국 원숭이처럼 기어다니게 될 것이라고 했다. 간단히 말해, 직립보행이 어렵다는 거였다.

직립보행이 어렵다는 말을 들으니, 교과서의 한 대목이 생각났다.

'유인원은 직립보행을 시작하면서 인간으로서의 첫발을 디뎠다.'

그것이 인류의 첫걸음이었다. 직립보행을 포기하는 것은 인간에서 원숭이로 회귀하는 결정적 대목인 것이었다. 이 말은 내 존재 자체에 대한 위협이 되었다. 총이나 칼보다 강력한 문장이 운동화 끈을 조이게 만들었다.

나는 정말 직립보행을 유지하기 위해 뛰었다. 마치 인간으로서의 첫발을 다시 내디딘다는 심정으로. 그뿐이었다. 살아야 된다는 생각으로 뛰다보니 악에 받치기도 하고, 억울하기도 하고, 끈적대는 땀이 내 끈적끈적한 운명 같아 짜증나기도 하고, 어떤 날에는 땀보다 눈물을 많이 흘리기도 했다.

그런데, 혼란의 시간을 겪고 난 후 마음을 비워내니 의도치 않게 뛰는 게 마음에 들기 시작했다. 우선은 몸이 가벼워졌다. 다리의 기능을 유지하려 했던 것뿐이었으나, 본의 아니게 지방들이 다 타버렸고, 또 본의 아니게 복근까지 생겨버렸다. '동물원에서 초등학생들에게 재롱이나 부리며 살 수는 없어'라며 바람에 눈물까지 흩날리며 뛰었는데, 결과는

………

상당한 힙 업이 돼버렸다.

대학에 들어갔을 때는 여자 동기들은 물론 여자 선배들마저도 내가 지나가면 내 엉덩이에 시선을 둔 채 수군거렸다.

장애는 반대로 보면 행운이라 했던가. 동물원에 갇힌 발정 난 원숭이처럼 빨간 엉덩이만 보면 침 흘리며 달려들 수는 없다는 심정으로 달렸더니, 어이없게 섹시한 엉덩이남(男)으로 통하고 말았다.

비슷한 심정으로 두 팔이 앞발로 퇴화해서는 안된다는 심정으로 헬스클럽에서 한시간씩 땀이 피로 변할 때까지 덤벨을 들었는데, 그만

몸짱이 돼버렸다.

역시 본의는 아니었다. 물론 나중에야 위대한 원숭이 모임인 'MGM'에 가입하겠다는 원대한 포부도 가졌지만, 처음에는 그저 '사람답게 살고 싶은' 원숭이의 간절함일 뿐이었다. 스물일곱의 나이에 기어다닐 수는 없지 않은가.

역시 비슷한 이유로 허리 운동을 했더니만, 어깨부터 엉덩이 위까지 아널드 슈워제네거 같은 뒷모습이 만들어지고 말았다. 불행의 늪에 빠지지 않기 위해 발버둥칠수록 오히려 반대급부가 따라

왔다. 하긴 아널드 슈워제네거도 어릴 때 너무 허약해서 보디빌딩을 시작했다고 했지.

이런 식으로 정말 **살기 위해**, 이십대에 원숭이가 되는 것이 싫어서 미친 듯이 책을 읽어댔고, 미친 듯이 공부에 매달렸다. 역시 그러다보니 책의 매력을 알게 됐고, 다음과 같은 어이없는 말을 해대고 말았다.

"공부가 가장 쉬웠어요."

맙소사.

내가 이런 사람이(아니 원숭이가) 될 줄이야.

가문에서는 개천에서 용이 났다고 떠들어댔다. 실상을 아는 나와 어머니는 '실제로 난 건 용이 아니라 원숭이잖아'라고 크게 외치지는 못했고, 그저 그런 눈빛을 둘이서만 주고받았다.

공부라는 것도 '멍청하게 우리 안으로 던져주는 바나나만 받아먹고 살 수는 없잖아'라는 심정으로 했을 뿐인데, 어떻게 하다보니 이게 그렇게 재밌을 수 없었다. 함수방정식이 주는 오차 없는 세상과 각종 통계수치 안에 숨겨져 있는 음모론들, 역사를 통해 오늘을 보는 재미, 죽은 현인들의 가르침, 애덤 스미스의 책을 읽으며 그와 펼치는 무언의 토론. 어느새 책이 한권 두권 늘어나 내 방은 도서관처럼 책으로 가득 찼고, 내 머릿속 역시 백과사전처럼 지식의 보고가 되어갔다. 적어도 방 안이 바나나 껍질로 가득 차고 머릿속이 암컷의 빨간 엉덩이로 가득 차는 것보다는 나았다.

정체성의 혼란으로 얽힐 대로 얽혀버린 질풍노도의 십대를 노력과 분투로 지내다보니 나는 어느새 전교 학생회장이 되었고, 학생회장은 전통적으로 서울법대를 가야 한다는 담임선생님과 학교의 시대적 요청에 못 이긴 척, 그만 국립대학교 법대생이 돼버렸다.

한번은 한 남성잡지에 '엄친아 대학생'으로 소개된 적이 있었는데, 실로 어처구니없는 일이었다. 이 '남자지'(그들은 자기네 잡지를 꼭 남자지라 불렀다)는 남성의 몸을 노골적으로 과시하는 잡지였는데, 공교롭게도 웃통을 벗어젖힌 내 사진이 실린 기사가 인터넷을 통해 확산되면서 나는 그만 '몸짱 엄친아'라는 별명을 얻고야 말았다.

나로서는 이 대목이 꽤나 억울한데, 분명 에디터는 나를 독서하는 대학생으로 소개한다 했다. 나는 그 콘셉트에 맞춰 내 두뇌처럼 잘 짜인 체크무늬 셔츠를 목까지 잠그고, 뜨거운 조명 아래 고풍스러운 나비넥타이까지 맨 채로 책을 보는 사진을 수백 컷 찍었다. 정말 수백 컷이었다. 뜨거운 조명과 목까지 잠근 셔츠로 몸은 땀범벅이 됐다. 잠시 셔츠를 벗고 선풍기 아래서 땀을 식히자고 해서 그랬는데, 그때 에디터가 "기념으로 찍게 포즈 한번 취해보시죠"라고 했다. 대형 선풍기에 땀이 식어서 그제야 안도의 웃음이 나왔고, 이미 수백 컷을 찍은 후라 나도 모르게 카메라만 보면 반사적으로 포즈를 취해버리게 되었다.

그리고 그 '남자지'에는 그 사진만 실렸다.

대형 선풍기 앞에서 웃통을 벗어젖힌 채, 더이상 평온할 수 없다는 듯 흐드러진 미소를 짓고, 머리를 날리며 포즈까지 취한 내 모습 말이다. 이게 그만 화제가 돼버렸다(거참, 세상일이란).

그후로도 몇개의 신문사와 방송국, 인터넷 매체가 인터뷰를 하자고 했고, 어쩔 수 없이 몇번 응하기는 했지만, 그럴 때마다 나는 평소보다 더욱 세밀하게 새벽부터 면도를 해야 했다. 여간 성가신 일이 아닐 수 없었다.

십년 동안 정말 남들처럼, 평범하게, 사람다운 모습으로 살고자 발버둥쳤을 뿐이다. 그런데 공교롭게도 '자기관리의 달인' '엄친아' '끝없는 욕심의 소유자' '누나들의 로망' '꿈꾸면 바로 현실' 등의 별명이 따라다녔다. 대학 내내 관심을 받았고, 그 여세를 몰아서 헤드헌터들의 관심도 받았다. 전화위복인지는 모르지만, 지금은 외국계 투자은행에서 근무한다. 여의도에서 일한 지 5년 만에 과장으로 진급하여, 업계 최연소 33세 과장이라는 타이틀도 덩달아 달았다.

드리블의 달인, 메시가 그랬나?
자긴 키가 작기 때문에 그저 공을 뺏기지 않기 위해, 공을 발에 붙이듯 드리블할 수밖에 없었다고.

5

사실 원숭이로 살아가려면 살아갈 수 있다. 까짓것 먹고 싶은 바나나 맘껏 먹어버리고, 아침마다 번거로운 면도도 건너뛰고, 원숭이가 된 채로 비틀스를 듣고, 똘스또이를 읽고, 야구를 볼 수도 있다. 뭐, 어떤가. 어머니가 인정해주고(그녀는 해줄 것 같다), 아버지도 동의한다면(이건 도저히 모르겠다), 집에서 바나나만 먹으면서 한평생 유유자적하는 것도 나쁘지는 않을 것이다.

물론 집 안에만 있는 것은 답답하다. 원숭이가 된 채로 외출을 하면 사람들이 옷을 입고 다니는 원숭이를 이상하게 볼 것이며, 커피를 마시는 원숭이에 놀랄 것이며, 동물원에서 탈출한 원숭이라고 신고할지도 모른다. 그런 것이 불편하기도 하고 두렵기도 하지만, 실상 내가 가장 걱정하는 것은 다른 것이다.

나는 사랑에 빠져버렸다.

통제 불가능한 것이었고, 예상 불가능한 것이었다. 내 심장은 두뇌의 지시와는 상관없이 뛰기 시작했고, 내 마음은 마음대로 되지 않았다. 머리와 심장이 철저히 따로 놀았다. 두뇌는 더이상 그녀를 생각하지 말라 했지만, 그럴수록 내 머릿속은 그녀 생각에 지배당했다. 온통 그녀 생각으로 가득 차, 다른 생각이 들어올 틈이 없었다. 가끔은 밥을 먹었는지도 헷갈렸다. 물론 식욕도 없었다. 밥을 요구해야 할 위장의 자리에, 일을 생각해야 할 두뇌의 자리에, 문학을 공급해야 할 가슴의 자리에 온통 그녀가 가득 차버렸다. 내 몸 전부가 그녀로 채워져버렸다. 그녀가 이런 내 맘을 아는지 모르는지 모르겠다.

총체적으로 나는 엉망진창인 상태에 빠져버렸다.

가끔은 나도 동경을 받으며 지내곤 하지만, 실상 이렇게 사랑에 빠져버리면 한없이 초라해진다. 지식이 아무리 늘어가고, 근육이 아무리 단단해져도, 사람들이 아무리 치켜세워줘도, 나는 그저 **원숭이**일 뿐이다. 바나나만 보면 군침을 흘려대고, 해보다 일찍 일어나 지겹도록 면도를 해야 하고(간간이 이도 잡아야 하고), 조금만 방심하면 허리가 굽어져버리는 원숭이일 뿐이다. 오늘 보니 이제는 미간에도 털이 자라고 있다.

반면, 그녀는 내게서 너무 동떨어져 있다.

그녀의 피부는 실크처럼 매끄러워 보인다. 존경스러울 만큼 천사 같은 피부를 가지고 있다. 향기도 난다. 조금만 씻기를 게을리하면 강아지 냄새가 나고, 심지어 이까지 생기는 나와는 천지 차이다. 과한 향수 냄새도 아니고 싸구려 비누 향도 아닌, 비 온 뒤 아침의 꽃에서 나는 향기가 배어 있다.

말투는 빠르지도 느리지도 않다. 아마 추상명사인 배려를 속도로 설명해야 한다면, 그녀가 말하는 속도로 설명할 수 있지 않을까. 그녀가 하는 행동들은 마치 적정 속도를 지키는 초보운전 지침서 같다. 웃음 역시 과하지 않고, 미소 또한 내빼는 법이 없다.

우리가 처음 만난 곳은 광화문에 있는 한 예술영화 상영관이었다. 나는 종종 그 영화관에 가서 아무 영화나 보곤 했다. 그저 혼자자주 가는 카페에서 즐겨 마시는 커피를 마시듯, 별 목적 없이 영화관에 갔다. 언제나 아무 계획 없이 아무 표나 사서 영화를 봤다.

하지만 신기하게도 실망한 적은 단 한번도 없다. 아무 때나 갔으므로 상영시간은 매번 맞지 않았고, 그럴 때마다 나는 책을 읽었다. 폴 오스터를 읽었고, 체호프를 읽었고, 마르께스를 읽었다. 가벼운 마음으로 있고 싶을 때는 『씨네21』 같은 영화 주간지를 읽었다. 영화관 안에는 언제나 기분 좋은 커피 향이 가득했고, 나는 매번 영화관이 선사하는 설렘의 공기와 커피 향에 취해 있었다. 어쩌면 나는 상영되는 영화에 상관없이, 극장과 그 극장에서 머무는 시간을 사랑했던 것 같다.

그날도 그저 시간이 나는 대로 극장에 들렀다. 영화관에서는 늘 그랬듯이 무슨 무슨 기획전 같은 것을 하고 있었다. 정확히 기억은 안 나지만, '간과된 국제영화제 수상작들' 같은 느낌의 기획전이었다.

그날 본 영화는 「내 책상 위의 천사」(An Angel at My Table)였다. 심각한 수준의 빨간 곱슬머리에다 뚱뚱하기까지 해서 폐쇄적인 성격이 돼버린 소녀는 오로지 문학에만 탐닉하게 된다. 그 속에서 해방을 맛보지만, 소녀의 선생은 소녀의 폐쇄적인 면을 이상하게 여겨 정신병원으로 보낸다. 소녀는 8년 동안 200회의 전기충격 요법으로 치료를 받으며 더욱 이상한 모습으로 변해간다. 그런데, 세월이 지나 최초의 진단이 오진이었다는 것이 밝혀진다. 하지만 소녀는 이미 오랜 정신병동 생활을 통해 다른 모습으로 변화된 후였다. 소녀는 결국 고통스러웠던 자신의 경험과 문학의 세계에 침잠해 맛보았던 기쁨을 의지적으로 결합시켜 작가가 된다. 이날 **우리**가 본 영화는 왠지 극화되지 않은 생의 날것 같은 냄새가 풍겼다.

아니나 다를까, 나중에 알고 보니 뉴질랜드의 대작가 재닛 프레임의 자서전을 바탕으로 한 영화였다. 결국 이런 삶이 실제로 일어나고 있구나, 하고 생각하게 되었다.

아, 이쯤에서 이 영화를 본 것이 '나'가 아니라 '우리'라고 말한 것에 대해 설명해야겠다. 엄밀히 말하자면 '우리'가 함께 영화를 본 것은 맞지만 그렇다고 해서 약속을 하고 영화를 보러 온 것은 아니었다. 정확히 말하자면, 나는 영화가 시작한 지 약 10분 뒤에 입장했고, 그녀는 약 30분 뒤에 입장했다.

처음에 나는 영화관 안에 아무도 없어서 상당히 흥분했다. 영화관에 올 때마다 관객 수가 많게는 열댓명에서 적게는 두세명 정도여서 언젠가는 혼자 영화를 볼 날이 오리라 은근히 기대를 해왔는데, 실제로 상영관 안에 아무도 들어오지 않자 나는 주체할 수 없는 흥분 상태에 빠졌다. 그대로 잠자코 앉아서 스크린만 바라보는 것은 너무 소극적이고, 나아가 죄악일 것이라는 생각마저 들었다.

물끄러미 스크린을 보고 있을 수만은 없었다. 환호성을 질렀다. 뭐 어때, 혼자인데,라는 생각으로 상황에 어울리지는 않지만 그간 가슴속에 담아뒀던 말부터 음담패설까지 속 시원하게 온갖 말을 아무렇게나 늘어놓았다.

아하하, 내 물건은 10미터라네.

보고 있나, 매카트니. 나도 원숭이라네.

우리 같이 고함이라도 질러볼까.

하하하.

무척 속 시원했다. 내 속에 감춰두었던 모든 본능과 비밀들을 공개적인 자리에서 큰 목소리로 외친다는 것은 기묘한 쾌감을 선사했다.

나는 이참에 '원숭이면 어때'라는 자학적인 심정으로 숨을 깊이 들이마신 후 최대한 숨을 조금씩 길게 내뱉으며 외쳤다.

우갸갸갸갸갸갸갸갸갸.

약 1분간 외쳐댔다. 그러다 '턱' 하고 그만, 호흡이 걸리고 말았다.

사람이 들어왔다! 순간 나는 당황해 외침을 뚝 끊었지만, 약 1분간 지속된 음파는 메아리처럼 극장 안에 남아 끈질기게 울렸다. 분명 짧은 순간이었지만, 시를 읊는 영화 속 남자 배우의 중후한 목소리와 나의 '우갸갸갸갸갸갸갸'가 처참하게 섞였다. 소리의 출처를 찾아 고개를 돌리는 그녀와 눈이 마주친 순간, 괴성의 잔음은 완전히 소거되었다. 화면에는 눈부신 뉴질랜드의 초원이 펼쳐져 있었고, 서정적인 선율의 배경음악이 극장 안을 가득 메우고 있었다. 당황한 나머지 괴상하게 일그러진 표정의 나와 그녀의 눈이 처음으로 마주쳤다. 캄캄한 극장 안에서도 빛을 발하는 그녀로 인해 나의 뇌는 순간 마비돼버렸다.

우린 세상에서 소외당한 한 소녀가 자아 정체성을 찾아간다는 내용의 영화를 함께 보았다. 괴성 탓인지 '단둘이' 영화를 보는 약 두시간 남짓 동안 약간의 어색한 기운이 감돌았지만, 나는 그게 좋았다. 어색한 기운은 항상 어딘가 본격적인 연주를 하기 전에 맛보는 전주 같은 기분이 있기 때문이었다. 그것이 없었다면, 우리 사이는 그저 같은 영화를 관람한 평범한 두명의 관객에 지나지 않았을 것이다. 그리고 그 어색함을 지우려 했기 때문인지, 나는 오히려 적극적으로 대화를 시작할 수 있었다.

영화가 끝나고 주차장으로 내려갔을 때, 그녀는 작으면서도 주관이 있어 보이는 자신의 소형 승용차에 시동을 걸려고 했다. 그러나 시동이 걸리지 않았다. 방전이 된 것이었다. 그녀는 내게 와서 자기 차와 연결을 해서 시동을 거는 데 필요한 점프선이 있는지 물었다. 나는 '점프선이 없다'는 대답 대신 용기를 내어 '그건 없지만, 당신을 집에 바래다줄 시간은 있다'고 했다(평소의 나라면 이렇게 뻔뻔한 말을 하지 않는다. 그녀는 나의 사회적 체면과 대화의 지적 수준을 모조리 포기하게 만들 만큼 매력적이었다).

그러자 그녀는 엷은 웃음을 살짝 지어 보였다. 내 대답 때문인지 아까 지른 괴성 때문인지는 알 수 없었으나, 그녀의 미소는 주차장 조명을 받아 빛났다. 그 미소로 미뤄보아, 그녀가 나를 나쁜 사람으로 보고 있지 않음을 짐작할 수 있었다. 우리는 첫 만남, 첫 드라이브, 첫 데이트를 함께했다. 광화문에서 광명까지 가는 동안 나는 그녀가 피아니스트라는 것, 그녀 역시 이 영화관에 종종 혼자 영화를 보러 온다는 것, 커피를 좋아한다는 것, 독서와 산책을 좋아한다는 것을 알았다. 그리고 무엇보다도 그녀가 무척이나 사랑스럽다는 것도 알았다.

광명의 작은 아파트 단지에 도착하자 그녀는 고맙다는 인사말을 건네고 내 눈을 한동안 바라보았다. 지금 생각해보면 노래 한 소절부를 여유도 안되는 짧은 시간이었지만, 당시에는 무척 길게 느껴졌다. 길었다고 말하긴 했지만, 풍성했다고 하는 편이 오히려 맞겠다. 말없이 내 눈동자를 물끄러미 바라보는 그녀에게는 알 수 없는 힘이 있었다. 그 힘에 이끌려 나도 모르게 그녀의 눈동자를 바라보게 되었고, 그 속에는 내가 있었다. 나를 보는 그녀와, 그녀를 바라보는 나와, 우리를 비추는 달빛이 좋았다. 그녀는 의아하게도 작별 인사도 없이 눈동자만 바라보고선 뒤돌아서 아파트 입구로 들어갔다. 하지만 나는 그녀의 뒷모습을 바라보며 다음 회가 더욱 기대되는 드라마의 첫 회 마지막 장면을 떠올렸다. 그녀의 등 뒤로 달이 떠 있었고, 아파트 계단으로 올라서는 그녀의 머릿결과 치마 결은 서로 다른 방향으로 정결하게 찰랑거렸다.

첫 만남은 짧았지만, 길었다. 함께한 시간은 짧았지만, 떨어져 있을 때도 나는 줄곧 그녀와 함께 있었다. 내 일상의 모든 기억은 그녀와 함께한 밤에 머물렀고, 내 일상의 모든 상상은 그녀와의 미래에 사로잡혀 있었다. 그녀의 말투, 미소, 향기. 나의 하루는 그녀와의 첫 만남, 철저히 그 연장선상에 있었다. 모든 상황을 그녀와 연관 지어 생각하게 됐고, 모든 시간을 그녀와 나누고 싶었다.

그녀는 호의에 보답을 하고 싶다며 연락처를 주었지만, 우린 따로 연락을 하지는 않았다. 아마 내 쪽에서 적극적으로 나와주기를 바랐던 것 같지만, 나는 그러지 못했다.

생각이 너무 많았고, 두려웠다.

그녀의 생각이 떠나지 않을수록,

그녀의 매력에 빠져들수록,

단 한번 만난 사람이 나를 흔들수록,

나는 더욱 두려워졌다.

그녀의 존재는 행복이자 고통이었다. 나는 그녀를 통해 인간으로서의 행복을 느꼈고, 그녀를 통해 원숭이로서의 고통을 느꼈다. 그녀를 생각할 때마다 기대했고, 그녀를 떠올릴 때마다 좌절했다.

그즈음이 내 삶에서 가장 변덕이 심한 시기였던 것 같다. 아침에 눈을 뜨면 '오늘은 한올도 빠짐없이 면도를 해서 그녀와 잘해봐야지'라고 다짐을 하다가도, 문득 짜증날 정도로 많은 털을 밀다보면 '도대체 나 따위를 좋아해줄 리가 없잖아'라는 육중한 자각에 좌절했다. 그러다 다시 '부지런히 밀다보면 탈모 증상처럼 털이 사라질지도 모르잖아'라며 무턱대고 희망을 품기도 했고, 다시 '그래봤자, 결국 원숭이잖아'라는 현실적인 자괴감에 빠졌다.

아무리 몸짱에, 엄친아에, 여의도의 블루칩 따위의 수식어가 붙더라도 나는 한낱 원숭이에 불과했다. 그런 생각이 들수록 더욱 연락을 할 수 없었다.

6

고객님은 최저금리 1500만원까지 대출 가능하십니다.

오빠, 오늘 우리 집 비었어요. 여대생의 은밀한 초대. 거부 080-5858-5882, 연결할까요?

특별 이벤트, 최고 배당 황금 고래 속출. www.daebak.co.kr

‘네, 고맙습니다.’

회신을 할까 말까 고민을 한다.

사실 내게 오는 문자메시지는 이런 게 전부다. 내 존재는 매달 날아오는 인터넷 요금 고지서, 전화 요금 고지서, 분기마다 오는 지방세 고지서로 확인된다. 이런 청구서마저 끊이는 날은 아마 내가 죽는 날일 것이다.

그런 점에서 본다면, 광고 문자나 고지서는 내게 꾸준히 안부를 건네주는 친구와도 같다. 잠깐, 지금 친구라고 했나?

실수했다. 난 친구가 없다. 물론 처음부터 없었던 건 아니다. 내가 원숭이가 되어간다는 걸 알기 전에는 몇몇 녀석들과 영화도 보고, 블루 마블 게임도 하고, 함께 여자애들 치마도 들추며 지냈다. 내 생애에 남아 있는 소중한 추억들이다. 하지만 사춘기를 지나며 원숭이가 돼간다는 사실을 알고 나서부터는 모든 걸 잃었다. 용기를 잃고, 희망을 잃고, 자신감을 잃었다. 물론 얻은 것도 있다. 털과 바나나를 얻었다.

그때는 온종일 집에만 있었다. 하루 종일 나에 대해 생각했고, 끝도 없이 삶에 대해 생각했다. 혼자 시간을 보내면서 친구들은 점점 멀어져갔다. 처음에는 전화를 하기도 하고, 우리 집에 찾아오기도 하고, 편지를 보내는 녀석들도 있었지만, 그럴수록 나는 혼자 있고 싶었다. 누구도 나의 고민을 이해해줄 것 같지 않았다. 인간들은 내 고민의 깊이와 절망의 본질을 이해할 수 없을 것만 같았다.

그렇게 일년을 보내니 내 곁에는 말없이 바나나를 넣어주는 어머니만 남았다. 친구들은 조금씩 나에 대한 관심을 줄여갔고(자연스러운 것 같았다), 나는 그들에게 서서히 잊혀갔다(그 역시 자연스러운 것 같았다).

삶에 대한 희망이랄 것까지는 없지만 아무튼 회복 비슷한 것을 할 무렵, 이미 나는 혼자였다. 차라리 다행이라는 생각도 들었다. 당시의 나로서는 친구들과 함께 놀아줄 마음의 여유도, 물리적인 여유도 없었기 때문이었다.

그랬다. 남보다 잠을 줄여가며 밤늦게까지 공부를 해야 했고, 아침에는 면도를 해야 했고, 낮에는 운동을 해야 했다. 친구가 있다 해도 떠나갈 판이었다.

그후에는 이런 혼자만의 생활에 익숙해져버렸다. 따지고 보면 혼자서 하지 못할 것은 없었다. 그저 운동하고 싶을 때 뛰고, 영화를 보고 싶을 때면 누굴 기다릴 필요 없이 영화관에 가면 됐다. 먹고 싶은 게 있으면 그냥 식당에 가서 상대 눈치 볼 필요 없이 먹을 것만 먹고 오면 됐다. 나는 혼자서 영화관에 가기 시작해서 레코드점, 서점, 야구장, 패밀리 레스토랑, 바는 물론 나이트클럽까지 갔다. 아, 배낭여행도 빼놓을 수 없다. 혼자서 여행은 스무번 정도 한 것 같다. 사춘기 이후로 외길 인생 이십년을 살아온 나다.

따지고 보면 어차피 인생은 엄마의 자궁을 벗어난 순간부터 혼자서 호흡을 하다가 혼자서 무엇을 먹을까 고민을 하다가, 혼자서 어떻게 쌀까 고민을 하다가, 결국 혼자서 호흡을 마치는 과정이니, 내게는 별 상관 없었다. 어차피 그게 인간의, 아니 원숭이의 생이다.

그러다가, 그러니…… 아마 그때가 서른셋쯤이었던 것 같다. 그때쯤 내게 고독이라는 실체가 처음으로 손짓을 했다. 어느날 정신을 차려보니 나는 철저히, 너무나도 완벽히 혼자였다. 어떤 이는 태어나 우주의 별로 살아가지만, 어떤 이는 우주의 먼지로 살아간다. 나는 명백한 후자였다. 그것도 원숭이 먼지.

물론 세속적인 관점에서 본다면 나도 꽤나 성공했다 할 수 있지만, 그건 어디까지나 빛 좋은 개살구 같은 껍데기일 뿐이었다. 나는 한낱 외톨이 원숭이고, 누구도 나의 고민을 들어줄 순 없었다.

한번은 고독이 내 안을 모조리 태울 듯 괴로운 날이 있었다. 그날 나는 아버지와 심하게 다툼을 했다. 모든 부자간의 갈등이 그렇듯, 이유야 따지고 보면 별것 아니었다.

약 십년간 나만 보면 비아냥거리는 아버지 후배가 집에 찾아왔다. 나는 그를 '아저씨'라 부르기도 뭣하고, 그렇다고 '공평수 씨'라고 부르기도 뭣해서 얼떨결에 '삼촌'이라는 호칭을 써오고 있었다. 그날도 그 '삼촌'이라는 작자와 시시껄렁한 이야기를 나누는 것이 싫어서 야구를 보고 있었는데, 기어코 그 삼촌이라는 작자가 나를 불렀다. 아버지도 거들었다.

그는 십년 된 케케묵은 주제를 끈덕지게 대화의 식탁 위에 올려놓았다.

"내가 너 대학생 때 여자 꾄다고 밤에 양주 사주지 않았냐? (정확히 이야기하자면 양주가 아니라 싸구려 테킬라였다.) 그런데 너 왜 자꾸 그때 그 여자랑 잤다고 안 그러냐? 그때가 내 기억으로는 새벽 한시였는데, 너 이 자식, 그래놓고 그 여자 안 사귄다고 그러고, 혹시 재미만 보고 버린 거 아냐?"

따위의 싸구려 안줏거리를 가공하여 또 재생하고 있었다. 나는 또 지난 십년간에 걸친 해명을 반복해서,

"저는 그 여자랑 사귄 게 아니고, 같이 있는데 삼촌이 와서 다짜고짜 술을 한병 사주면서 잘해보라 해서 어쩔 수 없이 양주(이걸 따지면 또 새로운 논쟁이 시작되므로, 일단은 양주로 말한다)를 남겨둘 수 없어서 마시다보니 새벽 한시가 된 거고, 우린 헤어졌어요, 그날."

하고 지겨운 변백을 되풀이하다, 길게 물고 늘어지는 그의 이야기에 그만 짜증이 나버렸다. 나도 모르게 목소리를 높이며 벌컥 화를 내버렸다.

아버지는 그게 싫었다. 감히 아비 앞에서 언성을 높이고, 자기 동생(비슷한 무슨 존재)에게 화를 내는 아들의 버릇없음이 싫었던 것이다. 나 역시 그 상황이 싫었다. 곧장 집을 나와 운전대를 잡았다. 앞유리가 흐려져 와이퍼를 켰다. 비는 아니었다.

나는 누구라도 만나고 싶었다.

"경주냐? 어, 오랜만이다. 어? 아…… 아니, 보험 들려고 전화한 건 아니야. 아, 바쁘다고? 미안하다. 다음에 전화할게. 어? 뭐라고? 아, 아, 알았어. 다음에 보험 꼭 들게. 고맙다, 친구야."

"희태 형, 네, 결혼식 중? 어, 그래요. 미안해요."

"봉현 씨, 아, 미팅 중. 이따 통화해요."

"완형이? 고향에 내려갔다고?"

사람은 바뀌고 상황도 달랐지만 결론은 같았다. 나는 만날 사람이 없었다. 사춘기 이후에 친하게 지낸 진짜 친구라 할 만한 사람이 없었던 나는 우주의 먼지가 돼버린 순간에도 함께할 사람이 없었다.

정원이 말라간다고 지적받은 정원사가 직업적 보호본능으로 살수를 하듯, 내 눈은 끊임없이 눈물을 내보냈다. 상황을 착각한 와이퍼는 의미없이 꾸준히 움직이고 있었고, 나는 정처도 없이 그저 핸들을 잡고 애꿎은 액셀만 더욱 밟고 있었다.

멍청하게 내 방(나는 자취방이 따로 있다)에 앉아 문자메시지를 보냈다. 대학 '친구', 동네 '친구', 직장 '동료'. 모두 친구나 동료라 말하기에는 사실 어색한 관계였지만, 이럴 때 서로 연락하면서 담을 허무는 거 아닌가,라는 생각에 메시지를 보냈으나…… 역시 담은 허물어지지 않았다. 총 스물네통의 문자메시지를 보냈지만, 그중에 회신이 온 것은 하나도 없었다. 일년에 한번 정도 안부를 묻는, 절교 비슷한 것을 하고 화해 비슷한 것을 했던 초등학교 친구에게도 문자를 보냈다. 역시 반응은 없었다. 유일한 문자는 밤 여덟시에 왔다.

"서울-경기 만오천원, 서울 만원. 1588-82××"

언제나 밤 여덟시만 되면 나를 필요로 한다.

그날밤 나는 내 방 발코니에 앉아 회를 먹으며 소주를 마셨다. 2

만원짜리 싸구려 광어회는 입안에서 미끈거리며 자신이 양식이라는 것을 증명했고, 이상기온으로 오뉴월에도 여름처럼 더운 때였지만 그날만큼은 저녁 바람이 차기만 했다. 끊은 지 삼년 된 담배도 다시 피웠다.

목을 타고 들어가는 연기가 폐 속 구석구석까지 스며드는 것 같았고, 목구멍은 나방이 갇혀서 파닥거리는 것처럼 텁텁했다. 발코니에서 바라본 서울은 그저 각자의 색깔을 뿜어낼 뿐이었다. 보습학원은 아이들을 능숙한 시험 기계로 길러내기 위해 불을 밝히고 있었고, 모텔은 욕망을 불태우려는 남녀를 위해 빛을 내뿜고 있었고, 독서실은 자기 목표를 이루려는 아이들을 위해 빛을 발산하고 있었다. 사람들은 저마다의 길을 위해 빛을 뿜어내고 있었고, 나는 어디에도 없었다. 내 머리 위에는 발코니의 전등만이 초라하게 옅은 빛을 흘리고 있었다.

"죄송하지만 너무 외로운데, 만나주실 수 있나요?"

취기에 나도 모르게 휴대전화 메시지 창에 속마음을 적었다. 그 화면을 한참 동안 멍하니 바라보았다. 무의식중에 수신자를 그녀로 해놓고, 보낼 생각은 없이 물끄러미 바라보고 있었다. 마음을 바라보는 거울이 이런 것인가, 하고 나는 생각했다.

가끔씩은 사람들에게 하고 싶은 말을 솔직하게 전화기에 적어보는 것도 나쁘지 않다. 나는 종종 전화기 화면에 적힌 마음이 진심인지 꽤 오랫동안 자아를 마주하듯 언어를 마주한다. 그러면 대개 시간은 그 마음이 참인지 거짓인지 구별해준다. 그날도 역시 이

십분을 보냈다. 그러나 그날은 내 마음을 도저히 종잡을 수 없었다. 여전히 바람은 차가웠고, 마음은 어딘지 모를 방향으로 끊임없이 흘러갔다. 이미 내 마음의 주인은 내가 아니었다. 나도 알 수 없는 의식의 흐름을 그저 방관자처럼 바라보았다.

나는 도대체 무엇을 하고 살아왔는가. 나는 왜 친구가 없는가. 나는 왜 외톨이인가. 내가 원숭이이기 때문인가. 나는 왜 솔직하지 못한가. 사람을 잃을까봐 그런가. 잃을 사람도 더이상 없는데 말이다. 그럼 내가 두려워하는 것은 무엇일까. 새로운 사람을 만나서, 그 사람에게 다가가지 못하는 게 두려운가. 결국 내가 상처받는 게 싫은 거 아닌가. 결국 나를 지키기 위해서 다른 사람과 나 사이에 성벽을 쌓아두는 게 아닌가. 나라는 원숭이 인간은 스스로를 지키기 위해 비겁하게 굴어왔다. 언제까지 이럴 텐가. 도대체 무엇 때문에 이렇게 사는 거야. 언제까지, 언제까지.

'언제까지……'라는 물음을 수백번 스스로 묻다가, 문자 전송 버튼을 누르고 말았다.

순간 무언가에 머리를 맞은 것처럼 멍해졌고, 무심한 바람은 여전히 차가웠다. 바람이 동공을 씻기고, 머리를 흩날렸고, 나는 멈춘 채로 가만히 있었고, 그러던 와중에 마음은 오히려 홀가분해졌다. 라디오에서는 알 수 없는 음악이 흘러나왔다. 여전히 전등은 자기만이 내 맘을 이해한다는 듯, 마지막 혼신의 힘을 짜내어 온기를 발산해줬다.

답장은 오지 않았다.

하지만 적어도 이번만큼은 비겁하지 않았다. 비록 방법이 투박하고 촌스럽기는 했지만, 이번만큼은 스스로에게 가식적이지 않았다. 그래, 조금씩 바꾸는 거야. 어차피 원래 내 것은 없었으니까, 아쉬워할 것도 집착할 것도 없어.

라디오에서는 여전히 알 수 없는 노래들이 흘러나왔고, 방 안의 조그마한 조명들은 은은한 빛을 내뿜고 있었다. 나를 위로할 수 있는 유일한 것은 포근한 이불밖에 없었다. 하얀 이불 속에 몸을 눕히고, 이리저리 뒤척거리며 마음을 정리했다.

'어차피 이렇게 사는 거야.'

'그래, 애초부터 나는 나고, 세상은 세상이야.'

그때, 전화기가 작지만 확실한 운동을 했다. 그 작은 떨림은 내 몸을 온전히 떨게 했고, 내 동공 역시 떨게 했다.

"저도요. 우리 한번 만날까요? 너무 늦은 밤 갑작스러운 문자에 놀라긴 했지만."

7

그녀는 생각보다 적극적이었다. 나중에 알게 된 사실이지만, 그날밤 내가 문자를 보내지 않았더라면 그녀 쪽에서 오히려 연락할 참이었다고 했다.

게다가 쿨하기까지 했다. 두번째 데이트를 바에서 했을 때는 새침하고 도도해 보였으나, 세번째 만남부터는 그녀가 바로 친구를 하자고 했다. 따지고 보면 내가 다섯살 많기는 했지만, 그런 걸 따질 때가 아니었다.

그녀가 건넨 제안에는 전희와 같은 은밀한 기운이 감돌았다. 그것은 형광 조명이 밝은 회의장에서 성공적으로 회의를 끝낸 후 서로 악수를 건네며 "우리 친구할까요?" 하고 건네는 제안도 아니었고, 오랫동안 인사만 하고 지내던 사이끼리 뒤늦게 서로의 공통점을 발견하고 건네는 제안도 아니었다. 갑작스럽게 내 가슴에 닿을 듯이 들어온 그녀의 가슴처럼 예상 못한 제안이었고, 당황스러웠지만 거부할 수 없는 정체 모를 힘이 있는 제안이었다. 어쩌면 은밀한 명령에 가까웠다. 껍데기만 제안이었을 뿐 나는 이미 거부할 힘은 물론, 의지는 더더욱 없었다.

그러나 거기까지였다. 그녀는 가까워질수록, 그만큼 다시 멀어졌다. 예컨대 그녀가 학창 시절을 고백해 비로소 베일이 한꺼풀 벗겨졌다고 생각하면, 금세 새로운 베일이 등장하는 식이었다. 그렇게 하나씩 벗겨져나가면 언젠가는 그녀라는 사람의 온전한 실체를 볼 수 있는 게 아니냐고 생각할지 모르겠지만, 그런 것과는 성질이 달랐다. 그녀는 하나를 벗겨낼수록, 몸에서 땀이 분출되듯이 일종의 새로운 막을 자체적으로 형성해갔다. 우리의 대화는 진전을 보이다가도, 결승점에 도달할 즈음이면 어느새 출발점으로 다시 돌아와 있었다. 그런 반복을 거듭하는 나는 흡사 뫼비우스의 띠에서 탈출구를 찾으려고 끝도 없이 헤매는 개미와 같았다.

그런데 그녀 역시 내게 비슷한 느낌을 받았던 것 같다. 당연한 말이지만, 그건 내가 원숭이이기 때문이다. 아무리 그녀에게 호감을 느끼고 가까워지더라도 내가 원숭이라는 사실을 쉽게 말할 수는 없는 노릇이다. 어쩌면 말을 꺼내지도 못한 채 우리 관계는 끝날지도 모른다. 아니면 나의 고백이 성공해서 동화처럼 백년해로했다는, 구태의연하지만 행복한 결론에 도달할지도 모른다. 물론 바라는 바다. 하지만 지금의 나로서는 무엇 하나 두렵지 않은 게 없다. 그녀는 이런 속내를 꿰뚫어보는 심리학자처럼 나의 상태를 진단하고 있었다.

"그런데 너 말이야, 평소에는 마음을 다 열어주는 것처럼 보이지만, 어떨 때 보면 벽을 쌓아놓고 사는 것 같아. 넌 나보고 뭐라고 하지만 말이야. 그렇다 해서 뭐 꼭 나쁘다는 이야기는 아니니 오해는 말아줘. 어쩌면 오히려 우리는 그런 게 통해서 이렇게 만나는 걸지도 몰라."

그녀는 눈동자를 눈썹 쪽으로 밀었다. 단어를 찾는 듯했다.

"하지만, 때로는 나도 그게 답답하기도 해. 뭐랄까, 그 벽은 절대 넘을 수 없거나 깰 수 없는 것이랄까. 물론 그 벽에 도달하는 길도 아무에게나 열어주지 않아서 기쁘기는 하지만, 나로선 꽤나 갑갑해. 너랑 정말 오랫동안 함께하고 싶다는 느낌이 들다가도, 그 벽이 보이는 순간에는 외톨이가 돼버린 느낌이 들어."

나는 그녀가 해준 '나와 오랫동안 함께하고 싶다는 생각이 들 때가 있다'는 말에 깊은 고마움을 느꼈다. 그래서 솔직해질 필요가 있다고 생각했다. 그녀가 이해할 수 있을지는 모르지만, 나는 언젠가는 건너야 할 다리라 생각하고 일단은 우리 관계에 상처를 주지 않을 정도로만 이야기했다.

"난 말이야, 인간이 가장 인간다울 때는 상처가 있을 때라고 생각해. 누구에게나 절대로 말하고 싶지 않은 비밀 같은 게 있잖아. 그런데 그 비밀을 말하고 싶지 않은 이유는 창피해서이기도 하지만, 그걸 말하면 내 소중한 사람들이 사라질까봐 그럴 수도 있어. 어쩌면 사람과 사람 사이의 관계는 '과연 이 사람이 내 마지막 비밀을 알고도 도망가지 않을 사람인지 끊임없이 확인하는 작업'인 것 같아, 적어도 내게는……"

그녀는 알 듯 모를 듯한 표정을 지었다. 그녀가 내 말을 이해했는지 못했는지는 모르겠다. 그녀의 표정은 마치 TV 오락 프로그램에서 겨자가 숨겨진 떡을 먹은 출연자가 짓는 파악할 수 없는 미소 같았다. 기대가 되기도 했고, 그만큼 두렵기도 했다. 사실 두려움이 더 컸다. 어디까지 말해야 할지 짐작조차 할 수 없었다. 무엇보다도 그녀가 눈치를 채고 도망가게 해선 안된다는 생각이 머리를 무겁게 짓눌렀다.

그녀의 얼굴은 무엇인가 좀더 듣기를 기대하는 표정이었지만, 나도 어떤 말을 해야 할지 모르는 상태로 더 말을 했다가는 완벽에 가까운 횡설수설을 할 것 같았다. 나는 대신, 그녀를 꼭 안았다. 남녀 간 스킨십의 문법이 그러하듯, 전개할 수 없는 대화를 이해해달라며 몸으로 자비를 구했다. 그녀는 거부권을 행사하지 않고 잠자코 나를 받아주었다. 이 역시 그녀의 진심에서 우러나오는 배려인

지, 아니면 갈등을 피하려고 택한 포용의 한조각이었는지, 나로서
는 종잡을 수 없었다.

결국 그녀와 가까워지는 만큼 나의 불안도 커져갔다. 아니, 오히
려 그 이상이라 해야 맞을 것이다.

말하자면, 나는 처녀비행을 시도하는 패러글라이더와 같았다.

성공할지 실패할지는 나조차도 알 수 없었다.

8

진정 사랑하는 것이라면 가지지 않을 때 아름다운 것 vs 고백하
지 않고 가슴속에 묻어두는 사랑은 비겁한 자들의 자위행위.

이 두가지 생각은 12라운드라는 기약도 없이 링에 오른 권투선
수처럼 내 가슴속에서 끊임없이 싸웠다. 아침에는 '가지지 않는 사
랑이 진정한 사랑'이라며 상대 선수에게 어퍼컷을 날리고, 점심때
가 되면 '고백하지 않는 것은 이기적 사랑'이라며 훅으로 응수했
다. 두 선수는 서로 지쳐갔고, 그럴수록 두 선수가 겨루는 내 가슴
속에는 격전의 흔적들이 하나둘씩 쌓여갔다. 정확히 말하자면 내
심장 좌측 하부와 왼쪽 갈비뼈 상단이 되겠다. 물만 마셔도 그 부
분이 그렇게 쓰릴 수가 없었다. 마치 내 안에 갇힌 소인국의 광부
들이 탈출을 하겠다며 내 심장 아래와 갈비뼈 윗부분을 온 힘을 다
해 파내는 것 같았다. 만약 흉부외과 전문의가 내 심장을 들여다봤

다면, 도대체 무슨 일이 있었냐고 반드시 한 소리 했을 것이다.

요컨대, 나는 그녀에게 내가 원숭이라는 사실을 고백할 것인가 말 것인가 망설이고 있었다.

두려운 게 사실이었지만, 언제까지나 현실로부터 도망칠 수는 없었고, 언제까지고 진실을 감출 수도 없었다. 태양이 떠오르기도 전에 온몸을 덮고 있는 털들을 지켜보며 날이 상한 면도기만 탓할 수도 없었다. 언젠가는 나도 면도를 하지 않은 채, 아내가 털이 수북한 내 배를 베고 잡지도 읽고 내 털에 가르마도 타주는, 그런 평온한 일요일 오후를 맞이하고 싶었다. 원한다면 재주도 넘을 것이며, 바나나라도 몇개 던져준다면 타잔의 침팬지 같은 추임새 정도는 질러줄 수 있었다.

아무리 내가 부지런히 털을 깎아내고, 제아무리 성실하게 한강변을 달리고, 책을 읽는다 하더라도 내가 인간과 '인간으로서의 관계'를 맺지 못한다면 나는 인간의 탈을 힘겹게 쓰고 있는 한낱 원숭이에 지나지 않는다. 사람과의 솔직한 관계, 사랑하는 사람과 공유하는 비밀, 그 비밀을 바탕으로 싹튼 이해, 그 이해를 터전으로 피어난 사랑, 그것이 있어야 진정한 인간이 될 수 있다. 비록 내 몸은 지금 원숭이가 되어갈지라도 말이다.

더이상 늦출 수는 없었다. 더이상 실체를 숨긴 채 그녀에게 내 껍데기에 불과한 '몸짱 엄친아' 따위의 가면만 보여줄 수는 없었다.

나는 원숭이다. 당신이 인간이라는 사실이 노력으로 얻은 상이 아니듯, 내가 원숭이라는 사실도 잘못으로 받은 벌이 아니다.* 게다가, 나는 원숭이로서 부끄럽지 않은 삶을 살고 있다. 자랑스러울 것은 없지만, 사랑하는 사람에게까지 숨겨야 할 필요는 없다. 설사 버림받는다 하더라도 말이다. 진정으로 사랑한다면 나중에서야 실체를 알았을 때 더해질 그녀의 충격을 생각해야 한다. 원숭이 주제에 감히 접근했으므로, 책임을 져야 한다. 더이상 가면 뒤에 숨을 수는 없다. 자기도피는 그녀에 대한 예의가 아니며, 법규에 존재하지 않는 범죄를 저지르는 것이다. 그녀에게 더이상 죄인이 될 수 없으며, 나에게 솔직해지지 않는 이상 그녀에게도 솔직해질 수 없다. 그렇다면 우리의 관계는 거짓이며, 앞으로 써가야 할 우리의 삶 또한 거짓으로 시작됐기에 거짓으로 끝날 것이다. 지금이라도 바로잡아야 한다. 그래야 앞으로 펼쳐질 미래를 솔직하게, 진실하게, 진짜로 써나갈 수 있다.

나는 그녀에게 내 모습을 온전히 드러내기로 했다.

문제는 어떻게 말을 꺼낼 것인가였다.

9

남　　세상엔 말이야, 두 부류의 생물이 있어. 음…… 그러니까,

---

* 2020년에 제작될 영화 「원교」의 대사이다.

털에 관한 건데 말이야, 사실은 굉장히 복잡한 거야. 우선
간단히 말하자면 털이 많은 동물과 털이 적은 동물이 있
어. 예컨대 털이 많은 동물은 사자, 호랑이처럼 주로 용맹
스러운 편이고, 털이 적거나 없는 동물은 뱀, 구렁이, 미꾸
라지처럼 간사하고 기교가 넘치며 언제나 도망쳐 빠져나
가기만 하는 쪽이야. 알지? 뭐, 그렇다고 해서 털이 많은
동물이 반드시 선이고 털이 적거나 없는 동물이 반드시
악이라는 건 아니야. 털이 적은 동물도 필요하지. 뱀탕도
끓여야 하고, 뱀가죽도 써야 하고, 아무튼 털이 적은 동물
도 도움이 되긴 해. 털이 많은 동물들이 털이 적은 동물들
을 이해하고 포용하며 살아가니까 별문제는 없어.
마찬가지로 사람도 이성적 동물이므로, 그러니까 사람도
동물이잖아, 따라서 사람도 털이 많은 사람과 털이 적은
사람이 있어. 예컨대 가슴에도 털이 많고 팔뚝에도 털이
많은 해리슨 포드 같은 사람과, 눈썹에도 털이 없고 머리
에도 털이 없는 사채업자 역할만 맡는 배우 같은 사람도
존재하지. 나는 전자, 즉 털이 많은 사람에 속해. 다행이라
면 다행이고 불행이라면 불행인데, 나는 그중에서도 털이
좀 많아. 음, 어느 정도냐면…… 아침에 보면 약간 원숭이
같다고나 할까.

여　　………

남　　(과장되게 웃으며) 하하하. (배를 잡으며) 농담이야. 그
　　　럴 리가. (눈물도 흘리며) 그런 말도 안되는, 말도 안되는.

(손사래를 치며) 그냥, 그냥 난 털이 좀 많아.

머릿속의 시나리오는 통제하지 않으면 곤란할 정도로 제멋대로 흘러갔다.

고민은 계속되었다. 아무리 고민을 해봐도 이 상황에 적합한 해결책은 떠오르지 않았고, 아무리 책을 읽어도 이 상황을 세련되게 언급해줄 표현은 없었다. 너무 직접적으로 말해버리면 그녀가 놀라서 거부감을 표시하거나 당황할 게 뻔했고, 그로 인해 내가 받을 상처 또한 적지 않았다. 반대로 너무 에둘러서 말하면 상황은 더 복잡해지기만 하고, 긴 설명을 붙이면 붙일수록 더욱 모호해질 뿐이었다. 요약하자면, 적나라하지도 않으면서 애매하지도 않은 표현이 필요했다. 그녀가 이해할 수도 있으면서, 나의 존엄성을 해치지 않을 고백 말이다.

나는 이 고민을 두달 동안 했다.

눈을 뜨면 고민이 내 몸에 달라붙었고, 밥을 먹거나 길을 걷거나 커피를 마시는 동안에도 고민을 이고 다녔다. 눈을 감아서야 고민으로부터 벗어났다. 때로는 꿈에서도 고민에 시달렸으니, 엄밀히 말하면 육체는 잠들어도 고민은 잠들지 않았다.

초민(焦悶)의 시간이 길어지고 뇌민(惱悶)의 실체에 가까워질수록, 희미하지만 하나의 결론에 도달하게 되었다.

'해결되지 않을 고민과 오랫동안 동거하면 다치는 이는, 결국 고민에게 몸을 내어준 자신뿐이다.'

도무지 답이 나오지 않았기에, 나는 어느정도 포기하는 심정으로 마음을 비워냈다. 그러자 사소한 갈등들은 서서히 휘발되기 시작했고, 결국은 진중한 핵심만이 가슴속에 남게 되었다. 중요한 것은 내가 그녀를 나 자신만큼이나(때로는 나 자신보다 더) 사랑하고 있다는 것이고, 불행히도 나는 원숭이고 그녀는 인간이라는 것이었다. 즉, 나는 이 세상에서 그녀를 가장 사랑하는 원숭이다. 그것은 변치 않는 사실이다. 사실이 중요할 뿐이지, 그 사실을 담은 표현은 중요하지 않다. 표현은 그날의 바이오리듬, 습도, 바람, 온도, 수맥이나 기분 따위에 따라 쉽게 변할 수 있는 것이었다.

아무리 멋지게 포장하고 근사한 말을 늘어놓는다고 해서 내 사랑이 높이 평가받을 수 있는 것도 아니고, 어눌하고 서투르게 표현한다고 해서 내 진심이 사라지는 것도 아니다. 중요한 것은 본질이다. 온전히 현실을 받아들이고, 처한 상황을 운명으로 받아들여야 한다. 내가 택할 수 있는 가장 현명한 선택은 주어진 운명의 틀 안에서 최선을 다하는 것이다.

이렇게 생각하니, 마음이 한결 편해졌다. 어쩌면 그녀를 잃을지도 모른다는 불안이 조금씩 사그라졌다. 그녀를 사랑한다는 사실에는 여전히 1그램의 변화도 없다.

10

"나는 세상에서 너를 가장 사랑하는 원숭이야."

우리는 용산에 있는 한 영화관의 옥상 주차장에서 남산타워를 마주 보고 있었다. 나의 용기를 축하라도 하듯이 남산에서는 폭죽이 터졌다. 폭죽은 소란스레 터졌지만, 우리 사이엔 침묵만 가득했다. 침묵과 소음, 어둠과 불꽃이 도무지 맥락이라고는 찾을 수 없는 밤을 빚고 있었다.

나는 성적표 위조를 실토한 초등학생처럼 망연자실해 서 있었고, 그녀는 나와 1미터 정도 떨어진 곳에 서 있었다. 말 없는 둘 사이에는 바람만 지나갔다. 정적을 깨는 것은 지나치게 큰 소리의 폭죽과 불꽃놀이 폭발음뿐이었고, 그 폭발음이 그칠 때면 우리의 숨소리마저 들릴 지경이었다. 긴장을 한 탓인지, 침 삼키는 소리마저 공명이 돼 귓가에는 동굴에 떨어지는 물방울 소리처럼 크게 들렸다. 그러는 사이 그녀는 말없이 폭죽을 바라보았다. 내가 한 말을 들은 건지, 내가 한 말 때문에 생각에 빠진 건지, 당장 집에 갈 생각을 하는 건지, 나로서는 알 수 없었다.

그녀가 다시 입을 연 것은 바람과 폭죽 소리와 몇대의 차량이 지나간 후였다.

"어째서 자기가 세상에서 나를 가장 사랑하는 원숭이라는 거야?"

어투의 한구석에는 혹시 원숭이일지도 모른다는 의구심이 묻어 있는 것 같기도 했고, 내 말이 무슨 의도인지 전혀 모르는 것 같아 보이기도 했다.

나는 그녀의 눈을 보지 못하고, 낮은 목소리로 말을 이었다. 나도 모르게 목이 메기도 했고, 약간 떨리기도 했다.

"전에 말한 적 있지. 나는 사람과 사람 사이의 관계 짓기를 '이 사람에게 내 마지막 비밀을 말해도 되는지 안되는지를 확인해가는 작업'이라고 생각한다고."

"응, 기억하고말고. 나는 언제나 자기에게 허물어지지 않는 마지막 벽이 있다는 걸 느꼈다고 했잖아."

"오늘이 그 벽을 허무는 날이야."

"무서워해야 해? 기대해야 해?"

질문에서 그녀가 진심으로 궁금해한다는 것이 느껴졌다.

"글쎄, 그건 받아들이는 쪽의 마음에 따라 달라질 것 같아."

라고 나는 비겁한 대답을 했다.

"사실 나도 그 벽이 뭔가 궁금하기도 했지만, 한편으로는 그 벽이 두렵기도 했어."

"나는 항상 두려웠어. 그래서 자기를 잃어버릴까봐."

라고 나는 부끄러운 대답을 했다.

"그렇다면 걱정하지 않아도 돼. 적어도 비밀을 밝혔다고 자기를 버리거나 하지는 않아. 그건 정말 약속해."

마주 선 그녀는 자신의 왼손으로 내 오른손을 가볍게 잡아주었다.

"내가 원숭이라는 건 농담이 아니야. 나는 두뇌가 퇴화되지 않기 위해 매일 두시간 이상 독서를 해야 해."

"그건 좋은 거잖아."

좀더 설명이 필요했다.

"사춘기를 거치면서 내 두뇌는 점점 퇴화하고 있어. 난 이 퇴화를 막기 위해 매일 두시간 이상 독서를 하고 있어."

"자기 두뇌는 퇴화되어간다고 보기에는 너무 왕성한걸?"

"그건 오히려 노파심 때문에 독서를 네시간 가까이 해서 그래."

"아무렴 어때. 그건 괜찮아. 앞으로도 그러면 결과적으론 더 똑
똑해질 거고."

그녀의 반응은 예상치 못한 정도로 긍정적이었다.

"그게 전부가 아니야. 나는 팔이 퇴화되기 때문에 매일 한시간씩
상체 운동을 하지 않으면 안돼. 마찬가지로 허리 운동도 해야 하고.
또 한시간씩 매일 달려야만 해. 그래야 지금의 모습이 유지돼."

"나도 자기관리는 꼭 필요하다고 생각해. 난 말이야, 자신이 핸
섬하게 생겼거나 키가 크기 때문에 그냥 풀어진 채로 먹고 마시다
가 팔은 가늘어지고 배만 나와서 E.T.처럼 늙어가는 아저씨랑 살
고 싶지는 않아. 뭐, 간혹 그게 자연스러울 수도 있지만, 아무튼 내
결론은 오히려 자기처럼 그렇게 목표를 정해놓고 스스로의 약속을
생명처럼 꾸준히 지키는 쪽이 훨씬 낫다고 생각해."

속으로 '이건 뭐, 도리어 그녀가 여우나 강아지가 아닐까' 하는
생각이 들 정도로 분위기가 이상하게 흘러갔다. 그동안 고민하고
뜸 들였던 것이 헛짓으로 느껴지려고 했다. 오히려 좀더 확실히 해
두는 게 낫겠다 싶었다.

"그렇지만, 나는 매일 털이 자라나. 상상할 수 없을 만큼 많이 자
라나. 그래서 아침이면 털북숭이가 돼버려. 남들보다 훨씬 일찍 일
어나서 날이 선 최고급 면도기로 성실히 밀지 않으면 밖에 나가지

도 못할 정도로 말이야. 그래서 화장실 배수구는 툭하면 막혀버리기 일쑤고, 방마다 털이 떨어져 있어서 청소하기 몹시 곤란할 수 있어. 방심하고 아침에 면도하지 않은 날 보면 웬 털북숭인가 싶어 깜짝 놀랄 때도 있어."

"괜찮아, 니 털쯤은."

그녀의 반응은 감사하다 못해 되레 눈물겨웠다. 이러다 나 '나쁜 원숭이' 되는 거 아닌가 싶을 정도였다. 그녀는 말을 계속 이었다.

"그건 아무래도 좋아. 그건 어차피 자기가 남들보다 일찍 일어나서 꾸준히 깎고 있는 거고, 남들이 일어날 시간이면 면도쯤은 끝난 거잖아. 그 말은 내가 일어났을 때 면도가 끝났을 거란 말이고, 어차피 청소는 매일 해야 해. 만약 그렇다면 덕분에 열심히 청소를 해야 할 이유가 생겼으니, 집은 도리어 더 깨끗해질 수 있어. 더 신경을 써야 하니까. 정말 네 털 따위는 문제가 되지 않아. 그리고 나는 늦게 일어나는 편이라, 네가 아무리 늦게 일어난다 해도 내가 일어났을 때는 이미 네 면도는 끝났을 거야. 넌 상당히 부지런하잖아."

'아…… 나이팅게일보다 천사 같고, 마더 테레사보다 감동적이고, 잔 다르크보다 결단력 있는 여자가 내 앞에 있다.'

그녀의 말에는 여전히 빠른 흥분도 없었고, 침체된 느낌도 없었다. 차분하지만 가라앉지 않은 말투와 정제된 어휘. 그것은 마치 치유의 손길처럼 내 마음을 깊이 어루만져주고 있었다. 내가 부끄러워하는 털 구석구석까지 쓰다듬어주는 것 같았다.

"하지만, 난 조금이라도 긴장을 풀어버리면 세상으로부터 내동

댕이쳐져. 내 일상의 어느 한조각이라도 빠져버리면 마치 부품이 고장나 돌아가지 않는 시계처럼 나는 조각나버린다고. 남들 앞에서 그리고 자기 앞에서 평범한 모습으로 살아가기 위해서는 나를 감추고 버린 채로, 세상이 요구하는 모습에 끊임없이 맞춰가야 해. 그래야 살 수 있어. 그래야 남들이 눈살을 찌푸리지 않는 원숭이라고, 나란 존재는."

말을 하는 사이 나도 모르게 울먹이고 말았다. 누구 앞에서도 그렇게 말해본 적이 없었다. 아버지는 물론, 엄마에게도. 주치의에게는 병적인 문제만 말했다. 하지만 그녀에게는 어쩐지 맘이 편해져 마치 발가벗은 아기처럼 모든 것을 털어내버렸다. 어떻게 사춘기를 보냈는지, 어떻게 사람답게 살아보겠다고 밤을 지새웠는지, 어떻게 친구들에게 이 사실을 감추기 위해서 혼자서 속병을 앓아왔는지, 그녀는 그럴 때마다 다 알고 있었다는 듯이 내 오른손을 토닥거려줬다. 역시 불꽃은 희극인지 비극인지 알 수 없을 그 밤을 축제처럼 밝혀주었다.

고백을 하는 동안 이제껏 남모르게 흘려왔던 땀과 눈물이 생각났다. 또 그녀의 그런 모성애적인 반응에 감동해 부끄럽게도 또 한번 울먹여버렸는데, 이번에는 울먹이다가 그만 원숭이 울음소리까지 내고야 말았다.

그녀는 이번에도 능숙한 상담 전문가처럼 나의 가빠진 호흡이 차분해지기까지 참을성 있게 기다려주었다. 마치 백화점 바캉스 세일을 기다리는 3월의 주부처럼.

"괜찮아, 그게 원숭이의 삶이라면 우린 모두 원숭이의 삶을 살고 있어. 우린 모두 원숭이야. 어쩌면 남들이 이해할 수 없는 삶을 살고 있는 늑대도 있겠고, 고양이도 있겠고, 공룡도 있을지 모르겠어. 아무튼 그런 점에서 보자면, 나 역시 원숭이야."

그 말을 듣는 순간 내 머릿속은 번쩍 뜨였다. 설마! 혹시 그녀도 나와 같은 원숭이인가. 그래서 이토록 차분하게 대처하며 나의 모든 것을 받아주는 것인가. 그래서 내가 처음에 원숭이라고 했을 때 자신도 어떻게 고백할 것인지 생각하느라 말이 없었던 것일까. 그러고 보니 낮부터 함께한 날은 오늘이 처음인데, 지금 그녀의 팔에는 거뭇거뭇한 털들이 보이긴 한다. 솜털치고는 꽤 많은 것 같기도 하다.

"나도 너에게 하고 싶은 말이 있어."

그녀는 긴 호흡을 한번 내뱉은 후에 다시 입을 열었다. 내가 원숭이라는 사실을 고백했을 때만큼의 무게감이 느껴졌다. 나는 그녀가 원숭이라는 사실을 받아들일 준비가 돼 있었다. 아니, 오히려 서로 위로하며 함께 바나나 향 가득한 미래를 좀더 달콤하게 꾸릴 수 있을 것 같았다. 그녀도 나처럼 고백을 하려고 얼마나 고민을 하고, 얼마나 깊은 시련을 겪어왔을까. 삼켜왔던 눈물이 막 터져나오려 했다.

역시 신은 스스로 돕는 자를 돕는다,
라고 어느 미친놈이 말했나.

"우리 그만 만나."

폭죽은 거세게 터졌고, 중요한 쟁점에 대해 입장을 밝히는 정당 대변인처럼 그녀는 입을 열었다.

"사실은 꽤 오래전부터 기회가 있으면 이 말을 해야겠다고 생각했어. 너한테 이 고백을 듣고 난 뒤에 말해서 미안하지만, 오해는 말아줬으면 해. 실은 우리 관계가 좀더 진지해지기 전에 말했어야 했어. 그리고 이건 네가 원숭이라는 사실과는 아무 상관이 없어, 전혀."

그녀는 재차 강조했다.

"나에게 너는 원숭이건 인간이건 그냥 똑같은 존재일 뿐이야. 니가 원숭이라는 걸 모르고 인간으로 알았더라도, 나는 같은 말을 했을 거야."

멍하니 서 있는 내 앞으로 얼음같이 날카로운 공기가 지나갔다. 그러나 그 순간에도 그녀는 내 오른손을 놓지 않았다.

"아무리 생각해도 우린 서로 맞지 않는 것 같아. 성격도 다르고, 가치관·인생관·세계관·비전, 다 달라. 말하자면 우리는 영혼이 달라. 연인이란 이름으로 포개기 어려울 정도로."

전혀 예상치 못한 말에 당황하지 않을 수 없었다. 차라리 원숭이라서 싫다는 게 나을 법했다. 내가 인간이라도 싫다는 말이 희망에 대한 작은 불씨마저 꺼뜨렸다.

"하지만 너의 노력은 정말 마음에 들어. 그러니 그 노력만은 계속해줬으면 좋겠어. 그치만 아무리 생각해도 우린 맞지 않는 것 같아. 나는 비전을 함께할 사람이 필요해."

비전이니 성격이니 가치관이니 인생관이니 세계관이니… 따위의 말들은 전혀 가슴에 들어오지 않았다. 비전을 함께할 **'사람'**이라는 말만 가슴에 콕 박혔다. 나는 너무 억울해서 묻지 않을 수 없었다.

"이건 너무 갑작스럽잖아. 설마 내가 오늘 고백해서 그런 거야?"

순간 그녀는 정색했다. 그러고선 이론의 여지가 없다는 표정으로 단호하게 말했다. 눈까지 떨릴 정도였다.

"아까 말했잖아, 그것 때문은 절대 아니라고. 약속까지 했잖아, 자기 비밀 때문에 자길 버리지는 않을 거라고. 나 그런 치졸한 여자 아니야!"

그녀는 그날의 가장 진지한 표정을 내게 지어 보였다.

"정말이지, 네가 하는 그 노력들은 존경스러워. 어디에 있든 그 모습을 계속 보여주길 바라. 언제나 자기만의 약속을 신념처럼 꿋꿋이 지켜가는 모습을. 그리고 너를 잘 이해해주는 사람을 만나길 바라. 아, 그리고 너를 좋아했던 마음은 정말 진심이야. 그것만은 꼭 믿어줬으면 해."

그녀는 처음 만났을 때처럼, 한동안 내 눈동자를 말없이 바라보았다. 처음 그녀를 집 앞에 바래다주었을 때와 같은 마주침이었다. 이번에는 노래를 한 소절 부를 정도의 짧은 시간이라는 것을 감지할 수 있었다. 여전히 그녀의 눈동자 속에는 내가 있었고, 말없이 서 있는 우리 둘 사이에 바람만이 지나갔다.

11

그녀는 이내 뒤돌아섰다. 그녀의 머리 위에 걸린 둥근 달이 보였다. 마치 영화의 엔딩 장면처럼 새로운 시작을 알리는 문법 같았다. 그녀의 뒷모습은 처음 우리가 만나고 헤어지던 그날밤처럼 아름다웠다. 다음을 기약하던 그 뒷모습처럼 발걸음에는 알 수 없는 기대가 있었다.

그녀가 한 말이 진심이었는지 아니었는지는 모르겠다. 하지만 이유를 알 수 없는 막연한 기대와 진심을 알 수 없는 위로는 솔직히 내게 힘이 됐다. 물론 그날 내가 상처를 받은 말이 없지는 않았다. 하지만 처음 본 그녀의 뒷모습과 마지막으로 본 그녀의 뒷모습은 같았고, 나는 그녀와 끝났다고 생각하지 않기로 했다. 물론 그녀 쪽에서는 어떨지 모르겠지만, 나의 사랑은 아직 끝나지 않았다. 그리고 그녀가 해준 무수한 말들 중에 가장 힘이 된 말이 있다.

"괜찮아, 니 털쯤은."

내 모든 상처의 근원이 되고, 모든 시련의 시발이 되는 털을 그녀는 괜찮다고 했다. 그 말이 어찌나 힘이 되었는지, 무수히 복기하느라 그만 그녀의 다른 말들은 죄다 잊어버렸다. 사실, 성격이나 인생관이 안 맞는다는 말이 어렴풋이 기억나기도 했지만, 애써 떠올리지는 않았다. 단지 그런 일이 있었구나, 하는 정도다.

나는 힘이 들 때마다 그녀의 말을 떠올린다. 그 말을 했을 때 그녀의 깊은 눈동자와 그때 불어온 바람의 부드러움과 온도와 습도와 청량한 공기를 폐 속에 한껏 불어넣는다. 그리고 스스로에게 말한다.

"괜찮다, 내 털쯤은."

나는 아침마다 주문을 건다. 괜찮다, 내 털쯤은.

새벽에는 더욱 일찍 일어나 면도를 하고, 8킬로미터씩 뛰던 조깅 거리를 10킬로미터로 늘렸다. 독서도 다섯시간으로 늘렸다. 나는 좀더 탄탄한 근육질 몸을 갖게 되었고, 나는 좀더 해박한 지식과 어법을 구사하게 되었다. 덕분에 좀더 많은 여성들로부터 구애를 받고 있다.

어떤 여성과 어떤 방식의 연애를 해야 할지는 여전히 고민 중이다. 저번의 고백 방식에 결함이 있는지는 여전히 모르겠다. 아마 같은 실수를 반복해도 나는 깨닫지 못할지도 모른다. 그러나 한가지 확실한 사실은 난 여전히 그녀의 말을 믿고 있다는 것이다.

결과만 놓고 보자면, 나는 그녀의 말대로 살고 있다. 그녀의 뒷모습은 여전히 우리가 처음 만나 다음을 기약하며 헤어졌던 뒷모습과 닮아 있다. 어쩌면 나는 이미 지나간 사랑의 추억을 미화하기 위해 나 자신을 미화하는 것인지도 모르겠다. 이유야 어찌 됐건, 나와의 약속은 그녀와의 이별을 통해 나와 그녀의 약속으로 확대되었다.

오늘도 책을 펼치고 운동화 끈을 조이고 새벽녘의 차가운 공기를 마시는 것이 그녀의 말대로 내가 살아가야 할 길인지도 모른다. 어쩌면 그녀와 헤어진 후, 그녀의 부탁대로 살아가는 것이 그녀를 위한 길인지도 모른다. 그럴수록 그녀에 대한 그리움은 깊어진다.

뛸 때마다, 허리로 상체를 들 때마다, 엉덩이에 땀이 나도록 독서를
할 때마다, 그녀가 떠오르고, 그때마다 그녀는 내 속에서 더 커져간
다. 그리고 그럴수록…… 나는 좀더 많은 여자와 세상으로부터 관
심을 받게 되었다.

　참 묘한 세상이다.

　괜찮다. 뭐, 내 털쯤은.

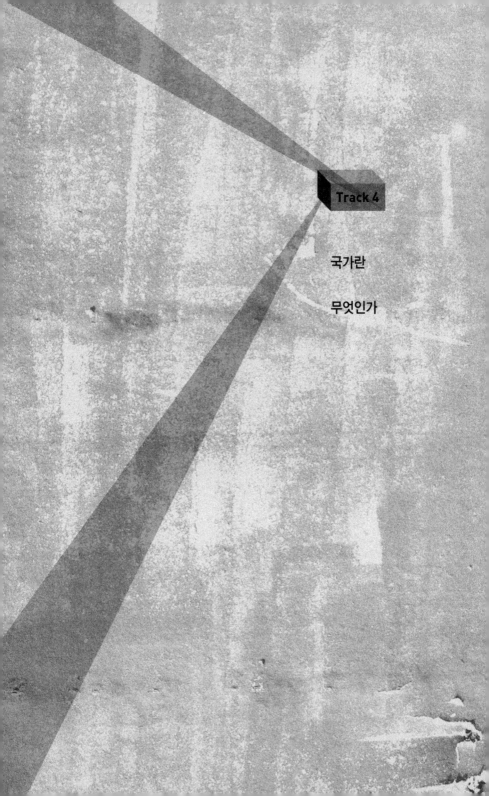

Track 4

국가란

무엇인가

1

이것은 대하(大蝦) 막장 단편소설이다.*

사실 필자는 지난 36년간 인간과 생의 본질적 존재 이유에 대해
철학적으로 깊이 탐색하는 소설을 비밀리에 구상해왔다. 고백하자
면 이를 위해 써놓은 원고가 2만매, 버린 문장이 30만개, 바꾼 단어

---

* 어째서 단편소설이 대하소설이냐고 묻지 말기 바란다. 이 몸, 대하소설을 쓰고
싶은 마음은 굴뚝같으나 대하소설을 쓰기엔 실력이 형편없고, 무엇보다 원고청
탁이 단편으로 왔으니 어쩔 수 없이 단편소설을 쓰는 것이 비루하지만 신인작가
에게 알맞은 자세다. 아울러, 다시 한번 대하소설이라는 단어를 주목해보시기 바
란다. 이것은 전통적인 대하소설이 아닌, 큰 새우가 등장하는 대하(大蝦) 소설이
다. 아울러, '막장'인 것은 서사 전개방식이 그러하기 때문이기도 하지만, 그보다
더 근원적인 이유가 있으니 이는 좀 기다려주시길. 차차 알게 될 것이다.

138

가 3670만개이나, 필자에게 유일한 약점이 있다면 장이 예민하다는 것이다. 아니, 장이 예민한 것과 명작을 집필하는 것이 무슨 연관이 있느냐고 묻는다면, 필자는 오랜 기간 아침에 집필해오며, 바이오리듬이 아침에 최고조에 달하는 몸 상태를 유지해왔다. 매일 아침 햇살로 안구를 데우고, 신선한 공기를 폐 속으로 밀어넣은 후 시원하게 밀어내는 쾌변의 기쁨은 실로 창작의 원천이 아닐 수 없었다. 그런데 어느날 돌연 꿈에 요상한 노인이 나타난 이후로 도저히 아침에 글을 쓸 수 없게 되었다. 섬세하기 이를 데 없는 나의 장은 괴이한 인물을 본 이후 아침마다 요동치기 시작했으니, 나는 어쩔 수 없이 지옥 같은 아침을 외면하기 위해 오전 내내 잠을 잘 수밖에 없었다. 그러나 이 지독한 영감은 아침에도 현몽하여 나를 괴롭혀댔다. 그런데 그의 얼굴을 곰곰이 뜯어보니, 어디선가 본 기억이 떠올랐다.

그는 16세기 스페인의 대문호 '세르반테스'였다.

그는 얼떨결에 시작한 『돈 키호테』를 완성하느라 생을 소비한 것에 대해 커다란 후회를 하고 있었으며, 지금에라도 자신이 생전에 쓰고 싶었던 소설을 쓰고자 세계 각국의 젊은 작가들을 찾아 꿈속을 유랑한다 했다. 나는 『돈 키호테』 따위의 소설은 읽은 적도 없고, 당신의 여타 작품 역시 지루하기 짝이 없으며, 게다가 대체 무슨 생각으로 그 두꺼운 분량을 써냈느냐고 따졌는데, 그러자 그는 즉각 내 앞에서 무릎을 꿇고 부디 지난날 자신의 졸작을 기억하지 말고, 내 몸을 빌려 새로운 소설을 쓰고 싶으니 자신을 받아달라고 애원했다. 나는 '나 역시 당장 먹고사는 것이 어려운 변방의 비루한 작가일 뿐이며, 현재까지 밀린 월세가 석달치며, 어제는 주인 영감이 헛기침하는 소리에 놀라 방문을 모두 잠그고 방귀까지 무음으로 뀐 탓에 장이 불편해 죽겠다'며 이실직고했으나, 미겔 데 세르반테스는 자신의 소설 속 주인공인 돈 키호테처럼 이성적인 대화가 불가능할 정도로 막무가내였다.

그는 자신이 구상한 이야기를 쓸 수 있는 사람은 전세계에 세명뿐이라 했다. 첫번째 사람은 꼴롬비아의 '가브리엘 가르시아 마르께스'인데 그는 지금 노인성 치매에 걸려 글을 쓸 수 없으며, 다른 한명은 서사하라에 사는 '모하메드 압불 알자지'인데, 자신은 천식이 무척 심해 모래바람이 휘몰아치는 사막에는 도저히 갈 수 없다 했다. 그리고 마지막 비운의 주인공이 바로 나인데, 그는 나를 찾느라 몹시도 고생했다고 말했다. 한국인의 얼굴 식별을 어려워하는 그는 나와 닮은 사람을 잘못 찾아가 "에레스 뚜 최민석(위대한 최민석 작가님이신지요)?" 하고 물었는데, "요 쏘이 하정우(저는 하정우라 합니다)" "메 야모 원빈(제 이름은 원빈입니다)" 하는 힘빠지는 답변만 들었다 했다. 그는 이렇게 어렵게 만났으니, 자신의 생각대로 소설을 쓸 수 있도록 내가 몸만 빌려준다면 더이상 꿈에 나타나 괴롭히지 않을 것이며, 그렇다면 내가 장이 불편해 오전 내내 화장실을 들락거리거나, 화장실을 들락거리지 않기 위해 오전 내내 잠으로 허비해야 하는 일은 없을 것이라 나를 다독였다.

그리하여 나는 어쩔 수 없는 심정으로 그의 제안을 받아들였다.

하나 미겔 데 세르반테스의 이야기를 듣고 기함하지 않을 수 없었다.

그가 쓰고자 하는 소설은 가볍기 짝이 없었고, 표현은 식상함으로 점철돼 있고, 시점 역시 들쑥날쑥이었다. 게다가 이야기 전개의 통일성이나 개연성 따위란 눈 씻고 보아도 찾을 수 없었다. 가장 큰 문제점은 그가 한국의 단편소설 분량이 200자 원고지 100매로 정해져 있는 것에 대해 도무지 납득하지 못한다는 것이었다. 나는 장장 두달에 걸쳐 "꼬레아에선 단편소설을 발표할 지면이 사실상 문예지밖에 없어요. 그 지면을 얻는 것도 원고청탁을 받아야 가능하고요. 그리고 원고청탁을 받더라도 분량은 100매로 정해져 있다니까요"라고 설명했다. 그러나 그는 전혀 이해하지 못한 표정이었다. 나는 어쩔 수 없이 '하늘은 높고, 바다는 넓고, 한국의 단편소설은 (200자 원고지) 100매다'라고 주장했으나, 이런 말을 하다보니 나 역시 의문이 들긴 했다. 어찌 됐든 때마침 2년 만에 받은 원고청탁이 있었으니 그 지면에 발표하고 세르반테스 영감을 내 생에서 떨쳐낼 생각이었으나, 영감은 고개조차 까딱하지 않았다. 나는 어쩔 수 없이 내 소중한 장의 건강을 위해 분량만큼은 포기하기로 했다. 그러나 읽자마자 휘발되는 가벼운 문장이며 메타포라고는 찾아볼 수 없는 수사에는 짜증이 버럭 일어 '이따위의 소설은 내 예술적 자존심이 허락하지 않는다!'며 미겔 데 세르반테스를 크게 호통쳤다. 그러자 그가 갑자기 닭똥 같은 눈물을 흘리며 한쪽 무릎을 꿇고 마치 여왕에게 기사 작위를 받는 듯한 자세로, 어디서 구했는지 알 수 없는 절판된 내 저작들을 들고 부디 사인을 해달라고, 실은 데뷔했을 때부터 존경해왔으며, 나를 이 시대의 유일한 라이벌로 생각하고 있다고 애원해대는 것이었다. 아무리 세르반테스가 지루한 작품을 쓰는 작자이긴 하나 그래도 16세기의 대문호가 라이벌이라고까지 표현하니 기뻤다,라기보다는 몹시도 성가셨다. 그래서 나는 '당신의 소설은 평범하기 짝이 없고, 시대에 뒤처져 차라리 나에게 한수 배우는 게 낫겠다'고 아무렇게나 말했는데, 그는 내 말이 끝나자마자 부엌으로 달려가 설거지를 하고, 왁스로 거실 바닥을 광내기 시작했다. 그 광경을 지켜본 나는 마지못해 미겔 데 세르반테스가 구술하는 소설을 쓰기로 결심했다. 다시 한번 밝히지만, 이 소설은 내가 지향하는 '인간의 존재론적 의미를 탐구하는 문학'과는 거리가 먼, 말하자면 통속 막장 대하 단편소설이다.

2

우선, 한가지 밝혀두자. 고루한 스페인 영감의 간청에 의해 이 소설은 '주인공이 당연한 듯 출생의 비밀을 간직하고 있고, 작가의 편의에 따라 기억상실증에 걸렸다가 어느날 청량한 햇살에 어지러워하며 돌연 기억을 회복하거나, 시한부 인생을 살고 있었는데 알고 보니 오진이었다'는 식의 전개가 가능하다(그래도 영감이 기막힌 설정이라고 주장한 남녀 주인공의 관계—즉 잠자리 후에 알고 보니 어린 시절 헤어진 남매였다는 것—만큼은 쓰지 않기 위해 혼신의 힘을 다해 버텼다). 따라서 나처럼 평소 고급 취향의 독서를 지향해온 독자들은 지금이라도 책을 덮고 타블로이드 신문의 스캔들 기사라도 보는 게 나을지 모르겠다.

그러나 이때껏 읽은 것이 아까워 책을 덮기 싫은 독자나, 인내심 강한 선생에게는 작은 위로의 소식을 하나 전하고자 하니, 비록 서사 방식은 주인공이 기억상실증에 걸린 시한부 인생에다가 출생의 비밀까지 지닌 재벌 3세라는 식이나, 실제 주인공은 전혀 그렇지 아니하다는 것이다.

애석하게도 주인공은 졸면서 보초근무를 서다가 자기도 모르는 사이 엉겁결에 귀순을 하게 된 북한 엘리트 장교다. 아뿔싸, 이런 식으로 소설을 시작하고 말다니! (나는 지금 방귀 뀌려다 똥 싼 느낌이다.)

허 참, 말 나온 김에 더이상 이 이야기의 막을 올리지 않을 수 없으니, 그럼 오줌보가 작은 독자는 오줌 줄기를 쏟아내고, 배고픈 자는 서둘러 허기를 채우고 돌아오시길. 분단국가가 아니고서는 나올 수 없는 이 곡절의 이야기는 이제 시작된다. 자, 그럼 지금부터 우리에게 자신이 겪은 기구한 운명의 스토리를 생생하게 들려줄 인물을 소개한다. 그는 바로 리혁수. 박수로 맞이해주기 바란다.

3

나는 그날, 강렬한 햇살 때문에 머리가 어지러워 속까지 어지러웠고, 아지랑이까지 피어오르는 바다의 열기에 그만 어질해서 쓰러지고 말았다.

나는 김일성대학에서 문학을 전공한 북조선 장교였는데, 알려진 바와는 달리 남조선에 대해선 크게 관심이 없었다. 남조선에서 「모래시계」가 히트를 했고, 여자 가수 그룹 손녀시대(이하 '손시')가 인기를 끌고 있으며 그 멤버들이 모두 유명인의 손녀들로 구성돼 있다는 것과, 태국에도 남조선의 드라마가 류행을 선도하고 있다는 정도는 알고 있었지만, 그것들이 나의 호기심을 자극하진 못했다. 원래 나는 똘스또이의 문학을 체계적으로 공부한 후 그 수려한 문장으로 노랫말을 써서 가수가 되고 싶었다. 그러나 불행히도 그 무렵 불어닥친 대기근 때문에 어쩔 수 없이 직업군인이 되기로 했다. 우선은 먹고살아야 했다.

직업군인이 된다는 것은 요행한 일이었다. 굶주린 이들이 있을 때에도 우리는 어디선가 공수된 쌀로 배를 채울 수 있었고, 간간이 대동강맥주도 마실 수 있었다. 게다가, 군에 입성하고 나니 내게는 '엘리트 장교'라는 호칭도 붙어 있었다. 그야말로 '어쩌다보니'였다. 몇가지 시험을 쳤고, 몇가지 체력장을 통과했고, 몇가지 주체사상 검열을 받았고, 그저 원하는 답을 했을 뿐인데, 당은 기다렸다는 듯이 계급장을 달아주었다.
그리하여, 나는 낮에는 배불리 먹고, 밤에는 배불리 마셨다.
기막힌 날의 연속이었다.

그중 가장 기가 막힌 날은 '그날'이었다(이상한 생각은 하지 마라. 알고 보니 여자였다는 식으로 막장은 아니다).

나는 전날 어머니 생각에 그만 대동강맥주를 홀짝홀짝 마셨고, 그러다 장가도 못 간 불효자식이라는 생각에 또 홀짝홀짝, 장가갈 여성 동무가 없다는 생각에 또 홀짝홀짝, 치마저고리는커녕 여자 손목도 못 잡아봤다는 생각에 또 홀짝홀짝, 이제는 내 양물을 소변 볼 때 빼놓고는 도대체 꺼낼 구실이 없다는 생각에 또 홀짝홀짝하다가, 맥주를…… 한박스가량 마셨다. 대위 동무가 본다면 까무러치고 기절할 노릇이었지만, 이미 대위 동무의 맥주까지 다 마시고 난 후였다. 물론 대위 동무의 맥주도 걱정이었지만, 그것보다 당장 몇시간 뒤로 다가온 근무가 걱정이었다.

아, 말 안했나? 나는 공동경비구역에서 보초를 서고 있었다.

공동경비구역 JSA. (어디선가 비장한 배경음악이 들려온다. 그렇다. 이 소설은 공감각적 소설이다.) 외부에는 알려져 있지 않지만, 이곳에서 보초를 설 때는 저격수 한명이 창 안에 몸을 숨긴 채 저격 자세를 취하고 있다. 갑작스러운 남쪽과 미제의 도발을 대비해 언제나 몸의 긴장을 팽팽하게 유지하고 있으며, 이불에 떨어지는 바늘 소리마저 들릴 만큼 모두 숨을 죽이고 있다. (참고로, 이 표현은 작가의 영혼에 더럽게 달라붙은 작자, 즉 세르반테스가 주장한 것이다. 물론 400년 전의 표현이므로 식상하기 그지없다.)

나는 근무를 나서는 길에 저격수의 눈을 보았는데, 그의 눈은 웬일인지 시장통에 내놓은 말라비틀어진 동태 눈까리*처럼 보였다.

---

* 망할 세르반테스 영감. 그의 요청에 따라, 본격적인 식상 시리즈를 시작한다.

아니나 다를까, 그의 바지 뒤춤에 잡지 한권이 접힌 채로 꽂혀 있었다. 그것은 남한의 극우단체가 기구에 실어 보낸 도색잡지였다. 그 안에는 다리를 활짝 벌린 채 자본주의 세계로 넘어오라고 유혹하는 여인들의 사진과, 남조선으로 넘어가 냉면집 사장으로 성공한 한 반역자의 인터뷰와, 남조선의 개방적인 밤문화에 관한 기사와 사진들이 잔뜩 담겨 있었다. 그중엔 외부에 알려진 대로 어디에도 쓸 수 없는 1달러와 "사랑합니다, 북한 동포 여러분"이라고 쓰인 믿을 수 없는 편지도 있었다. 게다가, 허벅지를 허옇게 드러내고 무대 위에서 춤추는 손시(잊었는가, 이 시대의 빛, 남북 대통합의 희망, 손녀시대!) 사진들도 있었다.

저격수는 아무래도 AK47보다 더 단단하게 치솟은 양물과 함께 남쪽에서 날려보낸 도색잡지로 밤을 꼬박 새운 듯했다.

나도 밤을 새우다시피 맥주를 마시고 눈에 핏발이 잔뜩 서 있었으나, 저격수의 눈동자를 보니 방아쇠에 손가락을 걸어놓고 졸고 있는 그 때문에 자칫 내 목숨이 날아가지 않을까 걱정됐다. 그래서 나는 절대로 졸아서는 안되겠다는 심정으로 눈에 모든 신경을 집중했고, 눈알이 터질 정도로 힘을 잔뜩 주고 보초를 서다가 그만…… 눈 뜬 채로 졸았다.

(잠시 전지적 작가 시점으로 돌아가자. 원래 이런 소설이다.)

한편,* 동일한 시각에 전날 남한의 도색잡지로 온 청춘을 불사

---

* 식상 시리즈 2.

를 듯이 밤을 불살라버린 저격수는, 비운의 주인공이자 곧 한국사회의 시대적 혼돈을 온몸으로 경험하게 될 리혁수의 우려와는 달리 소총을 끌어안고 대놓고 잤다. 그의 꿈은 전날밤의 연장선상에 있었으니, 그 꿈속에서는 세계 각국의 미녀들이 다리를 쩍쩍 벌리며 자본주의 세계의 맛을 보여주고자 작정하고 그를 인도했다. 저격수는 자본주의란 무릇 미제의 가슴처럼 풍만하고 풍요롭고 아이돌의 허벅지처럼 탄탄하게 쭉 뻗어 있다는 생각 속에서, 소총 위에 침을 장대비처럼 질질 흘리며, 그 와중에 미제의 가슴과 여고생의 허벅지 덕에 커져버린 양물을 소총과 나란히 한 채, 흡사 누가 본다면 무엇이 소총이고 무엇이 육봉인지 알 수 없는 광경을 연출하며 의식 너머의 혼미한 세계 속에 빠져 있었다.

역시 동일한 시각에 리혁수의 맞은편에는 그의 고참 동무인 고정만 대위가 있었는데, 그는 이름에 걸맞게 그 자리에 고정만 한 채로 꼿꼿이 서 있었다. 리혁수는 저격수가 실수할지도 모른다는 생각에 눈에 잔뜩 힘을 주고 졸고 있었던 터라, 가뜩이나 큰 송아지 눈동자*는 쏟아져 흘러내릴 듯 커지고 핏발이 서 있었다. 고정만 대위는 평소에도 간간이 자기 맥주를 몰래 마시던 리혁수가 이번에는 자기를 뚫어지게 노려보기에, 눈싸움으로 도전하는 줄 알고 자신도 리혁수의 눈동자를 쏘아보고 있었다. 물론 그곳은 지구상에서 긴장이 최고조에 달한 공동경비구역이고, 남쪽에 어떠한 빌미도 제공해서는 안되기 때문에, 이들은 비록 동지라 할지라

_____

* 역시 식상 시리즈 3.

도 보초근무 중에는 단 한마디도 입 밖에 꺼내지 않았다. 그런고로 눈 뜨고 조는 리혁수와 눈 뜨고 '쪼는' 고정만의 눈싸움은 고정만만 지치게 하여, 한낮의 뜨거운 햇살 아래에 선 그의 눈에서 마침내 근원을 알 수 없는 두줄기 눈물을 흘러내리게 했다. 그 와중에도 리혁수는 눈 하나 깜빡 않고 고정만을 노려보고 있었으니, 고정만의 자존심에는 긴 스크래치가 생겼고, 더이상 리혁수에게 초라하게 흐르는 눈물을 보일 수 없어 보초근무 10년 만에 처음으로 그는 두 손을 올려 눈물을 닦았다. 그리고 마치 이것이 막장 소설이라는 것을 증명이라도 하듯, 동일한 시각에 리혁수는 뜬눈으로 졸다가 마침내 오른쪽으로 쓰러지고야 말았다. 그 어느 누구도 리혁수의 오른쪽이 옳은 쪽인지 아닌지는 몰랐으나, 일단은 말 그대로 우파인 남한의 땅이었다.

*

남한 군인들은 눈이 휘둥그레져, 리혁수의 다리를 잽싸게 잡아당겼다. 고정한 채 있었던 고정만은 눈을 비비고 나서야 리혁수가 사라진 걸 알아채고는 한동안 멍하니 있었다. 동일한 시각, 저격수는 꿈속에서 세계 각국 자본주의 미녀들과 침대 위에 널브러져 질펀한 파티를 즐기고 있었으니, 그 파티가 어찌나 자극적이고 뇌쇄적이던지 그만 몽정까지 하고 말았다. 그는 사건이 발생한 지 10분 만에 당에 끌려가 문초를 당하며 눈물을 흘렸으니, 위로는 눈물로 얼굴이 젖었고 아래로는 채 마르지 않은 흥분의 흔적으로 바지가 젖어 있었으니, 비록 그 범위가 한 인간의 신체에 불과했으나 배꼽을 기점으로 남은 흥분으로 북은 고통으로 젖어 있던 셈이었다.

(이제 본격적인 이야기가 시작되려는 찰나, 기나긴 구술을 하느라 틀니가 다섯번이나 빠진 세르반테스는 도저히 못해먹겠다고 스페인으로 가버렸다. "썩을 영감, 이런 무책임한 경우가 어디 있냐!"며 엉덩이를 '찰싹' 때리며 따졌지만, 그는 도저히 한국 단편소설의 분량에 못 끼워맞추겠다며 소녀처럼 질질 짜다 가버렸다. 그러므로 내 비록 한낱 무명 신인에 불과하나, 작가정신을 불태워 466살 먹은 영감이 싸질러놓은 이야기를 수습하도록 하겠다.)

4

리혁수는 사실 국가에 대해 뚜렷한 생각이 없는 인민이었다. 북한은 그가 태어난 곳일 뿐, 그가 주체사상에 동의하여 북에 태어난 것은 아니었다. 마찬가지로 남쪽으로 (졸다가) 넘어오긴 했지만, 그가 자유민주주의 사상으로 전향한 것은 아니었다. 그는 원래 가지고 있었던 사상도 없었거니와, 새로운 사상을 취하기 위해서 넘어온 (혹은 넘어진) 것이 아니었다. 이렇듯 국가와 관련된 그의 행위 중 그가 의지를 가지고 선택한 것은 하나도 없었다. 그것은 이리 보면 자연적으로 뻗어나간 줄기가 이뤄낸 열매였고, 저리 보면 철저한 우연의 산물이었다. 실상 그는 그저 먹고 싶은 것을 먹었고,

마시고 싶은 것을 마셨고, 피곤에 지쳐 넘어졌을 뿐이다. 말하자면, 인간으로서 하고픈 일을 했을 뿐인데, 그를 둘러싼 세상 전체가 바뀌어버렸다. (사상을 취했다기보다는) 술에 취했고, (사상에 빠졌다기보다는) 무릎에 힘이 빠졌을 뿐이다. 그런데, 그를 규정하는 모든 것이 바뀌어버린 것이다.

우선, 리혁수에게 가장 먼저 다가온 자는 국정원 김차장이었다. 그는 혁수에게 새로운 국적을 선사했다. 김차장이 그의 이름을 부르기 전에, 그는 다만 숙취로 고생하는 한명의 술주정꾼에 지나지 않았으나, 김차장이 그의 이름을 불러주었을 때, 그는 민주공화국 대한민국의 국민이 되었다.* 김차장을 만난 후, 리혁수는 이혁수가 되었다.

언론은 북한이 지켜보고 있는 가운데 당당하게 한발짝을 옮김으로써 자유민주주의로 전향한 혁수를 지구상에서 가장 용감한 민주주의의 투사로 치켜세웠다. 혁수가 지나가는 말로 간혹 남한의 드라마를 봤다고 하면 "이혁수, 자유에 대한 갈망 남한의 드라마로 해소해와" "북한 장교도 즐겨 봤다는 한류 특급" "한류 드라마, 이제는 민주주의의 전파자" 등의 보도를 연이어 내보냈고, 어쩌다 인터뷰를 할 때 푸른색 셔츠를 입고 나가면 "이혁수, 붉은 피를 버리

---

* 어디서 본 것 아니냐!는 당신의 원성에 적극 동의한다. 영감 탓인지 해보니 식상한 표현이 괜찮았다.

고 푸른 자유를 택하다" "이혁수 자유주의의 선봉에 서!" 등의 해석을 해대곤 했다. 개그 프로그램에서는 이혁수의 월남을 빗댄 개그가 유행을 하기 시작했고, 개그맨들이 내뱉은 '넘어가겠다'라는 말은 그야말로 전국적인 유행어가 돼버렸다. 연인들 사이에서 '넘어가겠다'라는 말은 헤어지자는 말의 공식적인 표현이 됐고, 대학생들 사이에서는 전과, 혹은 재수·삼수를 통해 대학을 바꾸는 것을, 직장인들 사이에서는 이직을, 운동선수들 사이에서는 이적을, 연예인들 사이에서는 소속사 이전을, 정치인들 사이에서는 탈당을, 부부 사이에선 이혼을 뜻하게 되었다. 동시에 '넘어졌다' 역시 정치인들 사이에선 대거 탈당을 통한 정당 해체를, 대학에선 대거 학생 이탈을 통한 대학 붕괴를, 직장 사회에선 대거 이직을 통한 직장 붕괴를 뜻하는 말이 되었다.

어찌 됐든, 이게 다 이혁수가 대동강맥주를 많이 마시고 눈 뜨고 졸았기 때문이다.

5

'나를 암살하려는 자들이 있다.'

어째서 갑자기 추리소설처럼 변하는지는 묻지 말기 바란다. 나도 스페인 영감이 싸질러놓은 이야기를 수습하느라 벅차다. 이제와 고백해서 미안하지만, 사실 나는 유년 시절 코넌 도일이나 시드니 셸던 같은 추리작가가 되길 꿈꿨다. 그러나 코넌 도일 같은 작가는 콧수염이 안 나서, 시드니 셸던 같은 작가는 미국 시민권을 못 얻어서 포기했다. (한국에서는 추리소설가로 살기 힘들다⋯⋯ 순수문학만 문학인가? 그렇다고 해서 투자 이민을 가려 해도 10억 원 이상이 든다. 나는 어제도 강소주를 마셨다. 좌절감으로 소주를 화분에 물 붓듯이 위장에 쏟아부었고, 지금은 극심한 숙취에 시달리고 있다. 예의가 아닌 줄은 알지만, 열패감과 무력감, 아울러 쓰린 속 때문에 도저히 글을 쓸 수 없는 지경이다. 미안하지만, 이야기의 바통을 소설의 주인공인 이혁수에게 넘기겠다. ⋯⋯설마 잊진 않으셨겠지. 이 소설이 '묻지 마 막장 대하 단편소설'이란 것을.)

나는 이혁수⋯⋯ 지금 불안감에 휩싸여 있다. 이 불안감의 정체가 무엇인지 도통 모르겠다. 아울러, 나는 지금 (작가의 권유에 의해) 쫓기고 있다. 내가 그렇게 생각하게 된 이유는 (일차적으론 추리소설가가 되지 못한 작가의 통한 때문이지만) 사실 탈북해 사상을 전향한 학자로 유명한 '유명한' 박사가 최근에 암살을 당해 유명을 달리했기 때문이다. 아니, 그게 나와 무슨 상관이 있느냐고 한다면, 나는 이곳에서 국회의원이 됐기 때문이다. 아뿔싸.

국정원의 김차장은 나를 보수정당의 대표에게 소개해주었다. 보수정당 대표는 나를 보자마자 대뜸 이런 말을 했다.
—선생이야말로 왼손과 오른손이 서로 맞잡게 하고, 진보와 보수가 어깨동무하게 하고, 남과 북이 하나 되게 하는 교두보요. 우리

당의 전국구 1번이 되어주시오.

나는 그의 새로 단장된 눈썹 문신을 보며 답했다.

—왼손과 오른손은 본시 한 몸에서 나온 것인데, 그냥 혼자서도 맞잡을 수 있는 것을 왜 내 몸을 빌려서 잡으려 하는 거요? 게다가 나를 북에서는 보수, 남에서는 진보로 볼 수도 있는 것 아니오? 그런데 내가 어떻게 1번이 되어 당신네 당의 상징이 되겠소?

그러자 그는 자신의 눈썹을 매만지며 이렇게 답했다.

—원래 1번은 아무 말 않고 그저 웃으며 사진만 찍으면 되는 자리요.

그는 남한의 사정을 잘 모르는 내가 보기에도 꼼수를 부리는 것이 분명했다. 그의 속셈은 아무래도 자신의 당이 수구정당이라는 이미지를 버리고 진보적이라 불리는 사람들까지 포섭하여, 자유주의야말로 궁극적으로 도달할 수밖에 없는 정치적·사상적 종착점이라는 사실을 사람들의 머릿속에 심으려는 것인 듯했다. 그러나 이같은 그의 속셈을 알고서도 내가 그 제안을 수락한 것은, 그의 의도야 그렇더라도 이 한 몸 희생하여 진심으로 남과 북이 하나되는 세상이 하루 속히 오길 바랐기 때문……이 아니라, 정양 때문이었다. 비서관 정양은 내 눈을 멀게 하고, 턱을 빠지게 하고, 침이 쏟아지게 할 만큼 매력적이었다. 후에 알고 보니 정양은 당 대표가 나를 포섭하기 위해 매수한 '마타 하리'였지만, 그때 나는 뇌가 마비되어 어떠한 이성적 판단도 내릴 수 없었다. 이래서는 안된다는 것을 알았지만, 어느새 내 입은 의지와 상관없이 움직이고 있었다.

—사상의 징검다리가 되겠습니다.

이렇게 나는 집권 여당의 국회의원이 되었다. 사실 마음 한편으
로는 국정 문제로 골머리가 썩지 않을까 염려했지만 철저한 기우
였다. 의결권을 행사할 때마다 가장 중요한 것은 그 결정으로 인
해 달라질 국가의 미래가 아니라, 당론이었다. 결국 나는 손만 빌
려주는 꼭두각시가 되었다. 마음이 편치 않아 몸이라도 편히 쉬길
바랐으나, 나만의 휴식을 누리기에 마땅한 보금자리도 없었다. 국
회의원이라 해서 집이 제공되는 것도 아니고, 그렇다고 의원 사무
실에서 잘 수도 없는 노릇이라, 일단 주택자금을 대출받아 국회에
서 가까운 대방동에 연립빌라를 얻었다. 그런데 이때부터 나는 남
조선인이라면 겪어보지 않을 수 없는 문제를 절감하게 됐는데, 그
건 바로 빌라의 이중주차 문제가 정말 심각하다는 것이었다. 특히
'4885' 차주는 전화번호를 절대 남기지 않았고, 집에 찾아가 문을
두드려도 나오지 않았다. 그러다 자기가 필요할 때면 얌체같이 전
화를 해댔는데, 하필이면 그때마다 정양과 가까스로 관계를 나누
어 막 절정에 도달하려는 찰나였다. 어떨 때는 사정 직전에 차를
빼야 했으므로, 나는 사정마저 참아가며 차를 빼야 할 사정에 빠지
기도 했다. 그럴 때면 속으로 '야, 4885!' 하고 울부짖었고, 진심으
로 서울의 이 연립주택뿐 아니라 남한 전체에서 몸을 빼버리고 싶
었다.

그런데, 이런 생각을 어떻게 알았는지 내 몸을 남한에서 빼내고
자 하는 이들이 나타났다. 북에서 남으로 사상을 전향해 유명해진

'유명한' 박사의 유명을 달리하게 한, 바로 **그들**이었다.

6

나는 덜컹거리는 차 트렁크에 실려 있었다(작가의 청소년 시절 꿈은 스릴러 작가였다. 맙소사). 내 두 손과 발목은 노란 테이프로 칭칭 감겨 있어서 움직일 수 없었고, 얼굴엔 검은 복면이 씌워져 있었다. 최근 신변에 위협을 느껴 남측에서 붙여준 두 명의 경호원이 있었는데도, 어제부터 장염에 걸려 스무 번 넘게 화장실을 들락거리다 봉변을 당한 것이었다. 악성 댓글 때문에 워낙 스트레스를 받다보니 과민성 장염에 걸렸다(고는 하지만, 왠지 작가에게 영향을 받은 것 같다). 처음에는 변이라 할 만한 것들이 나왔으나, 나중에는 나올 것도 없어 그저 액체만 나왔다. 항문이 우는 느낌이었다. 경호원들도 처음에는 화장실 앞을 지켰다. 그러나 내가 열 번 넘게 드나들며 추잡한 소리와 냄새를 풍기자 결국은 안보 의욕이 떨어졌는지 아니면 나의 인권을 생각했는지 혼자서 변을 보게 내버려뒀다. 변을 보다 봉변을 당하니, 똥 싸다 똥간에 빠져 죽는 심정이 되었다.

어찌 됐든 평택에 있는 평양냉면집의 옥외 화장실에서 납치당한 나는 지금 짐작조차 할 수 없는 곳으로 끌려가고 있다. 자갈길을 달리는지 차는 심하게 덜컹거렸고, 어디선가 파도 소리가 들려왔고, 새벽이슬에 젖은 풀 냄새도 실려왔다. 내가 얼마 동안 실신 상태에 있었는지는 모르겠지만, 유명한 박사의 유명을 달리하게 한 이들의 차는 내가 정신을 차리고 난 뒤에도 서너시간을 넘게 달렸다. 도착한 곳에선 분명히 파도 소리가 들렸다. 나는 이들의 총부리에 떠밀리어 복면을 쓴 채 10미터 정도를 걸었고, 계단을 올랐다. 내 계산이 맞았다면, 3층까지 올라온 것이다. 그리고 왼쪽으로 몸을 꺾은 뒤 10미터 정도를 걸었다. 싸구려 카펫을 밟는 느낌이 났고, 누군가가 문을 여는 소리가 들렸다. 그리고 누군가가 내 등을 힘차게 찼다. 나는 '욱' 소리를 내며 넘어졌고, 충격을 받자 장염 때문에 항문에서 눈물이 찔끔 새어나왔다. 수치스러웠다. 유명한 박사의 유명을 달리하게 한 이들은 내게 '냄새나는 자본주의의 개'라며 얼굴과 손과 어깨와 엉덩이를 마구 짓밟았고, 그럴수록 항문은 더욱 울어댔다. 눈과 항문이 대성통곡하는 밤이었다.

그들은 내 팔을 우악스럽게 걷어올려 주사를 두번 놓았다. 그러자 나는 이내 잠에 빠져들었다.

눈을 뜨니 깜짝 놀라지 않을 수 없었다. 나는 씻겨 있었고, 발가벗겨져 있었다. 녀석들이 내 몸을 씻겨준 것은 고마운 일이지만, 나를 벗기고 코를 막고 욕했을 거란 생각을 하니 온몸이 수치에 떨렸다. 수치를 떨치고 겨우 고개를 드니 격자무늬 벽지가 보였다. 마름모꼴의 형이상학적인 무늬가 반복적으로 펼쳐져 있었는데, 보는 것만으로도 두통이 올 것 같았다. 천장 모서리에는 비가 샌 흔적이 가난한 아이 얼굴의 땟자국처럼 얼룩져 있었고, 그 아래에는 지퍼 달린 조잡한 무늬의 비키니 옷장이 있었다. 옷장을 열어보니 아무렇게나 버려진 트레이닝 바지가 있었다. 나는 주섬주섬 그걸 입고 방 안에 가만히 앉아 있었다. 천장은 기이하게 높고, 창은 내 키를 넘어선 높이에 자그맣게 나 있었다. 철창이 쳐 있어 나갈 수도 없었다. 도대체 이 상황은 뭔가. 혼란스러웠다. 또 작가는 왜 침묵만 하고 있는가!*

나는 모든 것이 억울했다. 나는 왜 이곳에 납치돼 있나? 남쪽으로 전향했다(고 보이)는 이유로? 국회의원이 됐다는 이유로? 분통함에 울부짖는데 문틈으로 흰 가스가 스며들었다. 나는 거짓말처럼 깊은 잠에 빠져버렸다.**

7

눈을 뜨니 또 한번 깜짝 놀랐다. 내 눈앞에 대자로 뻗어 있는 하얀 허벅지. 북에서부터 줄곧 알고 있었던 자본주의의 상징, 저격수가 밤을 새워 양물을 세우게 했던 주인공, 손시(잊었는가! 이 시대의 빛, 남북 대통합의 희망, 손녀시대!)의 핵심, 손시 중의 손시, '요리'가 누워 있었다. 이건 최은희, 신상옥 부부 납치 이후 최대의 사

---

* 아, 그는 휴가를 갔다. 직장 생활이 싫어서 작가가 되기로 결심한 이 신인작가는 퇴근시간과 휴일, 휴가를 칼같이 지킨다. 나는 왜 하필이면 작가가 휴가 간 틈에 납치된 건가.

** 그렇다. 이 소설은 지금 여러분이 특정 한국 영화를 연상해주길 노골적으로 바라고 있다. 식상 시리즈 6.

건이다. 나야 그렇다 쳐도 도대체 요리는 왜 납치한 건가. 그러나 이러한 의문에 답을 얻을 틈도 없이, 녀석들이 문을 박차고 들어왔다.

"이 에미나이들 꽁꽁 묶어버리라!" 소리친 이는 누가 보더라도 얼굴에 '간첩'이라고 쓰인 남자였다.

"네, 대장 동지." 대답한 이는 눈동자가 '혁명의 불'로 타오르는 남자였다. 그는 밧줄을 꺼내더니 갑자기 아연실색했다.

"왜 그래, 동무!"라고 '간첩'이 소리치자, '혁명의 불'이 대답했다.

"대혁명의 과업을 달성하기엔 밧줄이 너무 짧습네다."

납치당한 나의 관점에서도 밧줄은 어처구니없이 짧았다. 간첩은 전혀 간첩답지 않은 표정을 지으며 "한 밧줄로 같이 묶어버리라우, 꽁꽁!"이라고 외쳤다. 혁명의 불은 우리를 서로 등지게 한 뒤 짧은 밧줄로 묶으려 애를 썼다. 그런데 이때 깨어난 요리가 처음으로 입을 열었다.

"저어……" 혁명의 불이 욕망의 불이 이글거리는 눈빛으로 짧게 말했다.

"말하라, 여성 동무!"

요리는 잠시 주저하더니 부끄러운 듯 입을 뗐다.

"……땀띠가 너무 심해서 등을 마주 댈 수 없어요."

그러자 간첩이 "마주 보고 묶으라!"라고 명령한 후 "고저, 여성 동지는 귀한 일 해야 하니까"라는 알 수 없는 말을 덧붙였다. 욕망의 불이 된 혁명의 불은 어쩔 수 없다는 듯이 우리를 마주 보게 했다. 우리는 무릎을 꿇고 있었으나 밧줄이 짧은 관계로 일단 내가 다리를 벌렸다. 그리고 그 사이로 요리가 다리를 집어넣었다. 밧줄이 짧은 관계로 최대한 몸을 밀착했다. 말하자면, 한 몸이 된 셈이다. 으허헉. 요리의 가슴이 내 가슴에 닿았다.

8

여름휴가는 좋았다. 맑고 푸른 지중해의 물이란! 아, 나는 작가다. 다시 본연의 자리로 돌아와 전지적 작가 시점(그렇다. 작가는 모든 걸 알고 있다. 당신이 지금 책장을 덮으면 곧 빚더미에 앉을 것도, 끝까지 읽으면 무병장수하고 기체후 일향 만강할 것도)에서 말하겠다. 이 무슨 맥락 없는 개입이냐 할지 모르겠지만, 이 모두가 한국 단편소설의 분량에 끼워맞추지 못한 세르반테스의 탓이다. 어찌 됐든, 혁수와 요리는 서로에게 몸을 묶인 채 48시간을 보냈다. 그 탓에 혁수는 48시간 동안 화장실에 가지 못했다. 그러나 항문으로 폭포수 같은 눈물을 쏟아내게 만들었던 장의 요동은 사라졌다. **주사 때문이었다.** 납치한 이들은 지사제와 수면제를 섞어 혁수와 요리에게 주사했고, 그들을 자신들의 통제 아래 두기 위해 중독 성분이 있는 암페타민을 섞어넣으려 했으나, 혁명의 불이 약국에서 영어를 잘못 읽는 바람에 돼지 발정제를 훔쳐왔다. 그 탓에 혁수의 남근은 재크의 콩나무처럼 하늘로 향했고, 혁수의 트레이닝복은 어느새 천막으로 변해가고 있었다. 한데 둘이 마주 보며 묶여 있던

탓에, 이 괴상망측하고 흉물스러운 텐트가 요리의 눈에 들어오고
야 말았다. 구릿빛 피부에 콜라병 몸매를 지녔지만 한때 청순의 상
징이자 요정으로 불렸던 그녀는 고개를 뒤로 젖힐 수밖에 없었다.
그러나 이마저도 소용없이 요리의 가슴속에는 그만 불꽃이 일었는
데, 약효 탓이라 할 수도 있겠으나 사실은 그녀 역시 거대한 본능
의 파도에 무력하게 휩쓸리는 나약한 인간이기 때문이었다.

어찌 됐든 간에 이들은 사랑에 빠졌다. 아니, 이 무슨 뜬금없는
전개냐 할지 모르겠지만, 현재 작가가 시차로 몹시 고생을 하고 있
다. 아울러 한국 단편소설의 분량이 200자 원고지 100매라 하지 않
았는가. 빨리 전개해야 한다. 이 나라는 빠른 속도를 사랑하는 나라
아닌가. 이 소설 또한 제아무리 통속 막장 대하 단편소설이라 해도
결국은 한국어로 쓰인 한국소설이니, 한국문화로부터 자유로울 수
없다. 그러므로 재빨리 사랑에 빠지게 해야 한다.

강단 있는 작가가 단도직입적으로 말하자면, 혁수는 북으로 다
시 넘어가 모든 것은 남한의 공작이었으며 자신은 희생자인 것처
럼 연기해야 할 운명에 처했다. 동시에 요리는 40여년간 조선중앙
TV의 선전을 담당해온 이춘희 여사의 후임으로 발탁돼 인민에게
때로는 청순한 아침을, 때로는 노동 의욕을 솟구치게 하는 아침을,
그리고 무시로 당과 대장 동지를 위해 충성을 다짐케 하는 낮과 밤
을 주입할 운명에 처했다. 그리하여 지금 이 둘은 버려진 여인숙에
서 한 밧줄에 묶인 것이다.

한편,* 서해에서 잠수함을 이용해 북으로 돌아가려 했던 혁명의 아들들은 예상치 못한 난관에 처해 있었다. 북방한계선을 둘러싼 남북 간의 갈등으로 인해 경계가 삼엄해지자, 잠수함을 타야 할 때를 놓쳐버린 것이다. 공작금이 떨어진 지는 이미 기원전의 일처럼 까마득했고, 그 때문에 혁명의 불이었던 욕망의 불은 조선족으로 위장하여 인근 중국집에서 배달의 민족답게 배달부로 일하고 있고, 얼굴에 간첩이라 쓰인 간첩은 최대한 간첩이라는 걸 숨기기 위해 매우 어정쩡한 표정으로 여인숙 카운터에 앉아 '숙박 3만원, 대실 1만원, 요구르트 무한정 제공'이란 푯말을 내걸고 손님을 기다리는 생활을 시작했다. 이런 생활이 무려 한달이나 계속되었고, 배달의 민족답게 배달부로 일하고 있는 욕망의 불 때문에 혁수와 요리는 한달 내내 군만두만 먹었다. 어째서 군만두냐면, 중국집에서 서비스로 나가는 게 군만두고 혁명의 불은 매번 서비스가 나갈 때마다 이를 빼돌렸기 때문이다. 그래도 석연치 않다면, 한때 청순의 대명사이자 온 국민의 요정이었고, 현재는 성숙한 여인인 요리가 혁수에게 해준 말을 들어보자.

"남한에서는 원래 이럴 때 군만두 줘요."

이때는 이미 혁수와 요리가 한달째 같은 방에 감금돼 있던 상태라 밧줄도 넉넉한 것으로 교체된 후이고, 더욱이 무인도에 버려진 두 남녀의 애정과 증오, 화해를 그린 영화 「블루 라군」의 브룩 실즈와 크리스토퍼 앳킨스처럼 이미 살을 섞은 후였다. 육욕에 들끓는

---

* 돌아온 식상 시리즈. 반갑다!

남자의 눈에는 그것만 보이고, 육욕을 해결한 남자는 어린애처럼 불만이 늘어간다 했던가. 혁수는 사나이 체면을 구길 모양인지 이 와중에 단무지 타령을 하고 있었으니, 이에 요리가 일침을 가했다. "먹으러 납치된 건 아니잖아요." 그랬다. 혁수는 한때는 청순의 대명사이자 오천만 국민의 요정이었으며 지금은 성숙하고 현명한 여인인 요리의 통찰에 감탄했으니, 불현듯 자신의 어리석음과 나약함에 몸 둘 바를 몰라 전혀 담보할 수 없는 말을 외쳐댔다.

"인간 리혁수, 내 비록 시대의 희생양이지만, 반드시 당신을 지옥에서 구출해내리라. 그리하여 반드시 군만두가 아닌 산해진미를 먹이고야 말겠소."

라고 했으나, 실상은 그가 군만두에 몹시 질려서 한 말이었다. 게다가 혁수 역시 방문 밖으로 한걸음도 내딛지 못하는 영어의 몸 아니었던가.

사실, 구출은 전혀 엉뚱한 곳에서 일어났다.

9

혁명의 불이 일하던 중국요리점 '대화관'은 명색에 걸맞게 대화를 하기 위해 지어진 곳 같았다. 접대원이건 배달부건 조리사건 눈만 마주치면 대화를 하려 달려들었다. 대화관의 식구들은 마치 대화에 걸신들린 사람들처럼 식당 문을 열기도 전에 입을 열고서 들어왔다. 그러니 혁명의 불은 미칠 지경이었다. 탈북자라 하면 언젠가 들통날 것 같아서 조선족이라고 대충 꾸며댔는데, 비행기라고 는 타본 적이 없는 이들이 중국 이야기에 걸신들린 듯 달려들었다. 세계는 좁아지고 인간의 호기심은 더욱 넓어지니, 어찌 보면 당연 지사였다.

혁명의 불은 처음에는 대강 아는 대로 둘러대고 임시변통으로 이래저래 위기를 모면했는데, 대화에 걸신들린 대화관 식구들의 호기심은 황하강보다 깊고, 만리장성보다 길며, 그 반응 또한 내몽 골 사막의 작열하는 태양보다 뜨겁고, 황산의 최고봉보다 높았으 니, 이들의 열렬한 반응과 호기심에 생전 처음 주인공의 기분을 느 껴버린 혁명의 불은 자신도 모르게 내재해 있던 작가적 역량을 맘 껏 발휘하기에 이르렀다.

처음에는 연변 출신이라 했다가, 말하다보니 연변의 의리의 주 먹으로 둔갑해버렸고, 이 역시 말하다보니 위기에 빠진 여인을 구 출한 영웅으로, 이 역시 이야기를 덧대다보니 연변의 대주먹 '양고 기'란 작자에게 쫓기는 설정으로, 이제는 수습하려 할 뿐인데, 시베 리아 횡단열차를 타고 쫓고 쫓기는 추격전을 펼치는 스케일로 확 대되었으니, 어느날 정신을 차려보니 자신은 사실 세계 각지를 떠 돌며 수시로 변장을 하고 16개 국어를 구사하는 러시아의 첩보요 원이며 지금은 잠시 비밀 임무를 위해 이곳에 배달부로 위장해 몸 을 숨기고 있을 뿐이라는 감당할 수 없는 거짓을 늘어놓고 있었다. 그리하여 한때는 혁명의 불이었던 이 남자는 이제 욕망의 불을 지 나 구라의 불이 되었다.

물론, 거대한 거짓 비밀의 뒤에는 약속처럼 따라붙는 말 "자네만 알고 있게나. 만약에 발설하면 큰 변을 피치 못할 것일세!"따위의 협박을 가장한 애원이 덧붙었으나, 인간의 본성상 도박 빚과 비밀 약속은 갚아지지 않고 지켜지지 않는 것이니, 구라의 불은 스스로 이 기나긴 거짓의 실체가 철저하게 발가벗겨질 운명의 열차표를 발권한 우를 범해버린 것이었다. 그래도 간첩이란 자가 국정원의 비밀 수사에 의해 검거되었다면 그나마 품새가 덜 떨어지련만, 그의 발각은 너무나 모양 빠지는 시나리오로 진행되었다.

동료 배달부인 오씨가 오토바이 사고로 입원하자 중국집에서 어쩔 수 없이 새 배달부를 구했는데, 하필이면 그가 연변 출신이었다. 게다가 그는 강직하고 눈치까지 없는 자라, 욕망의 불이 펼쳐놓은 구라에 대해 전혀 아는 바가 없으며 연변에는 '양고기'란 별명을 가진 대주먹 또한 없다고 태연하게 이야기했다. 게다가 때마침 곳곳의 단골들로부터 '왜 대화관은 군만두를 서비스로 주지 않느냐!'는 성화가 봇물처럼 쏟아졌으니, 구라의 불이 벌인 군만두 횡령 사건의 전말 역시 탄로나기 직전의 위기에 처했다.

그는 어쩔 수 없이 중국집을 제 발로 떠났다. 그러나 수상한 낌새를 눈치챈 대화관 주인이 파출소에 신고를 했으니, 사실 그는 그저 군만두 횡령 사건의 전말을 알고자 했을 뿐이다. 하나 이는 훗날 김신조 일당 이후 최대의 간첩 소탕 작전이 된다. 구라의 불을 찾아간 만년 경사 공논보는 여인숙의 문을 열기도 전에 월척이라는 것을 직감했다. '숙박 3만원, 대실 1만원, 요구르트 무한정 제공'이란 푯말 아래 앉아 있는 남자의 얼굴에 간첩이라고 쓰여 있었기 때문이다. 사건은 이렇게 어처구니없이 해결됐으니, 이게 모두 구라의 불이 부도덕하게 군만두를 빼돌리고 거짓말을 남발했기 때문이라는 것은 핑계며, 사실은 이 소설이 통속 대하 막장 소설이기 때문이다.

10

어제부터 하루를 꼬박 굶기더니 녀석들이 웬일인지 라면을 끓여주었다. 계란도 없고 파도 없고 김치도 없었다. 하지만 아무것도 없는 순정 라면을 보자 요리와 나의 눈동자는 뒤집어져버렸다(아, 나는 이혁수다. 작가는 퇴근했다). 한달 내내 군만두로 사육을 당했으니 내 속은 만두 속과 같았고, 하루를 꼬박 굶은 나는 녀석들이 라면을 문틈으로 슬쩍 밀어넣는 순간 이성을 잃어버리고 개처럼 달려들었다. 침이 절로 나오는 빨간 국물과 공기 중에 퍼지는 매혹적인 냄새, 그리고 입안에 퍼지는 면발의 온기. 나는 숨도 쉬지 않고 삼켰다. 그러다 순간 뒷머리에 섬뜩한 기운이 느껴져 뒤돌아보았다. 요리였다. 요리가 오뉴월에 서리를 내리게 할 눈빛으로 나를 노려보고 있었다. 맙소사,라고 생각하는 순간, 요리가 나를 밀쳐내고 라면 그릇에 얼굴을 박고 남은 면을 손으로 마구 건져 먹었다. 구릿빛 피부에 콜라병 같은 몸매를 한 성숙하고 현명한 여인이자, 한때는 청순의 상징이자 요정이라 불렸던 요리의 이런 행동에 충격을 받아서 나는 멍하니 그 광경을 바라보았다. 그러다, 다시 라면이 줄고 있다는 자각이 들어 몸을 날렸다. 우리는 라면 한그릇을 두고 서로 얼굴을 들이밀었고, 결국 히말라야 K2에서 조난당해 인육을 먹으려고 싸우는 산악인들처럼 탐학하게 뒹굴었다. 방 안에는 라면 국물과 면발이 낭자했고, 내 몸에도, 요정 요리의 머리카락에도 면발이 더덕더덕 붙어 있었다. 지금에야 말하지만, 나는 이따위 짓으로 내 반쪽과의 시간을 허비한 것을 두고두고 후회한다. 그때 경찰이 문을 열고 들어왔기 때문이다.

우리는 드디어 억압과 죽음의 공포로부터 벗어나 다시 자유의 공기를 맘껏 마실 수 있다는 생각에 감격했다, 기보다는 감당할 수 없는 수치에 눈물을 흘렸다. 경찰은 우리에게 무슨 말인가를 했고, 우리는 뜻도 잘 모르고 고개를 끄덕였다. 아마 괜찮으냐는 질문이었던 것 같다. 요리는 어떠한 말도 하지 않았다. 나는 요리의 손을 잡았다. 갇혔던 건물에서 나오니 시원한 바다가 보였다. 선선한 밤바람이 파도 소리와 함께 멀리서 밀려와 요리와 나의 뺨을 부드럽게 쓰다듬어주었다. 바람은 바닷가의 염분을 증발시키듯 요리와 내 뺨의 눈물을 싣고 가버렸다. 모든 걸 되돌리고 싶었다. 내가 왜 갇혀 있어야 했나. 나는 왜 사랑하는 여인을 두고서 동물처럼 내 욕구만 채우려 했던가. 순간, 요리에게 했던 **맹세**가 떠올랐다.

고개를 들어 주위를 둘러보았다.

그리고 요리의 손을 잡고 길을 건넜다.

우리는 문을 열고 들어갔다.

눈물을 막 멈췄던 요리는 내 뜻을 안다는 듯 말없이 따라왔고, 어떻게 알고 왔는지 어느새 몰려든 기자들이 우리 뒤를 따라왔다.

나는 미안해서 아무 말도 하지 못하고 묵묵하게 **대하(大蝦)**를 구웠다. 석쇠 위에서 통통하고 탐스러운 새우들이 지글거리는 소리를 내며 익고 있었다. 그 광경을 보고 있자니, 눈물이 나올 것 같았다.

"미안해요"라며 먼저 새우를 요리에게 주었다.

"매운 게 먹고 싶어요."

요리의 말을 들으니, 라면 생각에 더욱 미안해졌다.

탁자 위에는 마치 우리의 삶이 막장까지 갔다 온 게 아니냐는 듯이 막장이 놓여 있었다. 나는 **대하**를 **막장**에 듬뿍 찍어 요리에게 건넸다.

"매콤할 거예요."

막장이 찍힌 대하를 한입 베어문 요리의 눈에서 한줄기 눈물이 흘렀다. 맛이 매운 건지, 삶이 매운 건지, 아니면 한달 만에 맛본 매운맛이 감격스러운 건지 나로서는 알 수 없었다.

기자들이 플래시 세례를 퍼부었다.

"왜 우시는 건가요?" "자유를 되찾아 감격하신 건가요?" "지금 기분이 어떠신가요?" "4집은 언제 나오나요?"

요리와 나는 어떠한 대답도 하기 싫었다. 그저 묵묵히 막장에 대하를 찍어 먹었다. 지난 한달간의 이야기가 어처구니없다는 생각이 들 뿐이었다. 그리고 막장에 찍은 대하는 맛있었다. 군만두와는 비교할 수 없을 만큼.

돌아서려는데 기자 한명이 물었다.

"요리 씨, 왜 납치됐다고 생각하십니까?"

요리가 말했다.

"글쎄요, 전 아무것도 모르겠어요. 내가 왜 갇혀 있어야 했는지, 정말 아무것도 모르겠어요."

울먹이는 요리의 얼굴 위에 또 한차례의 플래시 세례가 쏟아졌다.

다음 날 신문에는 울먹이는 요리와 라면 면발이 덕지덕지 달라붙은 트레이닝복을 입고 대하를 먹는 나의 사진이 큼직하게 실렸다. 물론 이런 제목도 실렸다.

'잃어버릴 뻔했던 국가를 되찾아 기쁨에 눈물 흘리는 대한의 아들딸!'

사실 그때 나는 말하고 싶었다. **그러나 너무 배가 고파 말하지 못했다.** 내가 하고픈 말은 이것이다. 매우 해묵은 질문이긴 하지만, 모두가 당연시 여겨 고민조차 제대로 되지 않은 질문이다.

"도대체 국가란 무엇인가?"(이 소설은 매우 직설적이다.)

왜 국가는 국민을 선택하고, 국민은 국가를 선택할 수 없는가.

왜 태어난 곳이 국가가 되어야 하고, 왜 부모의 조국이 나의 조국이 되어야 하고, 왜 국가는 그토록 많은 장치를 설치하여 내가 살고자 하는 곳, 즉 나에게 가장 맞는 국가로 가는 것을 제도적으로 방해하고 있는가.

이제, 작가가 답할 차례다.

(그러나 작가는 퇴근했다. 이 신인작가는 몹시도 무책임하다. 그

래도 납득할 수 없다면, 잊었는가? 이 소설은 통속 대하 막장 단편 소설이다.)

Track 5

'속'

시티투어버스를

탈취하라

이 소설은 본인의 데뷔작 「시티투어버스를 탈취하라」의 후속편으로서, 전작에서 인물과 사건만 빌려왔을 뿐 그 성격과 성질은 물론, 싸가지까지 전혀 다름을 천명한다. 전작은 이 땅의 문학 중흥을 위한 역사적 사명을 띠고 태어났으나 아무런 기여를 하지 못했으니, 본인은 제아무리 열심히 써봐야 아무짝에 쓸모없다는 것을 몸소 깨닫고, 되는대로 쓰기로 작정하였다. 하여 있지도 않은 전작의 아성을 스스로 무너뜨리고자 하는 문학적 자학의 시기에 당도하였으니, 본래 동생은 형과 반대로 나가는 법. 후속작인 이 작품은 전작과 마찬가지로 본인의 손에서 태어났으나 그 목적은 물론 성깔과 싹수까지 판이하게 다르니, 굳이 표현하자면 배다른 형제라 할 수 있겠다. 아울러, 이 소설을 쓴 시기의 나는 예상치 못한 김태희

양과의 이별로 심한 충격을 받아, 밀물처럼 밀려오는 좌절감과 썰물처럼 쓸려가는 희망을 맥없이 바라봐야 했다. 따라서 이 원고가 개차반이라면 그건 모두 김태희 양 때문이다.

1

때는 바야흐로 2013년 4월 1일.

전작의 주인공이었던 '초이아노프스키'는 그의 형인 별, '스타로프스키'와 함께 탈레반이 되어 한국에 돌아왔다.

여기서 잠깐, 위대한 전작의 요점 정리 시간.

우선, 무지한 시대의 안개에 덮인 이 비운의 소설 줄거리는 다음과 같다. 일단 어떡하든 원고의 분량을 채워보려 했던 작가의 꼼수 탓에 이름이 '유리스탄 스타코프스키 아르바이잔 스타노크라스카 제인바라이샤 코탄스 초이아노프스키'로 무턱대고 길어진 주인공은, 현실적 이유로 '초이아노프스키' 혹은 '초이'로 짧게 불리기도 한다. 작가의 꼼수이기도 하나 다른 측면에서도 나름의 의의는 있었으니, 그 긴 이름이 생겨난 연유는 이러하다.

주인공은 조국인 키르기스스탄에서 이름난 용사 가문의 후예로서, 그의 선조들은 하나같이 외세의 침입으로부터 그 땅을 지켜낸 영웅들이다. 따라서 선조에 대한 존경의 의미로 이름을 하나씩 붙여서 만들다보니, 주인공 초이아노프스키의 이름이 이토록 길어진 것이다. 피곤할 정도로 긴 건 사실이었지만, 주인공 초이아노프스키는 외세에 항거한 역사의 증거인 자기 이름에 상당한 자부심을 느끼고 있었다. 그러나 그가 단지 '초이'라는 이유만으로 자꾸 자신을 '최씨'라 부르는 사람이 있었으니, 그는 바로 안산의 가발공장 사장 '안면수'다. 그렇다. 초이아노프스키는 가세가 몰락해 한국에 있는 안산의 가발공장에까지 돈을 벌러 온 것이다.

이쯤에서 어쩔 수 없는 소설의 당위성을 위해 핍박당하는 노동자의 모습이 그려지고, 사장의 비인간적인 만행을 신고한 동료 노동자들은 불법체류자 신분이 탄로나 추방을 당한다. 이 와중에 엎친 데 덮친 격으로 콩고에서 온 '주글레리'가 떡 먹다 목 막혀 죽는 기막힌 사건이 발생한다. 하나 이는 사실 사장 안면수가 빨리 먹고 작업을 하라고 닦달한 결과였으나, 경찰은 뻔뻔하게도 주글레리의 죽음을 단순 사고사로 치부해버린다.

결국 용사의 후예 최씨, 아니 초이아노프스키는 위악적인 한국 사회에 불만을 품고 청와대를 테러하기로 결심! 탈레반인 자신의 형 스타로프스키가 공수해온 폭탄을 싣고 시티투어버스를 탈취한 후 청와대 춘추관에 가서 폭파시킬 계획을 수립한다. 이에 기다렸다는 듯 네팔인 쿠마리 구씨와 몽골인 바타르 박씨가 합류한다. 그러나 형 스타로프스키의 입국이 좌절되면서 계획은 꼬이기 시작하고, 급기야 탈취한 시티투어버스는 시대의 산물인 버스중앙차선 때문에 청와대로 꺾지 못하고 직진만 하게 된다. 버스 안에서는 기다렸다는 듯 소동이 일어나고, 결국 맘 좋고 사람 좋은 작가는 이들이 테러를 연기하기로 했다고 어영부영 결론 내리고 원고료를 날름 챙겨먹는다. 냠냠.

그로부터 3년이 지났다! 작가는 이제 세상의 때가 잔뜩 묻고 자본에 영혼까지 시원하게 팔아먹은 터라, 전작의 도덕성이나 개연성 따위는 일치감치 전당포에 팔아치웠다. 자, 그럼 본격적인 새 이야기가 시작되니, 모두 준비하시길. 두둥두둥두두둥.

2

초이아노프스키는 끝없는 무력감에 휩싸였다. 흡사 장기 어딘가가 결락된 듯한 공허감이었다. 3년 전 테러에 실패한 후, 비자가 만료되어 곧장 키르기스스탄으로 돌아왔다. 그때부터 영혼 어딘가에 실패라는 문신이 새겨진 것 같았다. 그 문신은 새겨진 것이 끝이 아니라, 날이 갈수록 안으로 파고드는 것 같았다. 그래서 그는 끊임없는 두통과 현기증, 이에 따른 구토와 공복감, 이에 따른 폭식, 이에 따른 체중 변화, 이에 따른 자신감 저하, 이에 따른 대인기피증, 이에 따른 고독감, 이에 따른 인생무상을 느꼈다. 이 허무한 고리를 싹둑 끊지 않고선, 그의 삶은 제자리로 돌아오지 않을 것 같았다.

역사 속의 모든 실패가 그러하듯, 그의 실패 역시 이 착각에서 비롯되었다.

실패를 반복하는 이들이 그렇듯, 그들은 항상 원래의 목표를 살짝궁 바꿔 새 목표를 설정한다. 그 역시 실패를 반복하는 무수한 군상 중의 한명인지라, 또 한번 새로운 목표를 세웠다.

'이번엔 국회다!'

(그렇다. 이제 서사의 개연성 따위는 필요 없다.)

그는 자신의 형인 스타로프스키(이하 '별')와 함께 다시 한국에 들어왔다. 저번의 과오를 되풀이하지 않기 위해 일단 한국어부터 철저히 학습했다. 그런데 공부를 하다보니, 자신이 공부에 꽤 소질이 있음은 물론, 공부가 적성에도 딱 맞는다는 걸 깨달았다. 신문 기사를 읽음은 기본, 원태연의 『넌 가끔가다 내 생각을 하지, 난 가끔가다 딴생각을 해』를 읽으며 눈물을 흘리고, 도미시마 다케오의 『여인 추억』을 읽으며 시원하게 발기할 정도도 됐다. 명망 있는 매체들의 오자를 발견하고 독자투고를 해서 상품까지 탔고, 생활회화 역시 거뜬히 소화해 '니미럴'과 '염병할'을 자유자재로 구사할 수 있게 됐다. 문·구어체를 모두 습득하자 입에서 절로 '공부가 가장 쉬웠어요'란 말이 나왔다. 내친김에 『공부하면 비로소 보이는 것들』이란 에세이를 출간할 목적으로 명문대학까지 합격했으나, 등록금이 염병할 정도로 비쌌다. 물론, 반값 등록금 촛불 시위에 나섰다.

같은 시각, 다른 장소에선 사납기로 소문난 일당이 국내 예금 규모 1위의 은행 본점을 털기로 결심했다. 만약 영화라면 화면 분할을 하여 한 팀은 시티투어버스의 탈취를, 다른 한 팀은 은행강도를 계획하는 장면을 동시에 보여줄 텐데, 애석하게도 이것은 소설이다. 본문을 2단으로 나누어 써볼까 생각도 했지만, 편집자의 정신

건강을 위해 참았다. 어쨌든, 경찰에 알려지지 않은 이들의 인적 구성은 이렇다.

1) 도박 빚에 시달리는 주산·암산학원 승합차 기사(침입과 도주를 맡았다).

2) 경제사범으로 감옥에서 은행털이 수법을 배운 전과자(작전을 짰다).

3) 전직 은행원(은행 보안망 해체 계획을 맡았다).

이 셋은 최상의 조합이라 자평했으며, 이 조합이 은행강도에 적합하다는 걸 증명하듯 범행에 사용될 주산·암산학원의 승합차 뒷유리엔 '신속·정확'이란 스티커가 붙어 있었다.

한편 전작에서 주인공 '초이아노프스키'(이하 작가 마음에 따라 '최씨')를 괴롭혔던 가발공장 사장 안면수는 이름 그대로 세상에 안면몰수한 자다. 그는 예의 그 안면몰수한 자세로 노동자들을 착취하여 부를 이뤘고, 그 부로 건물을 사들였다. 그 건물을 되팔아 더 큰 부를 축적했고, 그 부를 몽땅 집권당의 정치발전기금으로 바쳤다. 약자에게 강하고 강자에게 약한 특유의 태생적 아부정신으로 그는 집권당 대표에게 합격점을 받았다. 응당 시중 이야기가 그러하듯, 그 역시 공천을 받아 국회의원이 되었다. 필자는 우리가 자주 잊고 마는 사실을 하나 조심스레 언급하고자 하는데, 그건 바로 국회의원도 일을 한다는 것이다. 안면수 역시 일을 해야 했으니, 그는 오로지 놀러 다니겠다는 심산으로 '문화체육관광분과위원'을 지원했다. 이미 당 대표의 집부터 숟가락까지 모두 사다준 안면수의 집요하고 꼼꼼한 로비 덕에 그는 당연히 관광을 담당하는 분과 위원이 됐다. 이 나라의 관광산업이 마더파더젠틀맨 수준이 된 것은 모두 안면수 탓이다. 마더파더젠틀맨.

전작에서 탈취된 시티투어버스의 통역관을 맡았던 오이는 본격적으로 통역을 공부하기로 했다. 동시통역대학원에 시험을 쳐서 합격을 했으나, 등록금이 말도 안되게 비쌌다. 이쯤에서 눈치 빠른 독자라면 예상하듯이, 당연히 학부생들이나 하는 반값 등록금 시위에 오이도 한몫하러 나섰다. 차가운 바람에 촛불이 흔들리고 시대 앞에 자신의 존재도 흔들리는 순간, **강력한 존재**가 자신을 잡아주었다. 그는 한 손에 촛불을 들고 시대의 어둠을 밝히고 있었으며, 폭풍 속에 흔들리는 촛불 같은 자신을 굳건하게 붙잡아주었으며, 촛불처럼 미미한 자신의 존재를 횃불처럼 타오르게 만들었다. 아울러 그의 눈동자 역시 대형 산불처럼 뜨겁게 타오르고 있었으며, 둘이 재회한 자리 어딘가에서 무언가가 타는 냄새까지 진동했다. 물론, 그것은 최씨와 오이의 심장이 타들어가는 냄새였다. 활활.

바타르 박씨(이하 작가 내킬 때마다 '박씨')와 쿠마리 구씨(역시 마음대로 '구씨')는 가발공장에서 여전히 인생을 저당 잡힌 채 머리카락을 한올 한올 박고 있었다.
　—반드시 데리러 올 거야.
　구씨가 쓸데없는 희망에 부풀어 말하자, 박씨가 반박했다.
　—너밖에 모르는 바보. 우리 때문에 떠난 거라고. 그때 우리가

밧줄로 최씨를 결박하고 주문진으로 차를 돌리지만 않았으면 테러에 성공했을 거야. 그럼 우리는 목숨을 잃었을지는 몰라도, 적어도이 땅에 정의를 실현한 영웅은 되었을 거라고. 그런데 우리가 맘을바꾸는 바람에 심판에 실패한 거고. 결국 최씨는 배신감을 떨쳐내지 못한 거야.

남성용 가발의 가르마를 정확히 3대 7로 맞추며 구씨가 되받았다.

—그치만, 우리에게 말했잖아. 좀더 잔인한 탈레반이 되어 돌아오겠다고 말이야. 그때까지 누구도 청와대를 테러할 수 없게 우리보고 잘 지키라고 했잖아.

완성한 가발을 의욕 없이 바구니에 던지며 박씨가 말했다.

—그게 벌써 3년 전이야. 실망한 거라고, 우리한테! 최씨를 배신한 댓가가 저주가 되어 우리를 어둡게 짓누르고 있다고. 우리는이제 평생 남의 머리카락이나 붙여야 하는 신세란 말이야! 이 불공정하고 억압적인 세상 속에서 말이야.

박씨가 고함을 지르듯 외치자, 구씨는 울상이 되었다. 그러더니이내 얼굴이 점차 더 일그러져 계집애처럼 질질 짜기 시작했다. 박씨가 미안한 마음에 사과를 하려는데, 순간 휘둥그레진 눈동자의구씨가 말했다.

—뒤, 뒤를 봐. 뒤를……

수년째 고통에 시달려온 노동자 바타르 박씨의 등 뒤에서 최씨,아니 키르기스스탄 용사의 후예 초이아노프스키가 씨익 웃고 있었다. 그리고 그의 옆엔 오이가 찰거머리처럼 달라붙어 있었다. 찰싹찰싹.

3

지면 관계상 서둘러 밝혀두는, 이번 테러 계획은 이렇다.

a. 별, 즉 스타로프스키가 폭탄을 준비한다.

b. 위장한 가방에 폭탄을 감추고 시티투어버스를 탈취한다.

c. 폭탄을 실은 버스는 여의도 국회로 돌진하고, 일당은 모두 뛰어내린다.

'어째서 전편과 작전이 똑같으냐!'고 타박한다면, 네, 맞히셨습니다. 기억력이 좋으시네요. 짝짝짝. 그래도 요번엔 국회랍니다. 호호호호.

3년 전 여권의 이름과 실제 이름이 다르다며 입국 거절을 당했던 별은, 이번엔 제대로 이름이 기재된 여권으로 입국했다. 사실 지난번엔 비닐에 싼 폭탄 재료를 삼켜서 반입하느라 항문이 터질 뻔했었다. 이번엔 같은 과오를 반복하지 않으려고 탈레반으로부터 폭탄 제조 기술을 직접 배워왔다. 그 덕에 그는 입국할 때 심사원에게 '독도는 한국 땅'이라며 넉살 좋게 농까지 건네며 들어왔다. 입국 후에는 청계천과 용산전자상가를 돌며 입수한 재료로 거사에 쓰일 폭탄을 제조했다. 세번의 실험 끝에 폭탄의 효과를 직접 눈으로 확인했다.

우선 신월동 반지하에 사는 그가 실험한 첫번째 폭탄은 불과 밥상 다리 하나를 부러뜨릴 정도의 미미한 위력을 가진 것이었으나, 그 소음만큼은 1층에 거주하는 섬세하고 예민한 귀의 소유자인 인디 뮤지션 김완형* 씨의 고막이 떨어져나갈 정도였다.

여기서 잠깐, 우리는 한국사회의 첨예한 층간소음 문제에 대해 주목할 필요가 있는데, 필자는 지난 2013년 2월 면목동에서 발생한 층간소음 살인사건으로 인해 별이 감당해야 할 조바심의 무게가 얼마나 컸을지 그 심정을 십분 이해하고 있다. 사람 좋고 마음 좋은 작가는 광활한 사막에서 시원하게 방귀 뀌듯 마음껏 폭탄을 뿡뿡 터뜨려온 별이 신월동 반지하에서 층간소음으로 인해 앉은뱅이 밥상 다리 하나 부러뜨릴 폭탄을 터뜨리며 마음 졸였을 때의 간 건강까지 걱정하고 있는 것이다. 결국, 다 간 때문이지 않은가. 어쨌거나 가뜩이나 재개발 때문에 생활 터전을 잃을지도 모를 위기에 처한 신월동 주민들은 더이상 수용할 수 있는 심리적 여유라는 것이 없었으니, 별은 주민들 눈치를 보며 고작 동네 놀이터에서 작은 실험을 하기에 이르렀다. 역시 폭발력은 작았으나 엄청난 굉음에 두꺼비 집을 짓고 있던 아이들이 일제히 '아앙' 하며 울음을 터뜨렸고, 갑자기 토끼 같은 5, 6세 여아들이 저주 품은 손가락으로 별을 가리키며 눈물 흘리는 것을 지켜본 엄마들은 다급히 휴대전화를 만지작거렸다.

여기서 잠깐, 이번에 우리는 한국사회의 심각한 여아 폭행 사건

---

* 필자와 함께 전설의 밴드 '시와 바람'에서 활동 중인 기타리스트. 현재 그의 앨범 '쏠로; Solo'가 각종 음원 사이트에서 무서운 속도로 외면받고 있으니, 지금과 같은 외면, 계속 유지해주시기 바란다. 완형아, 미안해.

에 대해 주목할 필요가 있는데, 필자는 조두순, 고종석 등의 흉악
범으로 인한 딸 가진 부모의 걱정을 십분 백분 이해하고 있다. 동
시에 역시 사람 좋고 마음 좋은 작가는 아버지가 곧 하늘인 중근동
지역에서 넘어온 별이 받았을 문화적 충격으로 인한 그의 간 건강
까지 걱정하고 있는 것이다. 다시 말하자면, 다 간 때문 아닌가. 어
쨌거나 민원 때문에 어쩔 수 없이 자전거를 타고 슬금슬금 기어온
순경을 보고, 별은 행여나 싶어 줄행랑을 칠 수밖에 없었다. 그는
아무래도 서울에서 멀리 떨어진 공터에서 폭탄의 위력을 실험해보
는 수밖에 없겠다고 판단했다.

안면수는 어영부영 국회의원이 되긴 했으나, 천성적으로 타고난
무식함과 쥐똥만큼도 없는 센스로 인해 국회에서 눈엣가시였다.
같은 여당 의원들조차 안면수를 부끄러워했고, 안면수에게 공천
자리를 주어야 한다고 눈치 없이 주장한 당 대표의 신뢰마저 땅으
로 추락했다. 그건 모두 전생에 안면수가 머리를 많이 맞았기 때문
이다.

사실, 안면수는 전생에 칭기즈 칸 기마부대로 징집당한 소년병
이었다. 당시 안면수의 이름은 소치겔이었다. 기마부대라면 당연
히 말을 잘 타야 하는데, 소치겔은 어린 시절 이웃사촌인 남색가
(男色家) 아저씨에게 엉덩이의 순정을 잃은 후 말을 보면 기겁을 했
다. 옆집 아저씨의 얼굴이 말상이었고, 총각인 작가가 부끄럽게 밝
히자면 그의 신체 특정 부분이 말의 그것과 소름 끼치도록 흡사했
기 때문이었다. 결국 말에 대한 트라우마를 가진 전생의 안면수, 즉

소치곌은 허구한 날 말을 못 탄다고 뒤통수를 맞았다. 게다가, 소치곌의 뒤통수는 마더 테레사라도 때리고 싶을 정도로 동글동글하고 반지르르하게 윤이 나서 인근 인류의 손길을 바쁘게 불렀다. 뒤통수가 시뻘게진 소년은 만약 윤회가 존재한다면 다음 생엔 기필코 말 탈 일 없이 마차만 타는 인생을 살겠노라 다짐했다. 불끈불끈. 기왕이면 마차 중에서도 가장 큰 마차를 타야겠노라고 굳게 다짐했다. 물론, 그 와중에도 뒤통수를 처참히 가격당했다. 빠바바박. 한편, 안면수의 뒤통수를 가격하는 자는 이 부대의 중대장인 '졸라게'였다.

4

초이아노프스키와 바타르 박씨, 그리고 쿠마리 구씨는 다시 한패가 되었다. 「닥터 지바고」의 예를 보더라도, 사랑은 혁명과 전쟁의 포화 속에서 타오르는 법. 촛불과 물대포가 난무하는 시대의 울음 속에서도 속전속결로 사랑에 빠진 오이는 초이아노프스키와 한패가 되었다. 부창부수를 몸소 실현하는 이 국제 테러단은 다시 한번 이 땅의 억눌린 영혼들과 그동안 죽어나간 노동자들의 혼령을 달래기 위해 시티투어버스를 탈취하기로 했다. 그것만이 지금껏 고통받아온 이들과 먼저 죽은 이들을 위한 위령제가 되리라 여겼다. 이번에는 탈레반에서도 악명 높은 테러리스트 별이 직접 이 땅에 지원을 왔으니, 이들은 천군만마를 얻은 심정이었다. 쿠마리 구씨와 바타르 박씨는 뜨거운 눈빛을 교환하며, 3년 전의 그날처럼 또 한번 4월 1일에 거사를 치르기로 했다.

거사의 날이 다가오자 별은 좀더 진지하게 폭탄의 위력을 실험해볼 필요성을 느꼈다. 그리하여 서울을 지나 일산을 지나 경기도 어딘가에 버려진 듯한 공터를 발견했다. 뒤로는 산이 있고, 앞으로는 도로가 있고, 옆으로는 철조망이 있어, 누군가 올 일이 없는 게 폭탄 실험의 장소로는 최적이었다. 별은 드디어 폭탄의 성능을 제대로 실험해볼 기회가 왔다고 여겼다. 일주일 뒤에 있을 버스 테러를 위해서 더이상 실험을 미룰 수 없었다. 광활한 대지 위에 전사의 출현을 반기는 바람 한자락이 날아와 그의 머리칼을 어루만져주었다. 그는 바람에 화답이라도 하듯 미소를 지었다. 낡고 해진 긴 스포츠 가방에서 검은 철제 물질을 꺼냈다. 별은 이 세상에 심판을 가져올 그 검은 물질을 공터의 한복판에 꽂은 뒤 멀찍이 떨어졌다. 이쯤이라면 누구나 지을 법한 회심의 미소를 또 한번 지은 후 담배 한개비를 입에 물어 바람 속에 연기를 날려보냈다. 별은 더럽게도 홍콩 영화를 많이 본 자였다. 그리고 입술에 물고 있는 담배가 거의 타들어가 필터만 남게 되었을 즈음, 그는 손에 들고 있던 작동기의 붉은 버튼을 눌렀다. 순간, 지면이 해수면이라 해도 좋을 정도로 파도처럼 요동쳤다. 세상의 모든 소음이 한곳에 응축됐다 할 정도의 굉음이 덮쳤다. 별은 그 자리에서 혼절해버렸다.

3인조 은행강도단은 범행을 저지를 날을 두고 옥신각신 논쟁을 벌였다. 우선 경제사범이 범행 저지르기에 돈 안 드는 날이 좋다고 한술 떴다. 운전기사는 차 안 막히는 날로 하자고 한술 더 떴다. 여기에 엘리트 출신의 전직 은행 직원이 '타깃 액세스' '스트래티지 플랜' '로지스틱스' 따위의 몹쓸 용어를 섞어 한술 더 뜨는 바람에 이야기는 산으로 가고 있었다. 영차영차. 생산성 없는 대화가 지속되자 전직 은행 직원은 급기야 회의를 주재하기 시작했고, 이들은 적합한 범행 날짜를 정하기 위해 우이동 힐링 센터로 워크숍을 떠났다. 기분 좋은 햇살이 바싹 마른 면 이불에 몸을 누인 세사람의 눈을 간질였고, 아침이면 바흐의 교향곡이 모닝콜 음악으로 상큼하게 울렸다. 수제 요구르트에 방울토마토를 찍어 먹으며 미소를 지었고, 조식 쿠폰으로 호텔 1층에서 써니 싸이드 업 계란 후라이와 토스트를 먹으며 이대로 살고만 싶다는 충족감에 젖었다. 흠뻑흠뻑. 아, 이런 게 회의를 빙자한 외유성 행사의 행복이구나, 하고 엉겁결에 느꼈다. 그래, 가끔은 회의를 하자. 삼인조는 이 행복을 계속 느끼고 싶었지만, 이 행복을 유지하느라 지출한 비용이 있었기 때문에 어쩔 수 없이 범행을 저질러야 하는 딜레마를 겪으며, 결국 인생은 행복을 위해 불행을 감내하는 것이라는 이율배반적 깨달음을 얻었다. 그리고 거의 모든 회의와 워크숍이 그렇듯, 2박 3일간의 일정 동안 뚜렷한 안이 나오지 않자 결국은 마지막에 내놓은 안이 만장일치로 채택되고 말았다. 은행 직원이 자신의 경험에서 비롯된 것이라는, 예의 그 쓸데없는 관료적 경험주의자의 설(說)을 풀어놓았다. 만우절에 범행을 저지르면 장난인 줄 알고 바로 보안 버튼을 안 누를 수 있으며, 그사이 보안직원을 잡아두면

된다고 했다. 경제사범과 운전기사가 의심을 표하자, 그는 "내가 해봤단 말이야, 쌍"이라며 회의 막판에 부리는 또라이 엘리트 특유의 생짜를 놓기 시작했다. 실제로 퇴사 직전 만우절에 미래의 범행을 위해 자신이 강도 이벤트를 벌인 적이 있으며, 당시 직원들이 기분 좋게 껄껄껄 웃으며 넘어갔다고 막무가내로 우겨대자 경제사범과 운전기사는 마지못해 만우절인 4월 1일을 범행일로 잡았다. 물론, 그것은 구라였다. 은행 직원은 몹쓸 구라를 치다가 은행에서 잘린 것이다.

안면수는 책상 위에 산적한 관광개발안을 뒤적이며 니미럴을 연발했다. 도무지 무슨 말인지 알 수 없는 행정용어들이 문서 위에서 춤을 췄고, 어느 하나 자신의 노동 욕구를 자극하는 제안서가 없었다. 그러다 거의 모든 문서를 쓰레기통에 집어던지고 마지막 제안서를 펼쳤을 때, 알 수 없는 충격과 호기심, 그리고 열정이 마치 그를 뒤집어쓰듯 덮쳤다. '서울시티투어버스 관광계획안'이라는 노란 철이 된 문서를 보는 순간, 괄약근에 힘이 들어갈 정도로 들뜨고 말았다. 다시 한번 말하자면, 그는 전생에 칭기즈 칸의 기마부대에서 중대장 '졸라게'에게 졸라게 뒤통수를 가격당하며 다음 생에는 반드시 마차만 타야겠다고 결심을 한 이였다. 가급적이면 큰 마차를 타겠노라고 뒤통수를 가격당할 때마다 다짐을 한 터라, 새빨간 색상의 육중하고 쌔끈한 시티투어버스의 사진을 보는 순간 오줌을 지릴 정도로 흥분을 느끼고 말았다. 그는 당장 보좌관을 호출해 제안서를 작성한 공무원과 함께 시티투어버스를 타러 가보자고 발정 난 강아지처럼 졸라댔다. 멍멍. 안면수에게 당할 대로 당한 보좌관은 당장 시청 관광과에 전화를 했다. 보좌관에게 당할 대로 당한 관광과는 당장 정상 운행 스케줄 외에 별도의 시티투어버스를 준비했다. 그것은 안면수만을 위한 버스였다.

5

별은 어리둥절했다. 눈을 떠보니 쇠창살이 보였고 조명은 어두컴컴했다. 드넓고 햇살이 충분했던 공터는 어느새 좁고 어두컴컴하고 밀폐된 공간으로 변해 있었다. '신분이 탄로난 건가' 하는 망상에 사로잡혀 벽에 머리를 쿵쿵 박고 있을 때, 애인이 고무신을 거꾸로 신어 제대로 빡이 돈 상병이 나타나 별의 얼굴을 놀이공원 두더지처럼 시원하게 가격했다. 영창에 근무 중인 상병은 기세 좋게도 군부대 옆에서 살상용 사제폭탄을 실험한 별을 감시 중이었다. 시내였다면 경찰서로 끌려갔겠지만, 군부대 옆이었기에 군부대 파괴 음모설, 북한과 연루된 제3국 개입설, 종북 외국인설, 김정은의 혼혈아들 설 등 순식간에 제기된 무수한 가능성들이 군 수사기관에서 밝혀질 때까지 별은 일단 영창에 수감되었다. 아니나 다를까, 별의 주머니 속에 있던 붉은 별 모양의 스티커가 그를 북측 세력으로 오해하는 데 결정적 역할을 했다. 붉은 별 모양 스티커는 오이가 '어머나!'를 연발하며 벼룩시장에서 사서 미래의 형부에게 헌사한 선물이었다. 오이는 더럽게 눈치가 없는 여자였다.

쿠마리 구씨와 바타르 박씨는 초이아노프스키를 채근하기 시작했다. 역사적인 심판일이 사흘도 남지 않았는데, 폭탄이 준비되기는커녕 별이 어디에 있는지 행방조차 묘연했기 때문이었다. 이미 3년 전에 폭탄 공급에 실패한 전력이 있는 별이었기 때문에 동료들 간에 합리적인 의심이 발동했다. 전생에 15세기 영국 판사로서 잔 다르크의 화형을 주도한 적이 있는 쿠마리 구씨는 예의 그 몹쓸 마녀사냥을 재개했다(그는 15세기에 마녀사냥을 행한 벌로 지난 5세기간 다섯번에 걸쳐 사하라 사막의 낙타로 환생했으며, 지금은 서비스 차원으로 머리가 불탄 민둥산 같은 대머리에 얼굴은 애교 차원으로 탄 감자처럼 검게 태어난 것이다). 그는 별이 애초부터 심판에 관심이 없었으며 탈레반으로부터 도망치고 싶어서 초이아노프스키의 입국을 변명 삼아 한국에 온 것이며, 이제는 동생도 찾을 수 없는 한국 어느 산간으로 도주해버린 것이라며 음모론을 펼치기 시작했다. 이에 스토리텔링이라면 대하소설을 써도 모자람이 없을 바타르 박씨 또한 별이 도주를 위해 평소 지도를 펼쳐 서울은 물론 경기도 일대에 수상쩍게 붉은 펜으로 표시를 하는 걸 본 적이 있다며 한술 더 얹었고, 이에 사랑에 빠져 아직 정황 파악을 제대로 못한 오이는 고작 별 모양의 스티커를 하나 선물했을 뿐인데 눈물을 흘리는 걸 본 적이 있다 했으니, 그게 다 평범하고 소박한 일상이 그리워 그러는 것이 아니겠느냐 했다. 다시 말하지만 오이는 더럽게 눈치 없고, 착각도 잘하는 여자였다. 어쩔 수 없이 작가가 개입하자면, 이것은 모든 사건을 자신의 시각 내에서 받아들이는 인간의 본성, 즉 자신에게 유리한 방향으로 기억을 해석·보유하고자 하는 경향과 선택적 지각* 때문이다. 어찌 됐든 동요가 일자, 키르기스스탄 용사의 후예인 초이아노프스키는 결단을 내릴 수밖에 없었다. 그는 이번에야말로 진정 폭탄 없이 맨몸으로 버스를 탈취해 뛰어내릴 각오로 임해야 한다고 전의를 불태웠다. 그러지 않고서는 박씨와 구씨가 형의 명예는 물론 자신의 본의까지 의심할 위기에 처했기 때문이었다. 그 광경을 지켜보던 오이는 헤라에게 입을 함부로 놀려 몸은 사라지고 메아리만 남게 된 에코처럼 눈물을 흘리며 후회했다. 그러나 이내 눈물을 닦고 어느덧 잔 다르크가 될 자신의 모습을 머릿속에 그려냈다. 덧붙이자면, 오이는 사랑에 빠지면 아무것도 보이지 않는 여자였다. 좌우지간, 심판의 날이 야금야금 다가오고 있었다.

만우절 아침, 국내 예금 규모 1위의 은행에서는 세상 물정 모르고 철없는 한 신입 행원이 어이없게도 전직 은행원의 말처럼 강도 이벤트를 벌였다. 30년간 보안 업무를 담당해온 베테랑 직원은 신입 직원의 뒤통수를 시원하게 후려치고 껄껄껄 웃었다. 머리를 맞은 신입 행원은 투덜대며 속으로 '행장이 되면 반드시 저 새끼부터 잘라야겠다'고 다짐했다. 신입 행원은 30년이 지난 훗날, 행장이 되어 자신의 회고록에 용감하게도 이를 고백하지만 베테랑 직원

---

* 도널드 캠벨(1960)이 주장한 '선택적 기억·보유(selective retention)'란 개념으로, 최민석의 역사적인 석사논문 「중도주의자의 실종」에 잘 나타나 있다.

은 해고할 수 없게 된다. 그 이유는 조금만 있으면 밝혀진다. 그건 그렇고, 제자리에 앉은 신입 행원 앞으로 두건을 쓴 세명이 신문지에 싼 긴 막대를 손에 들고 들어왔다. 행원은 나지막이 "내가 먼저 했어, 새끼야"라고 읊조렸으나, 순간 귓방망이가 날아갔다. 30년간 보안 업무를 담당해온 베테랑 직원은 이번에도 시원하게 껄껄껄 웃으며 두건을 쓴 녀석의 뒤통수를 휘갈겼다가, 죽어버렸다. 꽥. 이번에는 진짜 총이었다. 순간 은행 안에는 광포한 소음과 함께 소동이 일어났으며 귀 한쪽이 떨어져나간 신입 행원은 자리에서 벌떡 일어나 "친절하게 모시겠습니다"라며 금고 쪽으로 안내했다. 그는 30년이 지난 훗날 행장이 되어 자신의 회고록에 죽을 위기의 순간에도 친절을 몸에서 떼어낼 수 없었다고 고백했다. "친절이 가장 쉬웠어요." 얼떨결에 총을 쏜 경제사범은 총을 쏘는 순간 몸에 퍼지는 짜릿한 전율을 경험했다. 순간 눈이 크게 떠지며 하늘에서 빛이 내려오고 귓가엔 16mm 에로 비디오에 나올 법한 침실 무드 음악이 들려왔다.

사실, 경제사범은 한때 올림픽 사격 꿈나무였다. 그리고 멈춰 있는 타깃을 맞히는 것보다 움직이는 타깃을 맞히는 것을 좋아했다. 순간 온몸에 강력한 볼트가 흐르자, 그는 파리떼처럼 시야에 떠다니던 우수고객 열세명을 맞혔다. 빵야빵야. 위 공기를 마시고 있던 우수고객 열세명이 에프킬라 마신 파리떼처럼 바닥에 쓰러져 파닥거렸다. 한데, 그는 올림픽 꿈나무이긴 했으나 치명적인 실수로 88 올림픽에 나서지 못했으니, 그것은 한번씩 엉뚱한 걸 맞힌다는 것이었다. 저 멀리서 창구 직원의 풍만한 가슴을 지켜보고 있던 운전기사의 머리가 토마토처럼 터졌다. 오 마이 갓. 이 광경이 연출되자 은행은 삽시간에 정적에 휩싸였고, 훗날 행장이 될 신입 행원을 비롯한 전 행원들이 대동단결한 모습으로 친절히 금고를 열어드려 현금을 각까지 잡아가며 자루에 담아드렸다. 자루 위에는 서비스로 20년 된 보르도 와인까지 얹혀 있었다. 그 와중에도 신입 행원은 미소를 잃지 않았다. 그는 훗날 '베스트 스마일 직원상'을 받게 된다. 다행히 더이상 토마토가 터지는 일은 없었고, 후일 행장이 된 신입 행원은 자신의 회고록에서 가장 싫어하는 음식이 토마토라고 밝힌다. 첨언하자면, 회고록의 제목은 '토마토──인류의 적'이다.

안면수는 보좌관, 시청 공무원과 함께 시티투어버스에 올랐다. 그런데 기다란 버스를 보는 순간, 안면수는 알 수 없는 야릇함과 만족감을 느꼈다. 손님이 거의 없는 기다란 버스가 마치 자기 것인 것처럼 느껴졌고, 이상하게도 그 안에 타자마자 몇번의 생에 걸쳐 느껴왔던 갈급함이 충족되는 느낌마저 들었다. 안면수 일행을 제외한 승객은 한명밖에 없었다. 어, 어째서 승객이 한명 있는가. 여기서 우리는 시간을 30분 전으로 되돌릴 필요가 있다.

별칭이 '재키'로 통하는 육척 장신의 흑인은 한국어를 도통 모르는 관광객이다. 그가 한국에 온 이유는 실로 간단했다. 옵 옵 옵 오빠 강남 스타일. 그는 「강남 스타일」의 뮤직비디오에 흠뻑 빠져버렸다. 그래서 뮤직비디오에 등장하는 거의 모든 촬영 장소를 방문했다. 자신의 긴 팔을 이용해 45도 우측 상단에서 내려다 찍은, 간단히 말해 얼짱 각도로 찍은 셀카를 페이스북에 올려서 '좋아요'를 흠뻑 받고, 남들 다 한다는, 인사동에서 떡볶이 먹고 '오 마이 갓' 하며 십대처럼 눈을 하트 모양으로 뜨고 찍은 셀카도 페이스북에 올렸다. 그는 '좋아요'를 더럽게 사랑하는 남자였다. 한국어는 전혀 몰랐지만, 「강남 스타일」의 가사만큼은 모두 외우고 있었기에 의사소통이 안되면 막무가내로 「강남 스타일」 가사를 읊었다. 그런데 그게 또 발음이 어찌나 정확하고 박자가 딱딱 맞아떨어지는지, 구경하는 상인들은 '허허, 그 양반 참…' 하며 서비스로 반찬도 더 주고 밥값도 깎아줬다. 재키는 「강남 스타일」이면 다 통한다는 결론에 도달했고, 마침내 뮤직비디오에 나오지만 해보지 못한 유일한 경험, 즉 관광버스를 타기로 했다. 그것은 당연히 안면수가 독점 대여한 바로 그 시티투어버스였다.

국회의원이 탄다는 말에 잔뜩 긴장한 운전수는 입이 바짝바짝 마르고 있었다. 자칫 실수했다간 성격 더럽기로 유명한 국회의원에게서 무슨 불똥이 튈지 모른다고 톡톡히 전해들었기 때문이었다. 바늘방석에 앉은 듯한 긴장감에 난데없이 마빈 해글러같이 생긴 흑인이 버스에 뛰어오르며 "오빠 강남 스타일"이라 하자, 자기도 모르게 유일하게 아는 영어가 불쑥 튀어나왔다.

─양키 고 홈.

순간 빡이 제대로 돈 흑인은 눈동자가 쏟아질 듯이 눈을 크게 뜨고 욕설을 쏟아부었고, 버스 안은 재키가 쏟아낸 욕으로 가득 찼다. 만약 퍼큐를 날렸다면 이원생중계로 토마토가 터질 분위기였다. 생전 처음 영어로 백과사전 분량의 욕을 들은 운전수는 더이상 자리에 앉아 있을 수 없었다. 그는 자리를 박차고 일어나 말했다.

—친절히 모시겠습니다, 고객님.

버스기사는 훗날 행장이 될 신입 행원의 삼촌이었다. 피가 친절로 이루어진 가문이었다.

그러고서 안면수가 버스에 탄 것이다. 안면수가 버스에 타고 보니, 마빈 해글러 같은 흑인 한명이 헤드폰을 머리에 얹은 채 입으로 뭔가를 중얼거리며 창밖을 내다보고 있었다. 흑인은 고개를 이리저리 흔들며 랩을 중얼거렸는데, 그와 눈이 잠시 마주치는 순간 안면수는 자신도 모르게 항문의 모든 근육이 수축되면서 앉은키마저 커졌다. 식은땀이 비 오듯 쏟아지며 몸까지 부들부들 떨리는 것을 느꼈다. 잠시 스쳐 지나간 그 동공이 알 수 없는 폭력과 치욕을 선사했다. 재키는 전생의 안면수, 즉 어린 '소치겔'의 항문을 무지막지하게 학대한 '말의 남자' 옆집 아저씨였다. 이히히힝.

6

최씨와 구씨, 그리고 박씨와 오이, 이 4인조 탈취단은 다시 한번 4월 1일 만우절에 광화문 광장에 섰다. 그리고 바람 부는 광장에 일렬횡대로 나란히 서서 거사의 제물이 될 시티투어버스를 응시했다. 버스는 시동이 걸린 채로 그르렁그르렁, 마지막 숨소리를 내고 있었다. 곧 죽게 될 운명의 버스를 바라보며 초이아노프스키는 말했다.

—심판의 날이 왔다. 동지들이여, 목숨을 함께할 각오가 되어
있는가.

쿠마리 구씨와 바타르 박씨가 비장한 얼굴로 고개를 끄덕였고,
오이는 울상으로 고개를 끄덕였다. 사랑에 빠지면 남자만 보이는
오이는 일이 이렇게 커지리라 전혀 예상치 못했다. 사태 분간을 잘
못하는 사이, 최씨가 "으아아아아아—!" 괴성을 지르며 순식간에
버스로 뛰어올랐다. 박씨도 구씨도 삽시간에 따라 뛰어올랐다. 생
전 처음 백과사전 분량의 영어 욕을 잡쉬드신 운전기사는 정신이
오락가락해져 있던 터라, 넉살 좋게 "허허허, 한국인 다 됐습니다.
급하시긴~" 하고 웃어젖힌 후, 곧장 "출발합니다" 하며 시동을 걸
었다. 오이는 최씨의 손에 이끌린 채 엉겁결에 버스에 올라탄 자신
의 모습을 발견했다. 하지만, 이미 버스는 움직이고 있었다. 부릉
부릉.

안면수는 소리를 지르며 버스에 탄 이들을 '뭐야, 이놈들은' 하
며 보다가 또 한번 깜짝 놀랐다. 이번에는 뒤통수가 간질간질하며
어딘가로 숨고 싶었다. 땀이 더욱 비처럼 쏟아지며 몸이 부들부들
떨리기 시작했다. 재키 덕에 이미 땀을 흘렸는데 또 땀을 흘리니
마치 안면수의 머리 위로만 폭우가 쏟아지는 듯했다. 안면수는 알
수 없는 긴장감과 오한, 공포에 떨기 시작했다. 사람 좋고 맘 좋고
친절한 작가가 밝히자면, 바타르 박씨의 전생의 이름은 '쫄라게'였
다. 그렇다. 쫄라게는 다름아닌 소년 안면수, 즉 소치겔의 뒤통수를

194

졸라게 후려쳤던 칭기즈 칸 기마부대의 중대장이었다.

바타르 박씨가 가발공장에서 일할 당시 사장이었던 안면수가 왜 박씨를 알아보지 못했는지는 알 수 없다. 기나긴 시간의 흐름 속에서 인간이 눈치채어서는 안될 하나의 비밀을 눈치채는 순간 다른 비밀들도 연이어 정체를 드러내는 것인지, 아니면 항상 공장에서 억눌려 있던 박씨가 심판의 각오를 다지고 버스에 뛰어든 오늘 별안간 그 모습에서 전생에 걸쳤던 용사의 기운이 빛을 발했는지는 모른다. 어찌 됐든, 안면수는 오늘에야 사실을 인식했다.

—의원님, 괜찮으십니까?

보좌관이 묻자 안면수는 떨면서 대답했다.

—그, 근데, 저, 저 새끼는 내 공장에서 일하던 놈인데.

별안간 버스가 출발하는 바람에 최씨, 박씨, 구씨, 그리고 오이는 엉겁결에 관광객처럼 버스에 얌전히 앉아 있게 됐다. 그나저나, 원래의 계획은 이랬다.

일단, 버스에 올라타는 녀석들 중에 혹시나 반항할 싹수가 보이는 놈들을 가려낸다. 그런 녀석들이 있다고 추정되면 그 녀석들의 자리 주변에는 가지 않는 동선을 짠다.

오이는 승객들의 고개를 모두 숙이게 한 후, 경찰이나 외부에 알릴 수 없도록 휴대전화를 압수한다.

쿠마리 구씨는 운전기사 대신 운전을 하고, 초이아노프스키는 제일 앞쪽에서 승객들을 위협한다.

바타르 박씨는 제일 뒤쪽에서 승객들을 감시한다.

이런 시나리오였으나, 생각지 못한 타이밍에 버스가 출발하는 바람에 일단은 관광객처럼 가만히 앉아서 서울 투어 코스를 관광하고 있었다.

그때, 뒤에서 익숙한 목소리가 들렸다.

—근데, 저, 저 새끼는 내 공장에서 일하던 놈인데.

셋은 일제히 그 목소리의 주인공을 향해 고개를 돌렸다. 안면수였다. 단 십분의 휴식시간도 주지 않고 비열하고 몰인정하게 자신들을 착취했던 안면몰수, 안면수. 동료였던 '주글레리'를 죽음으로 내몰고서도 안면몰수했고, 그래서 실패한 3년 전의 테러를 시작기로 결심하게 하고, 지금 다시 오늘의 테러를 시작하게 한 그 원흉, 바로 그 주인공이 같은 버스에 타고 있었다. 셋은 누가 먼저랄 것도 없이 분노에 가득 차 고함을 질렀다.

—모두 손 머리 위로! 실시!

동일한 시각, 은행털이에 성공한 강도단은 차 안에서 보르도 와인을 꿀떡꿀떡 마시며 축배를 들었다. 그러나 사건의 전개가 그냥 이렇게 흘러간다면 미래 16종 국어교과서에 공통으로 실릴 이 소설의 도덕성이 심각한 타격을 입을 수 있으므로, 여기서 향후 30년 뒤 행장이 될 신입 행원의 기지가 발휘된다. 그는 행여나 있을 은행의 보안 문제를 위해 보르도 와인에 '오한, 불안, 발열, 기침, 구토, 발기 불능 및 경도 저하'는 물론이고 공격성이 강화돼 체내에 일단 흡수되면 주변의 사람에게 폭력을 행사하지 않고서는 앞서 언급한 '오한, 불안, 발열, 기침, 구토, 발기 불능 및 경도 저하'가 해소되지 않는 신약을 주입한 것이다. 이를 알 턱이 없는 전직 은행 직원은 운전 중인 경제사범의 죽빵을 호기롭게 날렸다. 순간 오한이 사라졌다. 신기한 효능을 체험한 전직 은행 직원은 다시 한번 호기롭게 경제사범의 아구창을 날렸다. 이에 기침이 사라졌다. 이에 신기를 체험한 엘리트 출신의 은행 직원은 다시 한번 싸대기를 날렸다. 이에 나머지 '불안, 발열, 구토와 발기 불능 및 경도 저하'가 사라졌고, 그의 토마토도 터져버렸다. 뿌지직.

올림픽 꿈나무였던 경제사범은 총구에서 나오는 연기를 휘파람으로 휘익 불어 사라지게 한 후, 계속 운전을 했다. 어느덧 수십억에 달하는 돈을 독차지하게 된 경제사범은 자신도 축배를 들었다. 물론, 20년 된 보르도산 와인이었다.

─모두 손 머리 위로! 실시!

공포의 언어가 버스 안에 울려퍼지자 이미 겁에 질려버린 안면수만이 시키는 대로 했다. 보좌관과 시청 공무원은 '어허, 저 친구들 행위예술 하나' 하는 호기심으로 보았고, 혹시나 싶어 "Everybody hands up"이라고 통역한 오이의 말을 들은 재키는 "세이 예에. 세이 호오"를 연발하며 손을 허공에 휘저었다. 그 와중에도 "옵 옵 옵 오빠 강남 스타일"이라고 했다. 재키도 눈치가 더럽게 없는 녀석이었다. 오직 안면수만이 분위기 파악을 하고 낮게 보좌관에게 읊조렸다.

─아, 됴때다. 숀 도러 인마.

안면수는 겁에 질리면 더럽게 혀가 짧아지는 습성이 있었다.

이 말을 알아들었을 리 없는 보좌관과 시청 공무원이 "거참, 의원님, 농담도 잘하십니다. 하하하" 하며 안면수의 손을 내리려는 순간, 보좌관과 시청 공무원의 뒤통수에서 '빠바박' 불꽃이 튀었다. 둘의 뒤통수를 가격한 이는, 바타르 박씨였다. 그제야 상황을 파악한 둘이 앞을 응시하니, 잔뜩 분노한 얼굴의 최씨, 아니 초이아노프스키가 총을 치켜들어 테러가 시작됐음을 알리는 게 보였다. 겁에 질린 운전수가 차를 길가에 세우고 쿠마리 구씨에게 운전대를 넘기는 것도 보였다. 순서가 다소 엉켰지만, 비로소 오이가 계획대로 휴대폰을 거둬들였고, 최씨가 능숙한 한국어로 선언했다.

— 이 버스는 탈취되었다. 이 버스는 이제 우리 계획대로 움직일 것이며, 우리의 지시에 불응하면 즉시 사살할 것이다.

바타르 박씨는 공포감을 더욱 조성하기 위해, 전시용으로 안면수의 뒤통수를 한번 가격했다. 그런데 그 순간, 알 수 없는 친숙함과 포근함, 고향을 찾은 듯한 따뜻함, 아울러 잃어버린 이산가족을 되찾은 듯한 만족감이 파도처럼 밀려왔다. 박씨는 일순 알 수 없는 기분에 자신의 손을 바라보았다. 손마저 행복한 미소를 짓고 있는 듯했다. 물론, 안면수는 790년간 잊고 지냈던 설움과 더럽게 친숙한 고통에 눈물을 흘리고야 말았다.

여기서 잠깐, 신을 만나고 온 작가의 이야기를 들어보자. 원래 전생에서 죽을 만큼 고생한 안면수는 사실 이번 생에 복을 누릴 기회를 잡고 태어났다. 그러나 안면수의 본성에 약간의 회의를 가지고 있었던 신은 안면수를 한번 시험해보고자 하였다. 그리하여 전생에 그토록 그를 괴롭혔던 '졸라게'를 안면수의 기나긴 생의 길에서 한번 만나게 한 후, 그에게도 자비를 베푼다면 안면수에게 복을 내리고, 만약 그를 괴롭힌다면 안면수의 복을 거둬오리라 생각했다. 이제 와서 밝히자면, 이 때문에 위대한 전작 「시티투어버스를 탈취하라」가 탄생한 것이다. 그러나 안면수는 위대한 전작 「시티투어버스를 탈취하라」에서 그만 졸라게의 환생인, 바타르 박씨를 박해하는 우를 범하고 말았다. 게다가 이에 그치지 않고, 박씨의 주변 인물은 물론 나아가 그를 믿고 표를 던져준 유권자들마저 속일 생각뿐이었으니, 그를 기다리는 것은 결국 인간지사 인과응보라는 자명한 귀결뿐이었다. 너무 교훈적이라고 여긴다면, 이 소설이 미래 16종 국어교과서에 실릴 예정이라는 것을 상기해주기 바란다. 어찌 됐든, 바타르 박씨는 자신의 의지와는 상관없이 한번 손을 대자 그 손이 자동으로 안면수의 뒤통수를 가격하고 있었으니, 때리면 때릴수록 손에 착착 감기는 것이 그립감도 좋고 살 오른 두피로 인해 쿠션감도 좋았다. 바타르 박씨는 형언할 수 없는 기묘한 행복감을 느끼고 말았다.

7

한편 경찰국장은 은행이 털렸다는 전대미문의 사건을 접한 후 똥줄이 타기 시작했다. 목격자에 따르면 강도들이 타고 도주한 차량은 '신속·정확' 스티커가 부착된 주산학원 승합차였으나, 어느 순간 종적을 감춰버렸다. 시내 곳곳에 설치된 CCTV에도 잡히지 않았다. 친절하고 고독한 작가가 또 한번 개입하자면, 3인조 은행 강도단의 주산·암산학원 승합차는 위장용 스티커로 덮여 있었다. 그들은 범행 직후 CCTV가 없는 지역으로 잽싸게 빠진 후, 차량 전체를 뒤덮고 있던 스티커를 단번에 떼어냈다. 그러자 차량은 평범하기 그지없는 회색 승합차가 돼버렸다. 다시 경찰국장의 이야기로 돌아오자면, 관련자들은 물론 자신과 장관 모가지까지 날아갈 판국에 처한 경찰국장은 낭떠러지에 몰려 울음보를 터뜨리기 일보 직전이었고, 이 와중에 유학 간 딸내미 등록금마저 떠올랐는데, 이때부터 30년 후 행장이 될 신입 행원의 활약이 시작된다. 그는 출동한 경찰들에게 중요한 정보가 있으니 국장을 직접 만나게 해달라고 했고, 경찰들이 아무리 채근해도 국장을 만나기 전에는 입도 뻥긋 않겠다고 했다. 우여곡절 끝에 국장을 만나게 된 신입 행원은 알다시피 이후 성공가도를 달려 행장이 될 인물이었으니, 그는 국장에게 건넨 첫 인사를 훗날 자신의 회고록에서 이렇게 밝혔다.

　—카드 하나 트시죠, VIP로.

　어찌 됐든, 그는 예언가라도 되는 양 국장에게 호언장담을 늘어놓았으니, 요약하자면 이렇다.

　첫째, 강도들 사이에 내분이 일어나 둘 다 죽었을 가능성이 있다.

　둘째, 둘 다 죽지 않았다면 한명이라도 죽었을 가능성이 있다.

　셋째, 만약 살아서 도주 중이라면 반드시 어딘가에서 몹쓸 폭력을 행사해 신고가 접수될 것이다.

　넷째, 아무런 신고가 없다면 혼자서 차를 타고 도주 중일 테니,

그 차는 심히 흔들리며 어디서건 폭주를 일삼고 있을 것이다.

신입 행원은 뻔뻔하게도 국장 앞에서 점성술사처럼 이런 말을 했는데, 마침 회색 승합차 한대가 심히 흔들리며 중앙선을 침범하다 접촉사고를 내고 도주 중이라는 보고가 들어왔다. 국장은 행원의 손을 잡고 눈물을 흘리며 고마움을 표시했다. 이에 행원은 다시 한번 뻔뻔하게 말했다.

——연회비 없는 걸로 해드리겠습니다.

3년 후 행원은 실적왕이 된다.

구씨가 이번엔 용케도 운전을 잘하고 있었다. 운전수 뒷좌석 쪽에는 안면수와 보좌관이 고개를 숙인 채 나란히 앉아 있고, 그 뒤편에 흑인과 시청 공무원이 역시 손을 머리에 얹은 채 고개를 숙이고 있다. 안면수의 뒤통수를 가격하는 데 묘한 쾌감을 느낀 바타르는 자기도 모르게 계속 뒤통수를 때리고 있다. 안면수는 아이처럼 신음을 연발하고 있다. 아야, 아야, 아야야. 사랑은 야야야야야. 버스는 어느덧 목적지인 여의도로 가기 위해 다리를 건너고 있다. 뛰뛰빵빵.

그 시각, 폭력성이 잔뜩 발현된 경제사범은 회색 승합차를 광포하게 몰며 도심을 질주하고 있었다. 신입 행원의 놀라운 기지로 어느덧 경찰차들이 승합차에 따라붙기 시작했다. 그러나 여기서 하나 간과된 점이 있으니, 승합차를 몰고 있는 경제사범이 사격 올림픽 꿈나무가 되기 이전의 장래희망이 카레이서였다는 것이다. 그는 초등학교 6년 동안 생활기록부 장래희망란에 카레이서를 꼬박 꼬박 적어낼 만큼 자동차 경주에 흥미와 소질을 가지고 있었다. 그러나 가난했던 그의 아버지에게는 아들의 꿈이 택시기사로밖에 이해되지 않았다. 게다가 자동차를 빨리 몰아서 생기는 것은 과속 벌금밖에 없지 않은가. 억압적인 아버지 밑에서 카레이서의 꿈을 마음 깊은 곳에 숨겨둬야 했던 경제사범은 밥을 굶어서라도 용돈의 전부를 자동차 경주 오락에 쏟아부었다. 그가 자라던 시절의 자동차 경주 오락은 비록 조악하였으나, 그는 자신의 두뇌가 그려낼 수 있는 모든 가상 시나리오를 써가며 오락에 임했다. 그렇기에 추격전은 오히려 그에게 새로운 기쁨을 선사했다. 슈욱슈욱.

때문에 사이렌을 울리며 추격하는 경찰차가 그를 따라잡는 것은 역부족이었다. 어느덧 승합차는 한강 다리를 건너고 있었다.

시티투어버스가 마포대교를 넘어 여의도 국회 쪽으로 향하자 만개한 벚꽃이 하늘을 가리고 있었다. 어찌나 만개해 있었던지 거사의 기운을 누그러뜨릴 만큼, 푸른 하늘과 분홍 벚꽃이 한껏 어우러져 있었다. 심판의 시간이 다가오고 있었지만, 이미 전작에서 밝힌 바대로 운전수가 꿈이었던 쿠마리는 운전만으로도 행복에 흠뻑 젖어 있었다. 사랑에 빠져 아무것도 보이지 않는 오이에게도 벚꽃은 보였다. 오이는 어쩌다보니 멜랑꼴리한 기분이 되어 납치극 도중에도 밖을 보라며 최씨에게 거리를 가리켰다. 오직, 박씨만이 '마침내 격전지인가' 하는 심정으로 거리를 응시했다.

자고로 '사랑은 벚꽃 아래서'라고 했던가. 얌전하게 있던 재키도 벚꽃을 보자 어쩐지 안면수가 탐스러워 보였다. 실은 고개를 숙이고 있는 내내, 안면수의 엉덩이를 보며 침을 삼켜왔다. 꼴딱꼴딱.

마침 최씨와 오이가 딴짓을 하고 있자, 재키는 이때다 싶어 손을 쓰윽 뻗어 안면수의 엉덩이를 쓰다듬었다. 기겁을 한 안면수가 으아악 비명을 내질렀고, 곧장 바타르의 손이 뒤통수를 가격했다. 빠박빠박.

—죽을 준비나 하거라, 안면수!

그리고 박씨가 다시 거리를 보자, 재키는 이번엔 안면수의 엉덩이로 손을 집어넣었다. 보좌관은 겁에 질려 그저 보기만 했고, 재키는 나지막이 읊조렸다.

—아름다워 사랑스러워~ 그래 너 hey 그래 바로 너~

안면수는 식겁하며 비명을 질렀고, 예의 그 친숙하고 익숙한 감촉의 손찌검이 그의 뒤통수에 작렬했다.

—죽기 싫다고 발악해도 소용없다. 이제 이 버스는 국회로 돌진하고 너희는 버스의 폭발과 함께 죽을 것이다.

이번엔 안면수와 보좌관, 시청 공무원이 소년 합창단처럼 삼중창으로 울었다.

엉엉. 엉엉. 엉엉엉.

—원하시는 게 돈입니까. 돈이라면 제 비자금 모두 털어서 드리겠습니다.

안면수는 며느리도 모른다는 비자금을 술술 털어놓기 시작했다. 그의 고백에 보좌관도 시청 공무원도 깜짝 놀랐다. 그는 국회의원이 되자마자 지역구의 기업인들에게 비자금을 악랄하게 받아냈고,

그 금액은 3선 국회의원이 작정하고 모았다 해도 어림없을 거금이었다.

　그러나 바타르 박씨와 쿠마리 구씨, 그리고 초이아노프스키와 사랑에 빠져 눈먼 오이는 꿈쩍도 하지 않았다. 안면수는 자리에서 일어나 제발 살려달라며 그들을 향해 애원하기 시작했다. 이미 등에 식은땀이 비처럼 흘러내리고 쉼 없이 맞은 탓에 뒤통수가 도톰히 부풀어 있는 그의 엉덩이는 사랑스럽게 젖은 채로 움직이기 시작했다. 재키는 자신의 탐욕을 자극하는 그 부위를 격정적으로 바라보며 침을 삼켰다. 꿀꺽꿀꺽.

　사람 좋고 맘 좋은 작가가 힌트를 주자면, 그 시간 경제사범이 모는 승합차는 여의도로 진입해 떨어지는 벚꽃을 배경으로 마치 한마리의 말처럼 달려오고 있었다.

　떨어지는 벚꽃을 피해간다며 쿠마리 구씨는 버스의 핸들을 이리저리 꺾었다. 흔들리는 차 안에서 시간의 틈이 잠깐 벌어져, 재키에게 전생의 영혼이 이생의 영혼 위로 덮치듯 내려왔다. 순간 재키의 눈동자는 붉게 타오르기 시작했고, 오로지 안면수의 엉덩이만이 확대되어 보였다. 꿈틀꿈틀. 주체할 수 없는 욕망에 마침내 이웃집 소년 소치겔을 탐했던 전생의 자신이 되돌아왔다. 재키의 눈동자는 이미 불덩이가 되었고, 그는 더이상 자신을 억누를 수 없었다. 그는 통제할 수 없는 기운에 휩싸여, 안면수의 토실토실한 엉덩이를 향해 몸을 던졌다. 그 순간에도 그는 마치 가미카제 특공대처럼 이렇게 외쳤다.

나는 사나이! 점잖아 보이지만 놀 땐 노는 사나이!
때가 되면 완전 미쳐버리는 사나이!
근육보다 사상이 울퉁불퉁한 사나이!
그런 사나이!

안면수는 기겁하며 운전석 쪽으로 쓰러졌고, 그 순간 운전 중이던 구씨의 머리에 부딪쳤다. 그 바람에 구씨가 잡고 있던 핸들이 왼쪽으로 홱 꺾였고, 버스는 맞은편에서 떨어지는 벚꽃을 배경으로 말처럼 달려오던 회색 승합차와 그만, 굉음을 내며 부딪쳤다.

아무리 추적해도 따라잡을 수 없었던 회색 승합차는 전복된 채, 연기를 피워올렸다. 모락모락. 그 뒤로 수십대의 경찰차와 기동순찰대, 그리고 기동타격대의 버스가 줄지어 있었다. 바타르 박씨와 초이아노프스키가 가까스로 정신을 차리고 버스에서 나오자, 어릴 적 영화를 많이 본 경찰국장이 흥분하여 경례를 올려붙였다. 예썰!
아쉽게도 결론을 말하자면, 최씨 일당은 결단을 못 내린 운전기사를 대신해 강단있게 은행강도를 검거한 사상 최초의 외국인 용감한 시민이 되었다. 비자금을 실토한 안면수는 입을 막기 위해 보좌관과 시청 공무원, 그리고 운전기사와 재키에게 적당한 돈을 떼어주어야 했다. 안면수에게 시달림을 당했던 보좌관과 직장 생활에 염증이 났던 공무원은 그날밤 퇴직서를 쓸 꿈에 부풀었다. 운전기사는 심리치료를 받고도 남아도는 돈으로 세계일주를 떠났다. 훗날, 재키는 나중에 입금된 계좌의 금액을 보고 노래를 흥얼거렸다. "뛰는 놈, 그 위에 나는 놈, 베이베 베이베, 나는 뭘 좀 아는 놈."

승합차는 이제 소설이 끝이라는 듯 아쉬움의 불길을 태우고 있었다. 아쉬움의 연기가 여의도 국회 앞에 자욱하게 퍼져 있었다. 그때, 훗날 행장이 될 신입 행원은 검거에 성공한 경찰국장 앞에 나타나 이렇게 말했다.

—마이너스 통장 하나 트시죠, VIP 급으로.

물론, 초이아노프스키는 결심했다.

다음엔, 백악관이다.

Track 6

독립운동가

변강쇠

〈예고편〉

朝鮮享樂輿地圖

조선향락여지도

대동여지도는 잊어라. 조선향락여지도가 있다. 마흔이 다 되도록 타의로 순결을 지킬 수밖에 없었던 세상이 버린 남자, 희태. 유례없는 폭우가 내려치는 2013년의 어느날, 여느 때처럼 그는 도대체 언제 한번 이성과 잠자리를 가질 수 있을까 고민하다 잠자리에 든다. 그러나 이 고민은 기우에 지나지 않았으니, 신이 그가 잠든 집에 번개를 치게 만들었고, 그는 번개를 맞고 몸을 부르르르 떨게 된다. 눈을 뜨니 갑자기 모든 사람들이 그를 도련님이라 부르고 있고, 진수성찬과 빛이 나는 의복들이 그의 눈앞에 펼쳐져 있다. 이는 그의 처지를 딱하게 여긴 신이 시간의 톱니바퀴를 되돌려 그를 조선시대 이조판서의 아들로 보낸 것이다.

자, 이제 희태는 17세. 주변에는 몸을 배배 꼬는 아낙네들이 넘쳐난다. 게다가 그의 스승인 강육봉 선생이 전해준 비전은 그 이름도 묘한 '조선향락여지도'였으니…… 그 책에는 욕정에 불타는 조선 팔도 음녀들의 이름과 주소, 특기사항이 세세하게 기록돼 있었으니, 이제 희태는 그 끝이 언제일지 모를 길고도 험난한 여행길에 오른다.

벌써부터 할리우드의 러브콜을 받고 있는 이 작품은 존경하는 필명 작가 '박아다'의 야심작으로 향후 장편소설로 출간됨은 물론, 극장판 영화와 케이블 미니시리즈까지 제작될 예정이다. 이 야심 찬 떡담은 희태가 조선의 돈 후안으로 성장하는 이야기로 시즌 1을, 향후 왜나라, 명나라, 태국, 인도까지 나서는 아시아 기행 편으로 시즌 2를, 더 나아가 터키, 독일, 프랑스, 영국까지 나서는 서역 기행으로 시즌 3을 이어갈 참이다.

아울러, 남자의 심장에 대형 방화를 저지를 소희의 선전이 시즌 3까지 일치감치 기획돼 있으니, 뜨거운 관심과 성원을 부탁한다! *Coming Soon.*

애국보수SF소설
독립운동가 변강쇠

하, 이를 어째야 하나, 거참. 우선, 나는 수줍음 많은 독신남임을 꼭 밝혀야겠다. 독신남이라 해서 내가 욕구 불만 상태에 달했다거나 밤마다 이상한 상상을 한다는 것은 절대 아니니 오해는 마시길. 나는 아침이면 스트로베리 주스처럼 상큼한 햇살을 맞으며 명상에 잠기고, 세계평화와 인류복지를 위해 한시간씩 고민을 한다. 나아가 전지구적인 물 부족 현상, 고령화 문제, 학력 인플레, 자동차 급발진 등에 대해 그 누구보다 초민하고 있는 사람이다. 물론 내가 이런 문제를 고민한다 해서 세계가 별반 나아지거나, 고민하지 않는다 해서 별로 나빠질 것도 없지만, 아무튼 나는 이렇듯 타인을 위해 내 시간까지 할애해가면서 살아가는 그야말로 인류에 바람직한 인간인 것이다. 그러므로 결혼 문의는 출판사로 해주면 고맙겠다.

거시적인 인류의 행복을 꾀하면서도 수줍음이 많은 나는 다음과 같은 이야기를 기록으로 남기게 되어 심히 난처한데, 실은 이 모든 이야기가 본인이 자료조사차 국립도서관에 방문하였다가 발견한 고서 『조선항일역사서』의 찢겨진 부분에서 기인한 것이다. 방배동의 정기가 한데 모인 그 고서에는 한줄기 햇빛이 내리쬐고 있었으니, 그 책이 내 손끝에 닿는 순간 내 몸은 그만 떨려버리고 말았다. 그 책에서는 심상찮은 기운이 풍겨나왔으니, 그것은 바로 나라 걱

정을 하는 사람이라면 외면할 수 없는 기운이었다.『조선항일역사
서』에는 그 뛰어난 활약상에도 불구하고 다소 민망한 신체의 비밀
때문에 정전(正傳)에 기록되지 못한 한 애처로운 젊은 독립운동가
가 소개되어 있었는데, 어찌 된 영문인지 그 고서에도 그의 활약상
중 주요 대목은 찢겨져 있었다. 이것은 필시 조국의 찬란한 역사를
빛바래게 하려는 저질 세력의 음모가 아닐 수 없었다. 따라서 애국
보수청년인 필자는 찢긴 역사를 회복하는 심정으로 이 이야기를
완성하지 않을 수 없었다.

1

옛날 옛적에, 정확한 연도는 모르겠고, 서울대학교가 경성제국
대학이던 시절 요상한 사건이 연이어 발생했다. 그것은 바로 남자
화장실의 소변기가 계속 파괴된 사건이었다. 대학본부의 관리 담
당자는 이 알 수 없는 사건 때문에 몇날 며칠을 고심하다가 '이건
필시 경성제국대학이라는 수치스러운 이름하에서 학업을 이어가
야 했던 조선인 학생이 저지른 테러'라 규정지었다.

사회 부정의와 께름칙한 이야기를 참지 못하는 작가는 이때부터
은근슬쩍 서사에 개입하는데, 대학 당국자의 추정은 반은 맞고 반
은 틀린 것이었다. 일단 맞은 것은 본 사건의 범인이 조선인이었다
는 것이고, 본 사건은 테러가 아니라 당사자에겐 단순한 생활의 결

과였다는 것뿐이다. 자, 그러면 어찌 된 것일까.

　일단 여기서 범인(凡人)이 흔히 가지고 있는 오해에 대해서 풀고 넘어가야 할 필요가 있는데, 그것은 바로 사람들이 변강쇠를 이름으로 착각하고 있다는 것이다. 이것은 흑인은 멍청하고 중국인은 머리를 감지 않는다는 것만큼이나 그릇된 편견인데, 사실 변강쇠는 달라이라마처럼 일종의 호칭이었다. 다들 아시다시피 티베트의 달라이라마는 법왕의 호칭으로서, 현재 13대 달라이라마의 실제 이름은 '텐진 갸초'다. 이처럼 우리가 흔히 알고 있는 변강쇠라는 인물도 엄밀히 말하자면 1대 변강쇠라 할 수 있다. 그 역시 본명은 따로 있으나 워낙 강쇠로 오래 알려진 탓에 본명을 잃어버렸으니, 후손 중 가장 강력한 남성성을 지닌 자들이 가문의 전통을 이어받아 2대, 3대, 4대 변강쇠라는 식으로 그 명맥을 유지해왔다. 간혹 그 명색에 어울리지 않는 자가 태어나면 마치 신춘문예에서 '당선작 없음'이라고 발표하듯 '몇대(代) 변강쇠 없음'으로 발표하여 그 전통과 권위를 유지해왔다. 달라이라마와 차이점이 있다면, 크기는 물론이거니와 변강쇠는 환생을 하지 않는다는 것 정도였다.

　과학적인 서사구조를 구축하는 필자가 유치원생도 다 아는 변강쇠 이야기를 꺼낸 건, 사실 경성제국대학 소변기 격파사건을 일으킨 자가 바로 17대 변강쇠였기 때문이다. 물론 달라이라마처럼 그 역시 실명이 있는데, 그건 바로 '변강석'이었다. 이 변강석이란 자가 바로 필자가 발견한 『조선항일역사서』에 등장했으나 그 활약상이 강탈당한 조국의 과거처럼 찢겨나간 애처로운 젊은이다. 국제

구호단체에서도 일한 전력이 있을 만큼 동정심이 뜨거운 필자는 이 애국 젊은이의 운명을 접한 순간 폭포와 같은 눈물을 흘리며 삼 일 밤낮으로 그를 위한 기도를 올리지 않을 수 없었다. 물론 도를 닦고 있는 필자 역시 생물학적으로는 남성이기에 어쩔 수 없는 시기와 동경을 느꼈음은 인정한다. 그러나 이 인물을 넘어설 수 없는 저 아득한 세계의 존재라 하기엔 그가 지닌 이율배반적, 아니 표리 부동적, 아니 외강내유적 고민이 컸으니, 그것은 바로 그의 그 막대한 크기의 거시기가 깊은 잠에 빠져 있었다는 것이다. 밀림을 휘저으며 포효하듯 동물성을 발휘해야 할 강석의 남성은 뜬금없이 곰처럼 깊은 겨울잠에 빠져 있었다. 이것은 사실 라마르크의 용불용설처럼 쓰면 늘고, 쓰지 않으면 도태된다는 자연의 법칙이었다. 게다가 강석의 심리적 저항감이 큰 역할을 했는데, 사실 강석은 성장기에 신체적 정체성에 혼란을 느꼈었다. 그게 다 지 복인지도 모르고, 달릴 때마다 허벅지와 배에 멍이 들고 걸을 때마다 길바닥에 닿는 게 싫었던 것이다. 여기서 우리는 마인드 컨트롤의 위대한 성과를 볼 수 있는데, 세상살이 다 마음먹기에 달렸다는 게 거짓말이 아닌 게, 강석은 시름시름 그 강도와 지속력이 약해지더니 어느날 전혀 일어서지 못하는 남자가 되었다(말하자면 엄청나게 빠른 스포츠카인데 도통 시동이 안 걸린다고나 할까).

여하튼, 성장기에 육적인 모든 것에 담을 쌓고 오로지 영혼의 소양을 닦았던 강석은 그 결과 경성제국대학 국문과에 입학했다. 그리고 입학 당시만 하더라도 익히 알려진 바와 같이 의문의 소변기 대파사건을 일으킬 만큼 왕성했다. 그러나 자신의 정서적 지향성과 육체적 조건의 이질성으로 인해 괴로워한 결과, 결국은 씨 없는 수박이, 아니 힘없는 바나나, 아니 한줄 바람에도 출렁이는 맥없는 갈대 신세가 된 것이다.

2

하나 연세 지긋한 독자라면 알고 있듯이, 누구에게나 죽음은 어김없이 찾아오고, 급사만 아니라면 그 이전에 노화도 자연스레 찾아오고, 또 특별한 경우가 아니라면 그즈음 신체 능력 감퇴도 자연스레 찾아오는 것이니, 이건 결국 시간의 문제였다. 원래 삶이란 뜻대로 되지 않으며, 겉보기와 실상은 다른 것 아닌가. 현명한 애국청년 강석도 이를 받아들였다. 사실 이 모든 게 신이 내려준 복을 그가 혐오하며 걷어찬 꼴이었으니, 이후 강석은 자신에게 주어진 모든 것에 감사하는 마음으로 지냈다. 이 무슨 지하철역에 붙어 있을 법한 '삶의 지혜' 유의 이야기냐 할지 모르겠지만, 실제로 강석은 그렇게 지냈다. 아니, 그보다 더 긍정적으로, 더 적극적으로, 더 강렬하게 희망을 품고 지냈다. 그것은 바로 강석이 '한성해방단'의 비밀 요원이었기 때문이다.

어허, 이 무슨 말인고 하니, '한성해방단'은 상해임시정부가 비밀리에 만든 조직이었는데, 우리가 잘 알고 있는 상해임시정부는 상해에 있었기 때문에 활동 반경에 많은 제약이 있었다. 따라서 경성에 운동본부를 두었으니 그 이름이 바로 '한성해방단'이었다. 한성해방단은 똑똑하고 건강하고 조국애가 뜨거운 청년들을 비밀리에 접촉하여 공작원으로 육성하고 있었는데, 그중 한명이 바로 이 찢겨진 역사의 주인공, 강석이었다. 독자의 기대를 저버리지 않게 조직에서 가장 핵심적 임무를 맡은 요원 역시 강석이었음은 두말할 나위 없다(아무렴!). 한성해방단은 강석의 뛰어난 피지컬 능력, 5개 국어를 구사하는 외국어 실력, 아울러 미남계까지 발휘할 수 있는 날렵한 몸매와 준수한 외모를 보고 인재로 등용하지 않을 수 없었다.

게다가 당시 한성해방단은 유수의 연구진을 구성해 신무기 개발에 박차를 가하고 있었는데, 비록 강석의 신체 일부분이 잠시 문제를 겪고 있었으나 연구진은 그의 무한한 잠재력을 높이 사지 않을 수 없었다. 과연 그의 무한한 잠재력이 무엇인지 궁금한 독자들은 끝까지 읽어보도록.

자, 이제 우리의 강석은 일생일대의 비밀 지령을 받기 위해 한성해방단으로 향한다. 여느 때처럼 강석은 남영동의 뒷골목에서 주위를 살핀 뒤 능숙하게 맨홀 뚜껑을 연다. 코트처럼 긴 제국대학의 가을 교복에 학사모를 쓴 강석은 맨홀 뚜껑 아래 연결된 사다리를 타고 하수구로 내려간다. 하수는 민족의 현실처럼 검은 빛을 발하며 도시의 아래에서 바다로 향하고 있다. 강석이 특수 설계된 하수도 옆길을 따라 걸으면, 그 끝에 철제문이 있다. 강석이 그 철제문을 연 순간, 지하에서 광명과 같은 빛이 뿜어져나온다. 지하 7층 깊이의 이 비밀 요새는 당시 상해임시정부 수립에 핵심적 역할을 한 부호의 지원으로 구축된 것이었는데, 바로 이 안에서 각자의 코드명을 부여받은 총 서른명의 비밀 요원들이 양성되고 있었다. 강석의 코드명은 BGS017이었는데, 당연히 17대 변강쇠를 의미하는 것이었다.

한성해방단의 연구진 수장인 경박사는 여느 때처럼 강석에게 도시락 폭탄, 만년필 칼, 거울과 미니톱이 내장된 손목시계를 건넸다. 이것들은 이미 수차례 받아온 것으로 강석은 당연하다고 여겼다. 그런데 이번에는 경박사가 의아하게도 회심의 미소를 지으며 스판 재질의 바지를 건넸다. 스판 재질의 바지는 겉으로는 무척 평범해 보였지만, 입어보니 신축성이 뛰어나고 통기성도 훌륭했다.

—꼭 입지 않은 것처럼 편안하고 좋은데요.

작전복을 입은 강석의 말에 경박사는 "그래, 그 어떤 것도 자네를 막아서는 안되네! 그 어떤 것도!"라고 입술을 깨물며 말했다.

3

열차는 특급열차라는 이름에 걸맞게 빠르게 달렸다. 차창으로 대륙의 벌판과 사막처럼 황량한 갈색 마을들이 물러났다.

—우선, 성도(成都)에서 상해까지 가는 특급열차를 타게. 첫 개

통을 하는 열차라 사람들로 붐빌 걸세. 열차 안에는 러시아 영사, 귀부인, 일본 국방성 징교들부터 불한당까지 타고 있을 수 있으니 단단히 각오하게! 자고로 돈이 흐르는 곳에 길이 나고, 그 길이 난 곳에 사람들이 모이는 법 아닌가. 더욱이 자네가 탈 그 특급열차의 특실에는 우리 조국의 부활이 걸린 '금강보합'이 있네. 이번 임무의 목적이라 할 수 있는 금강보합은 일본군이 진시황릉에서 도굴한 보물로, 상해까지 운반되면 곧장 노몬한 전투 자금으로 활용될 예정이네. 중국 쪽 요원들은 모두 신분이 노출됐기에, 임무를 수행할 자는 자네밖에 없네. 성공하면 중국은 상해임시정부와 함께 우리의 독립을 적극적으로 지원할 걸세. 명심하게! 조선의 국운이 자네에게 달려 있다는 것을.

우리의 모든 임무가 그렇듯 이번에도 철저히 비밀 임무일세. 만에 하나 잘못될 경우, 한성해방단은 자네를 모른 체할 것일세. 미안하지만, 최근 상해 쪽 감시가 심해져 자칫 우리 활동이 드러나면 임시정부가 해산될 위험이 있네. 다시 한번, 이번에도 철저한 위장을 부탁하네.

변강석은 열차에 타서 임무를 머릿속으로 떠올리고 있었다. 열차는 어느덧 중간 기점인 소진이라는 작은 마을을 지나고 있었다.

*

위대한 이야기부터 시중에 굴러다니는 이야기까지, 세상 모든 이야기가 그렇듯 이제 한명의 여자가 등장한다. 그러나 흔히 떠도는 이야기처럼 그녀는 백옥의 규수나 여염집 처녀가 아니다. 등장을 기다리는 여인은 아직 앳된 기가 남아 있는 풋내기로 보인다. 게다가 얼굴엔 때가 꼬질꼬질하게 묻었고, 몸에선 이상한 냄새가 난다. 꾀죄죄한 그녀는 기차 안에서 떡을 파는 보잘것없는 여자다.

한데, 문제는 이 여자만 등장하는 게 아니라는 것이다. 한성해방단이 경고한 것처럼 이 기차에는 귀부인과 영사, 일본군 장교뿐만 아니라 세상에 떠도는 거의 모든 범법자와 행락꾼, 장사치, 사기꾼들이 한데 뒤섞여 있었다. 그건 바로 이 열차의 공식 명칭은 부국(富國)열차지만 그 별호가 '보화열차'였다는 데서 알 수 있는데, 이 열차에 탑승한 고위층 인사들이 '목에 걸고, 손에 끼고, 이에 박고, 팔에 두르고, 주머니에 쑤셔넣고, 손가방에 찔러넣은' 금덩어리만 하더라도 열차가 보화로 가득 찰 정도였으니, 먹고살기 힘든 각박한 시대에 마침내 온갖 밑바닥 인생들이 한탕씩이라도 해서 제대로 살아보자며 너도나도 이 열차에 몸을 실었던 것이다. 그리하여, 열차에는 귀부인·영사·고위 장교의 수만큼이나 많은 소매치기와 사기꾼, 절도범들이 득실거렸다. 사실 그건 조선에서 가장 강력한 남성의 기운을 물려받은 강석에게 문제가 되지 않았다. 사기꾼 몇몇이나 절도범 몇이 있다 해서 사내 강석의 가슴에 품은 대의가 흩날리거나, 남자 강석의 작전 수행 능력이 거세될 리 만무했다. 문제는 한낱 일렁이는 바람 따위에 날아갈 시정잡배들이 아니라, 강석이 조국의 운명을 걸고 임무를 수행해야 할 이 보화열차에 만주와 일본, 나아가 유럽까지 들썩이던 인물들이 약속이라도 한 듯 죄다 탑승해 있었다는 것이다.

이에 대대로 친절하기로 소문난 가문의 직계 후손인 필자가 이들을 한명씩 소개하기로 한다.

우선, 스티글리츠. (독일 장교, 36세, 187cm)

스페인계 독일인 가정에서 태어난 스티글리츠는 나치와 결탁한 일본을 지원하기 위해 동아시아로 건너왔다. 그는 각진 얼굴에 코처럼 튀어나온 광대뼈, 칼같이 매서운 눈매를 소유한 자인데, 그 험악한 인상을 보자마자 바지에 오줌을 지린 자가 5천명에 달했다. 스티글리츠는 외모에 걸맞게 미국과의 전쟁에서 3340명의 적군을 식도가 막히게 하고, 창자가 뚫리게 하고, 항문이 막히게 하는 기가 막힌 방법으로 해치웠는데, 그 방식이 과연 어떤 것이었는지는 아직 밝혀지지 않았다. (번역의 문제도 있고, 독일어 소문이 일본어를 거치면서 의역과 오역이 덧대어졌고, 다시 중국어와 한국어로 번역되면서 그야말로 진상을 파악할 수 없게 돼버렸다. 단지 해괴망측한 방식인 것이란 것만 알려졌다.) 여하튼 그는 소련과 벌일 전투 자금이 될 '금강보합'을 운반하기 위해 이 열차에 노무라 대령과 동승했다. 자, 그러면 노무라 대령은 또 누구인가.

노무라 대령. (일본 장교, 42세, 167cm)

경성에서 복무를 마치고 일본으로 복귀하였다가 현재 관동군 장교로 근무하고 있다. 미안하지만, 잠시 눈을 감고 당신이 인생에서 만난 가장 비열하고, 추잡하고, 냄새나는 인물을 상상해보라. 노무라는 그보다 천배, 만배 비열하고 저열하다. 그는 한평생 이간질과 협잡, 권모술수를 발휘해 타인을 짓밟고 세속적 성취를 이뤄냈다. 말하자면, 눈앞에 있는 토끼는 입안에 털어넣어야 직성이 풀리는 늑대라 할 수 있다. 이 때문에 그는 일격을 당하게 되는데, 그건 계속 읽어보시길.

셋째, 홍보. (나이 불명, 178cm, 100kg)
이 인물이 바로 사건 촉발의 핵심적 인물이다.
하남성 일대를 근거지로 절도, 강도, 납치, 밀수 등 돈 되는 일이라면 어미를 팔아서라도 살아가는 마적단 두목이다. 자신과 거래하는 비리 관동군으로부터 보화열차에 금강보합이 실릴 것이라는 첩보를 입수했다. 이에 홍보는 이미 금강보합을 은밀하게 팔 수 있는 장안의 큰손까지 물색, 열차에서 노무라를 제거할 계획까지 세웠다. 그나저나 홍보에겐 약점이 있었으니, 이상하게 꾀죄죄한 여자에게 끌린다는 것이었다.

이 인물들이 모두 한데 섞여 열차에 탔으니, 이들은 지나온 삶의 색채와 향기, 그 지향점까지 모두 달랐으나, 하나의 공통점이 있다면 그것은 바로 금강보합이 들려 있어야 할 곳이 다름아닌 자신의 손아귀여야 한다고 믿는다는 점이었다.

4

보화열차는 태양의 열기로 뜨겁게 달궈진 땅을 바삐 달렸다. 문제의 남자 강석은 창가 좌석에 앉아 노무라를 응시하고 있었고, 금강보합을 가지고 있는 노무라의 사방엔 관동군들이 총칼을 차고 앉아 있었다. 그리고 그들과 태생적으로 다르다는 듯, 꽤 먼 자리에서 한 독일인 장교가 매서운 눈초리로 금강보합을 지켜보고 있었다. 그 눈길이 어찌나 날카로운지 강석은 장교와 눈이 마주치자마자 무사 특유의 호전성에도 불구하고 움찔하고 말았다. 그러나 눈길 하면 강석 역시 조선에서 둘째가라면 서러울 만큼 날카로운지라, 둘의 시선이 허공에서 칼날처럼 부딪치자 그 지점을 지나가던 여인의 옷고름이 툭, 하고 끊겨버렸다.

—어머머, 내 가슴이 커졌나봐.

지나가던 여인은 쓸데없는 대사를 남발했다. 어딜 가나 착각하는 사람이 있기 마련이다. 여하튼 여인의 젖가슴이 러시아 영사 부인처럼 반쯤 드러났으나, 강석의 거대한 남성은 죽은 듯이 잠들어 있었다. 역시 오로지 강직한 충정과 불타는 애국심으로 무장한 강석의 신경은 여인이 아니라, 독일인 장교를 향해 전속력으로 달려가고 있었다. 깊은 숲속에서도 사자는 사자를 알아보는 법. 강석은 스티글리츠가 예사 인물이 아니라는 것을 상대의 기운으로 알아챘다.

이 시각, 본시 상해를 향해 달리고 있어야 할 보화열차는 어느덧 마적단의 본거지인 하남(河南)으로 달리고 있었다. 어찌 된 일인지 잠시 시간을 되돌려 삼십분 전 기관실의 상황을 알아보자.

한평생 증기기관실에서 석탄을 펴나르던 장 아무개는 처음으로 기관사가 되어 보화열차를 조종하기에 이르렀다. 첫 진급에 첫 운행이었으나 악명 높은 관동군이 탔으니, 감상에 젖을 겨를도 없이 잔뜩 긴장하여 정면을 응시하고 있었다. 어찌나 긴장했는지 뻣뻣하게 고정된 목을 누가 툭 치면 그 뼈가 부러질 정도였다. 아니나 다를까, 마적단 두목 홍보가 권총 손잡이로 기관사 장씨의 뒤통수를 가격하자, 정말로 목뼈가 부러져버렸다. 꽥. 그는 죽어버렸다. 이래서 사람이 일만 하고 살면 안되는 것이다. 그래서 마감이 늦은 건 아니에요, 편집장님.

여하튼, 홍보에게 기관실을 장악당한 열차는 중간 지점에 이르자 애초와는 다른 방향으로 달리게 된다. 이건 모두 홍보가 설계해놓은 작전이었다. 홍보의 부하가 묵직한 레버를 당겨 레일의 방향을 바꿔놓자 열차는 마적단 본거지인 하남을 향해 달리기 시작했다. 물론, 하남에 도착하면 무장한 수백명의 마적단이 기다리고 있고, 금강보합뿐만 아니라 보화열차에 타고 있는 중국, 일본, 러시아 귀부인들의 몸을 빛내주던 귀금속과 상류층의 시계와 지갑까지 모두 마적단의 소유가 될 예정이었다. 하지만 러시아 영사도, 귀부인도, 그 어떤 승객도 노선이 바뀐 걸 눈치채지 못했다. 심지어 노무라와 스티글리츠도 낌새를 못 차렸다. 이는, 사실 그들이 모두 떡 파는 소녀에게 정신이 팔려 있었기 때문이었다.

——떡 사세요. 떡 사세요.

남자들은 자고로 떡을 좋아한다.

이제 필자는 이야기보따리의 매듭을 하나둘씩 풀 수밖에 없는데, 노무라는 최근 연이어 진급에 좌절해 심각한 콤플렉스를 겪고 있었다. 하급 장교로는 승승장구했으나 고위 장성으로 진급하지 못한 건 그가 사실 조선인이기 때문이었다. 노무라의 본명은 이재만이었다. 참고로, 이재만은 필자에게 굉장히 불친절하게 대한 전력이 있는 염창동의 카센터 주인 이름이다. 덧붙이자면, 이재만의 성행위 지속시간은 9초다. 전성기의 칼 루이스보다 빠르다. 아울러, 이재만은 성행위 지속시간이 9초밖에 안되는 인간이었지만, 주제넘게 변태였다. 이재만은 출신에 대한 콤플렉스와 동시에 또 하나의 콤플렉스를 겪고 있었으니, 그것은 현대에 잘 알려진 롤리타 콤플렉스였다. 염창동 카센터 주인과 이름이 같은 이재만은 소녀를 보면 통제할 수 없는 본성이 발휘돼버렸다.

떡 파는 소녀가 복도 저 끝에서 "똑 사세요. 똑 사세요" 하면서 걸어오자, 이재만의 심장이 방망이질 치기 시작했다. 소녀의 발이 복도 바닥에 닿을 때마다, 이재만의 심이(心耳)엔 가슴이 요동칠 만큼 고성이 울렸다. 눈앞이 어질어질해지고, 머릿속에는 기하학적 도형이 난잡하게 떠올랐다. 비록 성행위 시간은 9초에 지나지 않지만 그 욕정만큼은 추할 정도로 들끓는 이재만은 오락가락한 상태에서 헛말을 내뱉었다.

　—너 얼마냐?

　소녀는 기겁을 하며 뒷걸음질 쳤다.

　—아, 아니, 떡 얼마냐고?

　이미 야리꾸리하게 물었던 탓인지, 두번째 질문에 소녀는 더욱 기겁했다. 이재만은 당황하여 "아, 아니"라며 손을 휘저었지만, 이미 소녀의 눈에선 생존본능에서 비롯된 강력한 살기가 뿜어져나왔다. 이재만의 몹쓸 성격에 대해 또 하나 말하자면, 그는 자신을 똑바로 보는 걸 무척이나 싫어하는데, 잠시 내 이야기를 해보자(그러게, 그때 잘하지 그랬어). 나는 엔진오일을 갈러 카센터에 갔다가 그의 권유로 사소한 부품 하나를 더 교체했는데, 비용이 많이 나온 건 참을 수 있었으나 시간이 한시간이나 걸렸다. 그래서 내가 "아저씨, 잠깐이면 된다면서요?"라고 순수하게 물어보니, 그는 다짜고짜 성질을 부리며 "원래 다 그래요. 딴 집에서도 다 그래요. 그렇게 노려보면 어쩌자는 건데!"라고 하고선 뒤 돌아서서 "쌍"이라고 내뱉었다. 딴 집도 다 그렇다는 건 차치하고서라도, 아무리 생각해도 이상한 게 나는 결국 상기 결론을 내릴 수밖에 없었다. '이재만은 상대가 눈을 바로 쳐다보는 것을 못 견딘다.' 그런 연유로, '노무라'라는 가면을 쓰고 있는 이재만은 자신을 노려본 소녀의 뺨을 후려쳤다.

　—얼마냐고?! 얼마면 되는데! 얼마면 돼!

　이때부터 떡 파는 소녀를 향한 일본군 장교의 일방적인 추행이 시작되는데, 기차 안의 그 누구도 섣불리 나서지 못했다. 그도 그럴 것이, 변강석은 상해임시정부의 존립 여부를 걸고 비밀리에 임무를 수행해야 했기에 정체를 노출하면 대의를 그르칠 수 있었다. 강석은 애써 태연한 척, 앞좌석 뒷부분에 달린 간이 테이블을 펼쳐놓고 책 읽는 시늉을 했다. 태생부터 못돼먹은 이재만과 소녀가 실랑이를 벌이는 와중에 그만 소녀의 외투가 벗겨지고 마는데, 소녀의 상체는 감동적으로 풍만했다. 외투가 땅에 떨어지자 정체 모를 향기가 기차 안에 진동했고, 강석의 간이 테이블이 '더덜'(!) 흔들렸다. 열차 안의 모든 사람들이 소녀의 사이즈에 깜짝 놀랐기에, 이재만도 입을 떡 벌리고 하던 짓거리를 멈출 수밖에 없었다. 그때 움직였던 것은 바로 강석의 테이블뿐이었다.

'하아, 이 익숙한 반동은.'
아아, 강석은 눈물을 흘릴 뻔했다. 그녀를 보자 강석의 신체에 변화가 일어난 것이다. 묘하게 풍겨나왔던 소녀의 냄새는 사실 페로몬의 일종이었다. 몸매를 모두 가리고 있던 외투를 이재만이 벗겨내자 비록 옷을 입고 있었지만 밥그릇을 엎어놓은 듯한 상체의 곡선이 고맙게도 드러난 것이다. 게다가 페로몬 향까지 중공군처럼 몰려오자, 잠자던 강석의 남성이 꿈틀대기 시작했다. 수박에 씨앗이 생기고, 휜 바나나가 곧아지고, 맥없던 갈대가 거목이 되기 시작했다. 강석에게 이 반응은 실로 오랜만이었지만, 하필이면 일본군 장교의 만행이 벌어지고 있는 이 상황에서 이런 일이 벌어져 독립투사인 강석은 당황했다. 테이블은 사시나무처럼 떨고 있었다. 덜덜덜 더덜.

이때였다. 한참 추행에 열 올리고 있던 이재만은 갑자기 나타난 한 괴한에게 뒷머리를 잡혔다. 뒤를 돌아보니 바람이 긁어놓은 가죽 점퍼에 누군가가 버린 듯한 가죽 항공모자를 쓴 뚱뚱한 사내가 호탕하게 웃고 있었다. 그러더니 그는

—다 끝났다, 노무라!

라는 말과 함께 거구를 날려 드롭킥으로 이재만의 명치를 가격했다. 홍보였다. 이에 관동군들이 일제히 일어서며 칼을 뽑아들었다. 쓰러진 소녀를 가운데에 두고 노무라의 등 뒤엔 칼을 뽑아든 관동군 스무명이, 홍보의 등 뒤엔 풀잎, 갈대, 담배 따위를 입에 문 마적단 수십명이 서 있었다. 관동군의 얼굴엔 긴장이 잔뜩 배어 있었고, 마적단의 얼굴엔 이쯤이야 일상이라는 듯 여유가 묻어 있었다. 승객들은 일제히 비명을 지르며 앞 칸, 뒤 칸으로 줄행랑을 쳤다. 순식간에 객실에는 관동군과 마적단, 소녀와 강석, 그리고 스티글리츠만이 남게 되었다.

소녀를 가운데에 둔 객차엔 황야의 결투장처럼 긴장감이 팽팽하게 감돌았다. 앞뒤 칸의 승객들은 동그란 유리창에 서로 얼굴을 갖다댄 채 결투를 구경하고 있었다.

—노려보지 말란 말이야!

이재만이 달려들자, 관동군 부하들도 칼을 들고 달려들었다. 이에 소녀는 믿기 어려울 만큼 잽싸게 복도에서 자리 쪽으로 몸을 굴렸는데, 하필이면 그 자리가 강석의 자리에서 가장 잘 보이는 대각

선 앞쪽이었다. 강아지마냥 웅크린 소녀의 엉덩이를 보자, 강석의 테이블은 더더더더더더더더더더더덜덜덜덜, 소리를 냈다.

100kg이 넘는 거구지만, 홍보는 신기에 가까운 점프로 좌석 목 받침대를 밟고 날아 이재만의 목울대를 가격했다. 사실 한평생 아부와 눈치, 협잡과 뇌물만으로 군 생활을 해온 이재만이었기에, 뚱보 홍보의 가격에 맥없이 쓰러지고 말았다. 관동군 역시 불친절한 서비스를 제공하는 이재만 따위의 부하여서 그런지 추풍낙엽처럼 후두두두두 쓰러지고 말았다(그러게, 줄을 잘 서야지). 그 와중에도 강석의 시선은 건너편 좌석의 복숭아처럼 예쁘게 부푼 엉덩이에 머물러 있었다. 그런데 그 시야에 뚱뚱한 한 사내가 등장했으니, 그는 다름아닌 홍보였다. 잊었는가! 홍보는 이상하게 꾀죄죄한 여자에게 끌린다는 것을.

일단 금강보합을 손에 넣자, 노략질과 강탈만을 일삼아온 홍보는 전리품을 찾고 있었다. 홍보가 마수를 뻗어 소녀를 일으켜세우자, 소녀는 당차게도 홍보의 얼굴에 침을 뱉었다.

─야, 이 돼지야. 번지수를 잘못 골랐어.

홍보는 얼굴에 묻은 침을 닦고 소녀의 뺨을 때렸다. 소녀가 쓰러지며 하얀 어깨가 드러났는데, 어디선가 '뿌지직' 하며 뭔가 부러지는 소리가 들렸다. 홍보는 눈앞의 먹이에 혈안이 된 짐승처럼 관동군의 몸을 밟으며 소녀에게 다가갔다. 이제 홍보는 인면수심, 누가 지켜보든 말든 그 자리에서 소녀를 겁탈하려고 치마를 들춰내고, 윗도리를 벗기려는데, 그때 열차 안에 강력한 파괴음이 들렸다.

모두 깜짝 놀라 뒤를 돌아보니, 강석이 앉았던 자리를 중심으로 모든 좌석들이 산산조각이 나 있었다. 그리고 그 부서진 좌석들 사이로 검은 천에 싸인 파이프 같은 것이 흔들리고 있었다. 검은 천으로 싸인 그 파이프는 마치 명동의 곰탕 맛집인 하동관의 가마솥처럼 연기를 피워내고 있었으니, 놀란 마적단과 홍보의 시선이 그 검은 파이프의 끝까지 따라가보니 거기엔 강석이 우뚝 서 있었다.

　마침내 자신의 모든 능력, 즉 무술 실력, 외국어 실력, 공간 지각력, 전술 이해력 중에서도 으뜸가는 발기력을 되찾은 강석은 이글거리는 눈빛으로 홍보와 마적단에게 외쳤다.

　―대한독립만세!

　그 강력한 외침이 객차 안을 가득 채움과 동시에 강석의 막강한 무기가 객차의 좌와 우, 그리고 위와 아래를 사정없이 휘저었다. 이 초자연적인 현상에 정신을 잃은 듯 서 있던 마적단들은 자신의 정수리와 목뼈, 얼굴을 격타하는 대형 정의봉에 온몸이 터져버렸다. 그 정의봉이 어찌나 뜨거웠던지 홍보는 그만 전신 화상을 입고야 말았다. 동시에 상하좌우 가리지 않고 움직이는 운동력 탓에 바닥에 쓰러져 있던 관동군들은 쥐포가 되고야 말았다. 물론, 쥐포는 잘 구워져 김을 모락모락 풍기고 있었다.

　마침내 강석은 스판 바지를 입힌 박사의 깊은 뜻을 이해했다. 이쯤에서 박사의 대사를 다시 한번 떠올려보자.

　―그래, 그 어떤 것도 자네를 막아서는 안되네! 그 어떤 것도!

　이제 강석은 마적단 무리에게서 금강보합을 빼앗아 손에 들고,

조국을 되찾은 듯한 감격에 젖어 있었다. 어린아이와 여자를 돕기 위해 태어난 우리의 강쇠맨은 마침내 소녀에게 다가가 뜨겁게 물었다.

—놀라지 않으셨나요?

소녀는

—놀라다니요. 감격했어요.

라며 평생의 은인을 만난 듯한 고마움과 반가움, 아울러 경이감을 섞은 눈동자로 강석을 바라보았다. 앞뒤 칸 객실의 유리창에 붙어 결전을 바라보던 승객들의 눈엔 어느새 감동의 눈물이 맺혔으니, 이쯤에서 키스를 하지 않으면 그것은 남자가 아니지 않은가. 하나 강석은 걸리는 것이 있어 주저하고 있었으니, 눈치챘다는 듯 소녀가 입을 열었다.

—저 스물둘이에요. 제가 좀 동안이거든요.

강석은 기다렸다는 듯이 여인의 입술을 허겁지겁 훔쳤고, 여인 역시 뜨겁게 강석의 입술을 맞아주었다. 객실 문 바깥에선 박수 소리가 터져나왔으니, 그 소리가 천상에까지 닿을 지경이었다.

5

아이고, 내 정신 좀 봐라. 이 축제의 현장에서 박수를 치지 않은 유일한 인간이 있었으니, 그는 다름아닌 스티글리츠였다.

스티글리츠는 금강보합을 손에 넣은 강석이 여인과 뜨거운 키스를 나누는 걸 매의 눈으로 지켜보았다. 그런데 여인이 요리조리 고개를 돌리며 내는 '쪽쪽' 소리가 어찌나 요상하고 자극적이었던지, 스티글리츠는 홀연 심상찮은 기색을 보이기 시작했다. 그는 소리에 민감한 자였다. 우리는 여기서 스티글리츠가 미국과 벌인 전쟁에서 요상한 방식으로 적군 3340명의 식도를 막히게 하고, 창자를 뚫리게 하고, 항문을 찢어지게 했다는 점을 상기할 필요가 있다.

강석과 여인이 나누는 키스가 뜨거워질수록 객실 안의 공기는 후끈 달아오르기 시작했다. 둘이 내는 사랑의 소리가 객실 안을 쪽쪽쪽 채울수록 그 야릇한 기운은 스티글리츠의 심장을 활화산처럼 들끓게 만들었다. 그러자 이번엔 스티글리츠가 앉은 자리를 기점으로 하여, 갑자기 그 앞의 모든 좌석이 '우두두두' 부러졌다. 놀란 강석과 여인의 시선이 뜨거운 기운을 풍기며 튀어나온 대형 파이프라인을 따라갔다. 물론, 그 끝에는 이글거리는 눈빛의 스티글리츠가 우뚝 서 있었다.

스티글리츠 역시 스판 바지를 입고 있었던 것이다. 잊었는가! 그는 스페인계 출신 이민자이지 않았던가. 스티글리츠의 조상을 거슬러올라가면 전설의 인물 돈 후안이 있었다. 그는 사실 17대 돈 후안이었던 것이다. 문제는 돈 후안은 서양인이고 변강쇠는 동양인이라는 것이었다. 여기서 조신한 여성과의 결혼을 꿈꾸는 총각 작가의 입으로 언급하기엔 다소 민망한 부분이 등장하는데, 서사를 위해 체면을 내려놓고 언급하자면 돈 후안의 자지가 훨씬 거대했다. 부러진 의자들은 이미 뜨거운 기운으로 녹아내리고 있었고,

기차 바닥은 산송장이 된 이재만과 그의 부하들, 홍보와 마적단 일당, 그리고 부러진 집기와 용암처럼 녹아내린 의자로 이미 무간지옥이 되어 있었다.

—하이 히틀러!

스티글리츠가 괴성을 지르며 허리를 뒤로 젖히자, 객실 천장이 순식간에 찢겨져나갔다. 오픈카가 된 객실에 만주의 모래바람이 불어들어와 강석과 여인은 눈을 뜰 수 없었다. 이때, 스티글리츠가 자신의 무기를 기차 바닥에 살짝 내려놓더니 뒤꿈치를 살포시 들었다. 그리고 몸의 중심을 앞쪽으로 기울이자, 그의 몸이 거짓말처럼 하늘로 치솟았다. 허공에 오른 스티글리츠는 정점을 지나자 별안간 전광석화 같은 속도로 낙하하기 시작했다. 거대한 운석처럼 떨어진 스티글리츠는 잽싸게 금강보합을 낚아챘다.

손이 허전해진 강석은 갑자기 여인에게 90도로 허리를 숙이며 외쳤다.

—날 쳐도 좋소. 광복을 위한 일이오.

강석은 별안간 여인의 젖가슴을 짚었다. 그런데, 어찌 된 영문인지 강석의 신체에 변화가 없었다. 봉긋한 여인의 가슴이 생각보다 딱딱했던 것이다. 그런 생각을 할 겨를도 없이 여인이 강석의 뺨을 세차게 후려쳤는데, 대저 위대한 의약품은 모두 부작용으로 발견되는 법, 갑자기 강석의 정의봉이 아까보다 세배나 거대해졌다. 사실, 강석은 맞는 것도 좋아하는 남자였다. 이제 스티글리츠와 비등해진 강석은 어디서 힘이 났는지 찢어진 기차 지붕 위로 날아올랐다. 가운데가 찢어진 기차 지붕에 두 다리를 벌리고 선 강석과 스티글리츠는 이때부터 신체를 무기로 한 기상천외한 동서양의 대결을 벌였다. 각자의 조국을 건 이 혈투는 대저 목표가 있는 전사들이 수백년 전부터 벌여온 육탄전과 같았으나, 차이가 있다면 이들의 혈투는 주먹싸움이 아니었다는 점이다. 이 둘은 엉키지도 않고 서로 기차 지붕의 첫째 칸과 마지막 칸에 선 채로 혈전을 벌였다. 둘의 몸이 움직일 때마다 허공에서 바람 가르는 소리가 휘잉, 휘잉 났고, 허리를 젖힐 때면 허공을 유영하던 독수리가 통구이가 되어 떨어졌다. 그러나 제아무리 강석이라 해도 동양인이라는 신체적 약점을 지녔기 때문일까. 삼일 밤낮을 치른 격전 끝에 결국 강석은 피를 토하며 쓰러지고 말았다. 그는 이 와중에도 조국의 미래를 생각했으니, 자칫하면 강석은 이때 열사가 되어 훗날 교과서에 실릴 뻔했다. 이제 쓰러진 강석을 향해 스티글리츠는 웃음을 지으며 다가서려 했다.

이때, 둘이 격전을 벌일 때보다 더 강력한 소리가 허공을 갈랐다. 스티글리츠가 놀라서 뒤를 돌아보니 자신을 향해 두발의 미사일이 날아오고 있었다. 기겁을 한 스티글리츠의 시선이 미사일 뒤를 따라가보니, 그곳엔 강석과 키스를 나눈 여인이 서 있었다. 여인의 가슴에는 철갑 브라가 장착돼 있었고, 마치 강석의 스판 바지처럼 그 자리에서 연기가 피어오르고 있었다. 사실, 여인의 가슴이 그토록 봉긋했던 이유는 경박사가 개발한 미사일을 장착하고 있었기 때문이다. 그녀의 코드명은 '17ONG'. 맞다. 17대 옹녀걸이었다.

미사일이 발사된 가슴에서 피어난 연기를 입으로 불며 그녀는
말했다.

─전 온녀라고 해요.

정신을 차린 강석은 그녀가 내민 손을 잡으며 말했다.

─가재는 게 편이요, 초록은 동색이라.

그 시각 스티글리츠는 온녀가 발사한 미사일 때문에 달나라로
날아가고 있었다.

결국 만날 수밖에 없었던 강석과 온녀는 임무를 완수한 후 객차
안으로 내려갔으니, 열차는 이제 신혼열차가 되었다. 승객들은 입
으로「신혼행진곡」을 울리며 천하제일남녀를 축하해주었다.

이제 이야기는 이렇게 일단락된다. 그러나 이대로 헤어지기엔
강석과 온녀의 미래가 너무나 궁금하고 나 역시 아쉬우니, 여기서
작가는 그간 간과한 한가지 사실을 상기시키고자 한다. 그것은 바
로 이 열차의 도착지가 마적단의 본거지인 하남성이라는 사실이
다. 그리고 그곳에는 연해주에서 온 마적단의 총두목 조지꼴리마
르스키가 우뚝 서 있었다. 그 역시 스판 바지를 입고 있었음은 두
말할 나위 없다. 두둥.

〈예고편〉
돌아온 독립운동가 변강쇠
(마적단의 실체 편)

 더 강력해진 독립운동가 강쇠 시리즈. 이번엔 하남성에서 기다리고 있는 마적단과 역시 강력한 신체 무기를 가지고 있는 조지꼴리마르스키가 등장한다. 마침내 부부가 된 강석과 온녀는 더 잔혹한 적들과 일생일대의 결투를 벌이는데, 정신없는 작가 때문에 뒤늦게 밝혀진 사실이 하나 있었으니, 그것은 알고 보니 마적단은 스판바지 부대였다는 것이다. 그러나 새신랑이 된 강석의 잠재력은 마침내 화산처럼 폭발하여 그 능력이 곱절이 되었으니, 그 가공할 능력으로 모든 역경을 헤치고 사건을 해결해낸다. 마침내 금강보합을 손에 쥐고 상해임시정부로 향하려고 할 즈음, 하늘에서 갑자기 운석 하나가 떨어진다. 그것은 다름아닌 미사일을 타고 달나라로 날아갔던 스티글리츠였는데……

 인간의 한계에 도전하는 등장인물들의 휴먼 감동 극기 스토리와 독자의 뇌관을 터지게 만들 압도적인 스케일의 신종 무기들! 그 놀라운 이야기가 펼쳐진다.(19세 이상 구독가)

 Coming Soon.

Bonus Track

누구신지…

1. 익숙함까지 낯설게 만드는 설렘(2011년)

남자는 눈을 뜨자마자 깜짝 놀랐다. 반라의 여성이 옆에서 곤히 자고 있기 때문이다. 간밤의 일은 전혀 기억나지 않는다. 아니, 자신이 지금 왜 여기 있는지도 알 수 없다. 머리가 깨질 듯이 무거운 걸 보니, 어제 필시 기억이 절단될 만큼 술독에 빠진 것 같다.

이때, 여자가 눈을 뜬다. 드러난 자신의 가슴과 그런 자신을 보고 있는 남자와 눈이 마주친다. 그러자 깜짝 놀라 말한다.

"어머, 누구세요?"

남자가 대답한다.

"네, 저, 그게… 실은 저도 제가 누구인지…"

이번에는 남자가 묻는다.

"…그런데 그… 그쪽은 누구신지?"

이번에는 여자가 대답한다.

"그러고 보니, 저도 제가 누구인지 잘 모르겠어요. 대통령의 부인이었던 것 같기도 하고, 대통령이었던 것 같기도 하고…"

남자는 아연해한다. 분명 이상한 여자다. 그런데 이 이상한 여자와 함께 있는 게 그다지 이상하지는 않다. 낯설기도 하지만, 익숙하기도 한 기묘한 아침이다.

이 둘은 부부다. 남자는 70세, 여자는 72세. 그리고 지금은 둘 다 치매에 걸렸다. 부부지만 서로를 알아볼 수 없다. 원래는 둘만 살았지만 남편이 먼저 치매에 걸렸고, 남편을 보살피던 아내마저 치매에 걸리자 한달 뒤 자식들은 부부를 요양원에 보냈다.

2. 당신을 알아볼 수 없을 때까지(1964년)

오전 열시에 내리쬐는 7월의 햇살은 무자비할 정도로 따가웠다. 마치 창(窓)의 존재를 무시하듯이 창(槍)처럼 파고드는 햇살에 여해(如海)는 눈을 뜰 수밖에 없었다. 여해는 가까스로 실눈을 하고서 한쪽 눈을 떴다. 하지만 갑자기 쏟아지는 햇살에 몸을 돌이켜 누웠다.

그러고 나서 깜짝 놀랐다.

하얀 이불로 가슴께까지만 아슬아슬하게 가린 반라의 여인이 옆에 누워 팔로 머리를 괸 채, 자신의 눈을 똑바로 쳐다보고 있었다.

누… 누구세요.

어머, 어머. 이러기예요.

네, 제가 뭐요?

아니, 다 큰 남자가 혼자 집에 못 간다고 울고불고 난리를 쳐서 겨우 물어물어 바래다줬더니, 또 혼자 못 잔다고 울고불고 난리 쳐서 겨우 재웠더니, 이게 무슨 말씀이세요.

아, 제가 그랬다고요? 여해는 깊은 한숨을 쉬었다.

하도 난리를 쳐서 잠든 거 확인하고 가려니까, 허리춤에 손을 스윽 감고 눕혀버린 게 누군데요.

네? 제가요?

아, 네. 그럼 제가 제 손을 허리에 감았겠어요?

아니, 그럴 리가. 전 그럴 리가 절대 없다고요. 최근에 좀 우울하긴 했지만, 절대 그런 사람은 아닙니다.

어머, 누군 뭐, 그런 사람인지 아세요.

어떡하실 거예요. 전 정말 나이도 어리다고 해서 동생 데려다준다는 생각으로 왔단 말이에요. 여경(仔景)은 갑자기 울기 시작했다.

여해는 여경이 울자 어찌해야 할 줄을 몰라서 무턱대고 달래기 시작했다.

아, 아니, 제 말씀은 그런 뜻이 아니라, 제가 어젯밤 일이 기억이 안 나서 그래요,라고 말하자 여경은 더 크게 울어버렸다. 천장이 내려앉고, 방바닥이 일어날 만큼 서럽고 큰 소리였다. 여해는 어찌해야 할 바를 더욱 모르게 돼버렸다.

여경은 속에 있는 것을 모두 게워낼 만큼 꺼꺼거리며 울었다. 몸속에 있는 산소까지 모두 다 뱉었다 싶을 즈음이 돼서야 여해를 쏘아보며 말했다. 울먹거렸고, 흔들렸고, 자칫하면 못 알아들을 정도로 빠르게 다그쳤다.

아니, 어젯밤에 사람을 두번씩이나 그렇게 못살게 굴어놓고, 이제 와서 기억이 안 난다고 하는 게 말이 돼요? 그래서 제가 다섯번이나 물어봤잖아요. 저 사랑하냐고요. 그리고 분명 열번이나 대답했잖아요. 죽을 때까지, 기억이 끊길 때까지, 나를 알아볼 수 없을 때까지 사랑할 거라고요.

여자는 성토하듯이 말을 뱉었고, 그 말소리가 어찌나 컸던지 여해는 행여 옆방에 새어나갈까 여경의 입을 막아버렸다.

네? 제가 그런 말까지 했다고요? 아니, 어째서 제가 그런 말을.

제가 그런 말을 할 리가 전혀 없어요.

여해가 말하자, 여경은 자신의 입을 막고 있는 여해의 손을 뿌리치며 말을 쏟아냈다.

왜요, 술이 깨니까 후회가 되나요. 친구들이랑 어울려 술 마실 때는 좋았다가, 몸속에 있는 답답한 것을 쏟아내니 이제 눈앞에 닥친 현실이 마음에 안 드나요?

여경의 눈에서는 활이라도 날아올 것 같았다.

아니요, 그런 건 전혀 아닙니다. 게다가, 아, 여경씨. 맞다, 여경씨라고 했죠. 여경씨는 지금 보아도 아름다워요,라고 여해는 고개를 떨구고 말했다. 마침 그의 시선은 여경의 가슴께에 닿았다.

어머, 어디를 보시는 거예요,라며 여경은 이불을 가슴 위까지 끌어올렸다.

아, 제 말은 그런 게 아니라, 제가 어젯밤 같은 고백을 할 처지가 전혀 아니거든요.

흥,이라며 여경은 폐에 있는 모든 공기를 코로 내뱉은 뒤, 뭐, 다음 주에 베트남 파병이라도 가시나요,라고 쏘아붙였다.

아니요, 베트남에 가고, 그런 건 아닙니다.

그럼 뭔데요.

저 다음 주에 입대하거든요.

말을 끝내자마자 여해는 눈앞이 번쩍거렸다. 보드라워 보이는 여경의 손에서 몹시 매운맛이 났다. 여해는 고개를 흔들고 눈을 감았다 떴을 때, 또 한번 놀랐다. 어질어질한 풍경 속에 바다처럼 그렁그렁하게 맺힌 여경의 눈동자가 들어왔다.

라디오에서는 잡음과 함께 비틀스의 「It won't be long」이 흘러나오고 있었다.

3. 함께 침묵하고, 함께 말하고(2011년)

이곳은 세상의 호흡이 정지한 듯 고요하다. 바람도 구름도 소리도 없다. 우주가 잠든 느낌이다. 삼십분째 미동조차 없는 풍경과 적

막만이 이어지고 있다. 멀리 있는 트랙터마저 망자의 뼈처럼 일체의 움직임 없이 경직돼 있다. 수십년째 굳어 있는 것 같아서 오히려 움직이는 생명체들이 이질적으로 느껴질 정도다.

고요가 익숙한 것 같아요. 여경이 말했다.

그렇지요,라고 최씨는 느릿하게 대답했다.

그런데 이렇게 젊으신 분이 이곳에서 무얼 하시나요.

아, 저는 사람들의 이야기를 들어줍니다. 여해는 강 건너에 있는 트랙터의 상표라도 알아내겠다는 듯이 뚫어지게 바라보며 대답했다.

하아, 그렇군요. 여경이 대꾸했다.

네. 사람들은 말을 해야 살 수 있는데, 이야기를 들어줄 사람이 없으면 곤란하거든요. 이곳은 매우 조용합니다. 소리 자체가 별로 나질 않죠. 다른 곳에서는 인식조차 할 수 없는 숨소리가 이곳에서는 확성기를 댄 것처럼 크게 들릴 지경입니다. 그러니 더욱 사람들은 소리를 그리워하죠. 아, 제 말은 그렇다고 해서 이곳에 소리가 아예 없다는 뜻은 아닙니다. 물론, 다양한 소리가 있죠. 개 소리, 문 여는 소리, 휠체어 끄는 소리, 주사 놓는 소리, 청진기 대는 소리… 따위가 있습니다. 하지만 이곳에선 사람의 소리가 소중합니다. 특히 사람의 소리를 들어주는 이가 없어서, 모두 공허한 상태로 지내고 있죠. 사람은 자신들에게 쌓인 경험을 말로 풀어내지 않고서는 살 수가 없거든요. 마치 낮에 산소를 마신 나무가 밤에 이산화탄소를 내뿜어야 살 수 있듯이 말이죠.

그러더니 최씨는 카프리썬에 빨대를 꽂았다. 한모금을 빨더니

쭉쭉 소리를 내며 이내 전부 마셔버렸다.

　그래서 제가 이야기를 들어드립니다. 상당히 노곤한 일이지요. 제가 하는 일은 그저 듣기만 하는 건데, 이곳에 와서 10kg이나 빠져버렸습니다. 어찌나 피곤한 일인지요. 열심히 먹고 있는데, 도무지 살이 찌지 않습니다. 저는 숫자나 보건학 용어라든지 어려운 말을 모릅니다. 그래서 정확히 얼마인지는 모르겠습니다. 하지만 한 사람의 이야기를 들을 때마다 상당한 칼로리가 소모된다는 정도는 압니다. 순식간에 허기집니다. 어떨 때는 어지럽기까지 합니다. 영혼까지 소모될 지경이죠.

　여해는 이번엔 팥빵을 하나 뜯어 단숨에 우걱우걱 먹어치웠다. 보통 사람이라면 빵을 먹고 음료를 마실 테지만 여해는 그런 것에 대해 개의치 않는 눈치다.

　그럼 몹시 바쁘시겠네요. 여경이 다문 입술을 삐죽이 내밀며 말했다.

　그렇습니다. 여해는 대답하는 둥 마는 둥 하더니 먹던 빵을 마저 꿀떡꿀떡 삼켰다.

　그래서…… 요즘은 야근이 무척 많습니다. 그저께는 김씨 노인이 밤새워 말하는 바람에 철야근무까지 했습니다. 글쎄 자식들이 자기 밥에 발기억제제를 타고 있다고 하더군요. 물론 몰래죠. 혹시나 늘그막에 늦둥이를 봐서, 유산이 줄어들까봐 그러는 거랍니다. 그래서 김씨는 밥을 먹는 척하며 매번 숨겨둔 봉투에 버린다고 합니다. 그래서 발기는 빳빳하게 되지만, 계속 살이 빠진다고 하네요.

　전 믿을 수 없다고 했고, 그러자 김씨 노인이 여전히 빳빳한 자기 남근이 그걸 증명하지 않냐며 불룩한 가죽 바지 앞부분을 쑥 내밀더군요.

가죽 바지요?

네. 김노인은 항상 가죽 바지만 입습니다. 반들반들한 재질이지요. 군살이 없이 마른 상체와 가죽 바지 아래로 불룩해진 남근을 이리저리 흔들어대는 김 노인을 보니, 짐 모리슨이 떠오르더군요.

네? 짐 모리슨요?

도어스의 보컬 짐 모리슨 말입니다. 「Love me two times(두번 해줘)」를 불렀죠. 김 노인 역시 아직은 두번 할 수 있다고 말하더군요. 하지만 밥을 제대로 못 먹는 바람에 어쩌면 이제부턴 힘들지 모르겠다며 상당히 낙심하더군요. 그래서 전 어쩔 수 없이, 제가 먹을 빵과 카프리썬 오렌지 맛을 김 노인에게 주었습니다. 듣는 것만 해도 상당히 칼로리가 소모돼 허기지는데, 꿀떡거리며 먹어대는 김 노인을 멍하게 보고 있자니, 저는 더욱 허기져버렸습니다. 그래서… 말인데, 괜찮으시다면 제가 그 빵을 실례해도 되겠습니까,라고 여해는 급식으로 나온 여경의 단팥빵을 손끝으로 가리켰다.

아, 빵을 좋아하시는군요,라고 여경이 물었고, 여해는 쑥스럽게 웃으며, 네, 여해는 빵을 몹시 좋아합니다, 한번에 열개라도 먹을 수 있습니다,라고 손으로 짧은 머리를 쓱쓱 내리며 말했다.

머리를 쓰다듬자 머리카락 몇가닥이 기다렸다는 듯이 여해의 몸에서 떨어졌다.

여자는 미소 지으며 남자를 살짝 바라보더니, 제 이야기는 언제 들어주실 건가요?라고 말했다. 목소리는 마치 4월의 캠퍼스에 떠다니는 말처럼 들떠 있었다.

글쎄요, 저도 일정이 빡빡해서. 최근에는 벽을 보고 혼자 말하는 노인들이 부쩍 늘어났습니다. 이거, 본의 아니게 시간 내기가 여간 쉽지 않네요,라고 염려 섞인 진지한 톤으로 답했다.

하지만 반드시 시간을 낼 겁니다. 어디서 읽었는지 기억은 안 나지만, 시간은 물리적 개념이 아니라 심리적 개념이니까요. 물리적 시간이 아무리 없더라도, 제 심리적 시간은 항상 여유 있습니다. 한쪽 방향을 위해 흘러가니까요.

여해는 낯 뜨거운 말을 아무렇지도 않게 해댔다. 그러고선 여경의 눈동자를 뚫어지게 바라보았다. 여해와 여경이 주고받는 눈길은 달팽이 크림의 원료로 삼아도 손색없을 만큼 끈적끈적했다.

아, 몰라요,라며 여경은 치킨집 신장개업 때 춤추는 공기인형처럼 마구마구 몸을 흔들어댔다. 여해는 어흠, 하며 서서히 일어나더니 「Love me two times」를 부르며 허리와 엉덩이를 흔들며 춤추기 시작했다.

어디선가 산들바람이 불어왔고, 나뭇잎들은 바람에 부딪히며 음악을 만들어냈다. 강 건너에 걸려 있던 태양은 '마침내 강 속에서 기다리고 있는 연인을 만나러 간다'는 듯 발그레한 색깔을 발하며 강 속으로 서서히 잠겼다. 저녁 무렵 강 표면에는 채 식지 않은 열기를 마지막으로 불태우는 태양의 열정이 불그스레하게 번졌다. 죽어가는 태양의 마지막 온기는 세상과 두사람을 따뜻하게 데워주었다. 주변은 점점 오렌지빛으로 물들어갔고, 두사람은 마치 그림자극에 나오는 종이인형처럼 서로 같은 색이 되어 몸을 흔들기 시작했다. 둘은 춤을 추었다. 오래도록 추었다.

　그러다 **문득** 지친 남자가 정신을 차렸다는 듯이 여자의 손을 놓으며 물었다.

　그런데, 누구시죠.

　여자 역시 감상에서 깨어난 사람처럼 감았던 눈을 뜨고 나서 깜박거리며 말했다.

　글쎄요, 제가 누구지요. 대통령이었던 것 같기도 하고, 대통령의 부인이었던 것 같기도 하고.

　남자는 아연해한다. 분명 이상한 여자다. 그런데, 이 이상한 여자와 함께 있는 게 그다지 이상하지는 않다. 이 둘은 부부다. 남자는 최여해. 여자는 주여경.

　둘은 서로의 이야기를 들어준다. 병원에서 요청한 일은 아니다.

　둘은 해가 지는 저녁노을 아래,

　구름이 잠자는 5월의 하늘 아래,

　바람의 입김이 시원한 여름밤의 한가운데,

　세상이 약속한 듯 하나의 그림을 그려내는 가을 안에서,

　서로의 말을 하고, 서로의 말을 들어주었다.

　가끔 얼굴을 붉히기도 하고, 가끔 손을 잡기도 했다.

　가끔 춤을 추기도 했고, 가끔 여해가 여경을 안으려고도 했다.

그럴 때마다 설렘과 어색함, 익숙함과 낯섦이 둘을 감쌌다.

충일했던 생을 마감하는 태양은 마주 보고 있는 두사람의 그림자 사이로 자신에게 남은 마지막 온기와 빛을 선물해주고 있었다.

4. 사랑의 증명(1980년)

세상에는 사랑을 증명하는 수단이 많다. 어떤 이는 언어로, 어떤 이는 몸짓으로, 어떤 이는 희생으로, 어떤 이는 소유로 증명한다. 그러나 여해에게 사랑을 증명하는 수단은 시간이었다. 자신의 사랑이 호르몬의 작용으로 시작되지 않았고, 육체적 향연에 대한 부채감으로 유지된 것도 아니라는 것을 시간으로 증명해 보였다. 여해에게 사랑이란, 대상이 먼 곳의 어느 무리에 섞여 있어 알아볼 수 없을지라도 자신도 모르게 그 특정한 곳을 향하게 하는 것이었다. 그 감정은 힘이 있다. 아무리 떨쳐내려 해도, 둘은 서로에게 향하게 되어 있다. 그 감정은 강한 자성을 가지고 있다. 완전히 분리된 세상이 아니라면, 사랑하는 사람은 만날 수밖에 없다. 서로 발길이 닿을 수 있을 정도의 거리에 존재한다면, 서로의 발길이, 눈빛이, 피가 같은 쪽을 향한다고 믿었다. 자신도 모르게 어떤 마성 같은 것에 이끌리어 그 사람이 있는 곳으로 향하게 되고, 그 사람이 하는 말이 이해되지 않더라도 그저 그 입에서 나오는 음파와 공기 자체에 몸과 영혼이 흔들리고 만다. 여해는 그것이 사랑이라고 생각했다. 어째서 이런 생각에 빠졌는지 그 이유는 자신도 모른다. 그저 그런 감각이 자신을 지배할 뿐이다. 물론 이런 것이 사랑이라면, 전혀 자신이 없었다. 하지만 여경을 향해서만은 백 퍼센트 가능할 것 같았다.

여해는 여경을 생각할 때면 이미 자신이 아니었다. 오히려 자신이 아니었던 그 모습이 어느 순간부터 완전하게 자신이 되어버렸다. 그것이 옳은 것인지는 모르겠으나, 그렇게 돼버렸다. 여해는 여경으로 인해 또다른 자신을 가지게 되었다.

제대를 한 후, 여경을 만나지 못했다. 여경과 함께 보낸 일주일의 기억이 군에 있는 내내 자기 주위를 감돌았다. 함께 눈을 뜬 여해와 여경은 일주일 동안 모든 공기를 함께 썼다. 그날 아침부터 입대하는 날 아침까지 모든 시간을 함께 나누었다. 그러나 육체까지 나누지는 않았다. 여경은 첫 만남부터 순서가 엉켰으니, 그 순서를 되돌려야 한다고 했다. 여해는 동의했다.

하지만 아무리 뇌를 짜내도 함께 보낸 밤에 대해서는 도무지 기억이 나지 않았다. 기억하려 해도 머리가 텅 비어지는 느낌만 가득했다. 마치 배가 표류해 정신을 차려보니 가려던 섬에 도달한 느낌이었다. 주변에는 난파한 배의 조각들만 흩어져 있고, 어떻게 그 섬에 도착했는지 기억은 나지 않는다. 하지만 애초에 가려 했던 섬이다. 물론 돌아갈 배는 사라졌으니 그 섬에서 사는 수밖에 없다. 그 섬이 낯설기는 하지만, 싫지는 않다. 방에는 난파선의 흔적처럼 여해와 여경의 옷이 흐트러져 있었다.

여해가 떠올릴 수 있는 것은 그것뿐이었다. 단, 아침의 느낌은 선연했다. 아침에 자신을 바라보던 여경의 눈동자와, 곧 떠나야 한다는 말을 했을 때 자신의 뺨을 때렸던 그 손의 느낌. 그것은 실재하는 아픔이었고, 그만큼 생생했다. 그 안에는 일체의 분노가 없었다. 오히려 아쉬움과 언어로 담을 수 없는 그리움이 묻어났다.

무엇보다도 강렬했던 것은 눈동자였다. 그날 아침 여경의 눈동자는 선명하게 흔들렸다. 그 눈동자는 얼핏 보더라도 그렁그렁하게 젖어 있었다. 그 눈동자 안에 가득 고인 감정들은 마치 차 안에서 흔들리는 위태로운 물잔처럼 금방이라도 쏟아져 흐를 것 같았다. 여해가 느낀 그날의 여경은 어쩌면 영원히 이별의 대상으로 남을지 모르는 한사람 앞에서 자신의 감정을 꾸역꾸역 삼켜내는 사람이었다. 누군가 착각이라 말할 수도 있다. 하지만 여해는 분명 그렇게 느꼈다. 여해가 속한 이해의 세계에서 그것은 착각이라고 할 수 없을 만큼 확실한 감정이었다.

그런데, 어째서 여경은 계속 여해를 피했을까.

여해가 휴가를 나왔을 때도, 제대를 했을 때도 여경은 없었다. 여경을 알던 여해의 친구들과도 연락이 끊겼고, 여경의 집도 사라졌다. 아무것도 몰랐던 여해는 처음에는 편지를 보냈다. 답장은 없었지만 꾸준히 보냈다. 하지만 제대를 하고 나서야 그 집에 여경이 더이상 살지 않는다는 것을 알았다. 여경의 집에는 이미 다른 사람이 살고 있었다. 여해는 의아했다.

어째서 여경은 그런 것도 말하지 않은 것일까. 64년의 봄은 여경과 여해에게 과연 무엇이었을까. 여경에게 여해는 과연 어떤 존재였을까. 그리고 수신자가 없다면 왜 편지는 '수취인 불명'으로 되돌아오지 않은 걸까. 혹시 여경은 추리영화처럼 이곳에 이따금씩 와서 편지를 몰래 가져가는 게 아닐까. 실제로 그런 가능성을 지울 수 없어 여해는 며칠 동안이나 여경의 집 앞에서 기다렸지만 여경은 나타나지 않았다.

혹시 여경은 도저히 닿을 수 없는 먼 곳으로 떠났거나, 아니면 여해의 모습을 보고 발길을 돌린 것이 아닐까.

그렇게 생각하니 여해는 몹시 서글픈 기분이 들었다.

여경의 집이 있던 골목길은 세상의 모든 암흑을 집결해놓은 것처럼 캄캄해 보였고, 밤바람은 오랜 세월에 걸쳐 얼어붙은 북극의 냉기처럼 차가웠다. 무엇보다 여경이 없으니, 자신의 존재도 점점 희박해져간다는 생각이 들었다.

그후로도 여해는 여경을 기다렸다. 그렇다 해서 집 앞에 가서 기다린 것은 아니었다. 다만, 언제 어디서나 무엇을 하건 여경을 기다렸다. 시간이 쌓여 여해에게 여경에 대한 기다림은 일상이 돼버렸다.

그리고 여해는 시인이 되었다. 그에 대해서 여해는 언제나 운이 좋았다고 말했다. 왜냐하면 여해는 시인이 되기 위해 시를 쓴 것이 아니었기 때문이다. 그저 어느날 자리를 잡고 가슴속에서 떠나지 않는 그 마음을 글로 쏟아내지 않고는 견딜 수 없었다. 그것은 창작이라기보다는 언어의 형태를 빌린 감정의 부르짖음이었다. 모든 것은 여경 때문이었다. 여경에 대한 생각이 여해를 온통 지배해 여해는 그것을 글이든, 말이든, 땀이든, 무엇으로든 토해내지 않고서는 버틸 수 없었다. 그 수단이 언어였을 뿐이므로, 여해는 언제나 운이 좋았다고 말했다.

하지만 시인이 된 것이 나쁘지는 않았다. 어쩌면 그 때문에 여경을 다시 만날 기회가 생길지도 모르기 때문이었다. 하지만 여경은 여해의 시가 출판이 되고, 주변의 사람들이 모두 알 만한 정도가 되었을 때도 찾아오지 않았다.

여해는 생각했다. 여경이 자신과 완전히 분리된 세상에 사는 것이 아니라면, 몇단계를 거쳐서라도 여해의 소식을 들을 수 있을 것이라고. 그리고 그 몇단계를 다시 거슬러오면 자신을 찾을 수 있을 거라고. 하지만 여경은 그러지 않았다.

즉, 여경은 여해가 도저히 닿을 수 없는 세상에 존재하거나, 여해로부터 의식적으로, 끊임없이 도망가고 있는 것이다.

만약 여경이 여해에게 큰 감정을 느끼지 않았더라도, 자신의 소식을 들었다면 안부 정도는 전해올 수 있을 것이다. 그러나 안부는 물론 존재 자체도 파악할 수 없다. 여해가 이해하기로 여경은 필시 자신에게 감정을 느꼈다. 그것은 분명히 뜨거운 감정이었다. 하지만 연락이 도저히 닿지 않거나, 애써 피하고 있다. 여해는 이 말을 머릿속에서 계속 되뇌었다.

연락이 도저히 닿지 않거나, 애써 피하고 있다.

여경은 내가 도저히 닿을 수 없는 세상에 존재하거나, 나로부터 의식적으로 끊임없이 도망가고 있다. 닿지 않거나, 피하고 있다.

그러다 여해는 어떠한 결론에 도달했다. 이 둘의 가능성은 분리된 것이 아니다. 어쩌면 여경은 나의 연락이 도달할 수 없는 세상에 살고 있다. 다른 의미로 그것은 나의 연락이 도달해서는 안되는 세상이고, 그러므로 여경은 나로부터 의식적으로 도망가고 있다. 그것은 어찌 보면 세상이 아니라, 하나의 조건이다.

생각이 여기까지 미치자 서른아홉살의 여해는 몹시 슬퍼졌다.

여해는 결혼도 않고 여태껏 여경만을 기다렸기 때문이다. 물론 다른 여자를 만나고 연애도 하고 육체적 관계도 가져보았다.

하지만 그럴수록 여해는 여경이 아닌 어떠한 사람도 사랑할 수 없다는 것을 깊이 깨달을 뿐이었다.

5. 비는 씻을 듯이 내리고(1993년 봄)

여해는 여느 날처럼 오디오에 카세트테이프를 넣었다. 자신이 듣는 곡을 모아서 녹음한 테이프였다. 가장 먼저 에릭 클랩턴의 「Alberta」가 나왔고, 그뒤 스티비 원더의 「Lately」, 사이먼 앤 가펑클의 「Wednesday morning 3 A.M.」이 차례로 나왔다. 그리고 여해가 의도한 무음이 30초 정도 흐르고, 빌리 조엘이 「She's always a woman」과 「Just the way you are」를 연달아 부르면, 다시 등장한 사이먼 앤 가펑클이 「April come she will」을 불렀다. 무음 탓인지 마치 앞의 곡들과 무음 뒤의 곡들은 서사구조가 다른 두개의 단막으로 나눠진 느낌이었다. 마지막 무대는 언제나 비틀스가 등장해 「It won't be long」을 부르고, 「In my life」로 무대를 마쳤다. 여해는 신중히 곡을 선정했고, 곡과 곡 사이의 연계성을 세심히 살폈다. 마치 테이프 하나로 오페라를 만든다는 기분이었다. 실제로 여해는 그런 마음을 담아 녹음했다.

곡의 흐름은 외도한 여자를 기다린다는 것이었고, 그 기다림이 결코 길지 않게 느껴진다는 것이었다. 마지막 곡인 「In my life」를 듣자면, 왠지 기다림과 떠나보냄이 삶 자체라는 생각마저 들 정도였다.

이날도 여해는 어김없이 카페 문을 열고 에릭 클랩턴의 기타를 깨웠다. 여해는 십년 전부터 시를 쓰지 않았다. 대신 조금씩 모아둔 돈으로 카페를 열었다. '여전히'라는 이름의 카페였다. 장소는 여해와 여경이 술에 취해 첫날밤을 보냈던 당인동 자취방이 있던 곳이었다. 그 앞에는 세월이 지나 한강시민공원이 생겼다. 도로에는 나무가 줄지어 심어져 있어 여름이면 시원한 그늘이 드리워졌고, 봄이면 어김없이 벚꽃이 흐드러졌다. 가을에는 수채화 같은 낙엽이 떨어졌고, 일조량이 풍부해 언제나 햇살이 넘실거렸다. 여해는 예전 자신의 자취방이 있던 자리에 건물이 들어서자, 그 일층에 세를 얻었다. 기본적인 공사는 인부들이 했지만, 웬만한 인테리어는 직접 했다. 카페에 놓을 가구를 직접 합판과 원목을 적절히 섞어 자르고, 못질하고, 망치질해 만들었고, 정성스레 니스 칠까지 했다. 카페 안에는 비틀스, 롤링 스톤스, 도어스, 더 후, 애니멀스 등 60년대 록그룹의 LP가 꽂혀 있었고, 파블로 네루다, 황지우, 기형도의 시집도 누군가의 손에 펼쳐지길 기다리고 있었다. 손님은 많지 않았다. 대신 그 자리에는 햇살이 가득했다. 여해는 손님이 없을 때면 소파에 몸을 푹 맡긴 채 벽 한쪽 전체를 차지하고 있는 유리벽을 바라보았다. 햇살이 가득한 날에는 유리벽에 희뿌옇게 쌓인 먼지를 보았고, 비가 오는 날이면 유리를 때리는 빗소리를 한없이 듣고, 그 빗물이 유리벽에 부딪혀 미끄러지는 광경을 물끄러미 바라보았다.

이날도 유리벽을 바라보고 있었다. 여해는 유리벽에 낀 먼지를 바라보며, 정말 많은 먼지가 묻어 있구나,라고 생각했다. 틈이 날 때마다 정성스레 닦았지만, 어찌 된 영문인지 유리벽에는 자신의 노력으로는 닦아낼 수 없는 얼룩이 어느샌가 잔뜩 묻어 있었다. 여해는 에휴, 한숨을 쉬며 어쩔 수 없다고 생각했다.

그리고 사이먼 앤 가펑클이 느릿느릿 무대에 올라 「Wednesday morning 3 A.M.」을 부를 즈음이었다. 폴 사이먼이 먼저 올라와 언제나처럼 꾸준히 기타를 치고 있었고, 아트 가펑클이 왠지 꾸물대며 무대에 올라와 노래를 하는 느낌이었다. 역시 사이먼은 언제나 그랬다는 듯이 묵묵히 기타를 계속 쳤고, 가펑클은 사이먼의 기타에 맞춰 아무렇지도 않다는 듯이 노래를 불렀다. 가펑클이 "그녀는 부드럽고, 그녀는 따뜻해. 그러나 내 마음은 무거워(She is soft, she is warm. But my heart remains heavy)"를 부를 즈음 비가 내리기 시작했다. 말 그대로 부드럽고, 따뜻한 비였다. 여해는 어김없이 소파에 몸을 묻은 채 유리벽에 미끄러지는 빗물을 바라보았다. 비는 어느 한 순간부터 쏟아부을 듯이 내렸다. 정확한 시점이 언제였다고 말하긴 어려웠지만, 한 순간이었다. 이때까지 정말 땅에 떨어지고 싶었지만 참고 참다 내린다는 듯이 사정없이 내렸다. 억눌렸던 모든 것이 한꺼번에 쏟아져내리는 것 같았다. 가뭄으로 맘 졸이던 농부라도 오히려 당황할 만큼의 양이었다. 거세게 내리는 비는 유리벽의 먼지를 말끔하게 흘려보냈다. 여해가 그토록 벗겨내려 했던 얼룩도 신기하리만치 깨끗하게 씻어버렸다. 여해는 그 기이한 광경을 감탄하며 바라보았다. 유리벽 이외의 다른 것마저 씻기는 느낌이었다.

그러다 여해는 문득 유리벽의 입장에서 생각해보았다. 갑자기 빗물이 자신을 타고 내리며—어찌 보면 어루만진다고 할 수 있겠다—먼지에 뒤덮인 몸을 씻겨주고, 햇살로 뜨거워진 몸을 시원하게 식혀주고서 어디론가 사라져버린다. 유리벽 입장에서는 고맙다는 말을 할 틈조차 없고, 따라갈 수도 없다. 빗물은 그저 어딘가에서 갑자기 와서 자신의 몸을 머리끝부터 발끝까지 한번 쓰윽 쓰다듬더니 어딘가로 흘러가버린다. 그렇게 생각하니 유리벽이 참 딱하다는 마음이 들었다. 누군가는 빗물처럼 짧고 시원했던 순간을 자신의 자리에서 감내하고 다시 기다릴 수밖에 없는 것이다. 하, 그런 운명을 타고 나는 존재도 있구나, 하고 생각했다.

그리고 그때, 여해는 그 모든 생각을 한순간에 떨쳐버렸다. 눈앞에 펼쳐진 광경을 믿을 수 없었기 때문이었다. 유리벽 밖, 쏟아지는 폭우 속에 여경이 비를 흠뻑 맞으며 서 있었다. 레인코트를 입었지만 우산은 들지 않았다. 여경은 그저 비를 온몸으로 맞으며 길을 건너오고 있었다. 거의 30년이 지났지만, 한눈에 알아볼 수 있었다. 평생을 기다린 순간이 소나기처럼 어떠한 예고도 없이 여해에게 한발자국씩 또각또각 다가왔다.

그리고 여경은 여해만 있는 카페의 유리문을 밀었다.

웨이브가 진 긴 머리부터 갈색 레인코트와 끝 선이 살아 있는 자줏빛 구두까지 어느 하나 흠뻑 젖지 않은 것이 없었다. 눈동자마저 64년의 봄처럼 그렁그렁하게 젖어 있었다.

"글쎄, 어딘가를 가다가, 도저히 이곳을 그냥 스쳐 지나갈 수 없었어. 마치 무언가가 나를 강하게 당기듯이 이곳으로 이끌었어. 홀린 듯이 걷고 있었는데, 문득 정신을 차려보니 내가 예전 64년의 봄 속으로 가고 있었다는 걸 깨달았어. 그리고 나는 나를 이끄는 그 감정에 내 몸을 온전히 맡겼어. 세상을 보는 눈, 소리를 듣는 귀, 그리고 나를 이끄는 발. 나를 이끄는 그 감정으로부터 내 몸이 거짓말을 하지 않도록 온전히 맡겨버린 거야. 아무렇게 돼도 좋다는 식으로 말이야. 그러다 내 발길이 이곳에 닿았어. 그리고 이곳에 니가 있었어. 신기하지?"

여경은 떨리는 목소리로 말했다.

"아니, 신기하지 않아. 나는 이미 오래전부터 기다려왔거든." 여해의 목소리가 카페 안의 빗소리와 사이먼 앤 가펑클의 화음과 뒤섞여 울렸다.

"그런데 도대체 어디 갔다 온 거야?"

"그건 제발 묻지 말아줘."

"넌 도대체 누구야?"

"뭐야, 이러기야?"라며 여경은 빗물 젖은 눈동자로 웃었다.

"그러는 그쪽은 누구신데요?"

"나? 글쎄, 내가 누굴까?"라고 여해는 말했다.

널 기다리는 사람,이라는 말이 입에 맴돌았으나 그 말을 꺼내진 못했다. 어떤 언어는 입술보다 눈으로 말하는 게 낫다는 걸 알기 때문이었다. 혼자라는 말도 않았다. 쉰둘의 남자는 쉰넷의 여자에게 아무 말 없이 웃음을 건네 보였다. 유리벽을 적시는 빗물이 여자의 눈도 적시고 있었다. 어느덧 마지막 무대에 오른 비틀스가 「It won't be long(길지 않을 거야)」을 부르고 있었다.

6. 당신이 알아볼 수 없을 때라도(2011년)

사람으로 태어나는 일은 참으로 쓸쓸한 일이다.

부디 알아달라는 것은 아니지만

사람이 사람으로 태어나 하나의 감정에 매달리어

위태롭게 계절의 변화를 견뎌낸다는 것은 참으로 쓸쓸한 일이다.

오늘은 언덕길에 올라 차라리 바퀴로 태어났으면 어땠을까

하고 생각에 빠졌다가, 어김없이 너에게로 굴러가고 싶어졌다.

어제는 자전거를 타다가 차라리 브레이크가 고장난 자전거로라도 태어났으면 어땠을까

하고 생각에 빠졌다가, 주책없이 네 앞에서 쓰러지고 싶어졌다.

사람이 사람으로 태어나는 일은 참으로 쓸쓸한 일이다.

부디 알아달라는 것은 아니지만

사람이 사람으로 태어나 하나의 감정에 매달리어

눈앞에서 달력이 찢겨져가는 것을 감내하는 것은 참으로 쓸쓸한 일이다.

또 해가 지고, 나는 여전히 거미처럼 하나의 감정에 매달려 있다.

여해는 도대체 이게 무언가 싶어 골똘히 보았다.

자신의 가방에 있는데, 이게 무언지 알 수가 없었다. 자신의 필체인 것 같은데, 도대체 이런 글을 적은 기억이 없었다. 메모지 끝에는 64년 4월 5일,이라고 쓰여 있다.

여해는 문득 주체할 수 없는 화가 치밀었다. 누가 내 필체로 이런 글을 써놓았다. 그것도 이렇게 유치한 글을. 필시 누군가가 내 필체를 흉내내고 있는 게 틀림없다. 쌍놈이—아니 쌍년인지도 모르겠다—내 서명을 위조하고 있다. 내 통장에서 돈을 빼가고, 내 집을 팔아치우고, 내 카페를 팔아치운다. 이 쌍놈을 잡아야 한다. 여해는 주체할 수 없는 거친 숨을 씩씩거리며 나섰다. 그러다 간호사와 마주쳤다.

"어, 미스 김, 잘 만났군. 이거 말이야, 이 메모. 이거 쓴 작자 좀 찾아낼 수 있겠나?"

간호사는 부드럽게 웃으며 말했다.

"아, 이거 할아버지께서 쓰신 거잖아요. 저한테 몇번이나 말씀해 주셨는데요."

"어, 내가?"라고 여해가 반문하자, 간호사는 "네, 그럼요. 귀에 딱지가 앉도록 들었어요. 한 여자 생각이 내내 떠나지 않아 쓰셨다고 했잖아요. 기다리기도 했고, 미워하기도 했고, 지쳐버리기도 했지만, 결국 언제나 다시 생각나게 했던 한 여자 때문에 쓰셨다고요"라며 마치 학생에게 수학문제 풀이 방식을 알려주듯이 말했다.

"아, 그런데 미스 김은 왜 자꾸 날 보고 할아버지라고 그래, 동갑끼리."

"어…… 어, 그, 그렇지. 우린 친구지"라고 말한 뒤 간호사는 어디선가 빌려온 듯한 미소를 지었다. "그나저나 여자친구한테 편지 쓴다고 계속 쓰고 버리고 모은 게 나중에는 시가 됐다고 그랬잖아"라고 말한 뒤 뒤늦게 "요"를 붙이고선 가던 길을 갔다.

여해는 알 수 없는 메모지를 든 채 텅 빈 복도에 멍하니 서 있었다.

문득 복도 천장에 길게 늘어선 형광등이 어지럽게 보였다. 눈부신 형광등 사이에서 어딘가로 빨려들어가는 듯한 기분을 느꼈고, 뭔가에 이끌리듯 종이를 다시 펼쳐보았다. 그리고 여해는 울먹거리기 시작했다. 아주 먼 길을 헤매고서 이제야 집을 다시 찾은 아이처럼 서럽게 어깨를 떨며 여해는 복도 한가운데서 흐느꼈다.

*

미안해요. 제가 거짓말을 했어요. 갑자기 존댓말을 해서 미안해요. 제가 나이는 두살 많지만, 이 글은 왠지 존댓말로 써야 할 것 같아서요. 그래야 제가 조금이라도 덜 미안할 것 같았거든요. 그렇다고 해서 남이 되자는 의미에서 쓰는 존댓말은 아니에요. 저는 지금 어떻게라도 이 글을 써놓지 않고서는 배길 수가 없을 것 같았어요. 그동안 보내주신 편지는 잘 받았어요. 사실 답장을 예전처럼 계속 쓰고 싶었지만 그러질 못했어요. 누구보다 잘 아는 이야길 해서 죄송해요. 저도 제가 횡설수설하고 있다는 것을 잘 알아요. 그러니까, 제가 하고픈 말은……

우린 그날 자지 않았어요. 아니, 잔 건 맞지만, 관계는 없었어요. 64년의 봄에 당신은 나를 포근히 안아줬어요. 그 품에서 나는 어찌나 가슴이 뛰었는지 몰라요. 밤을 꼬박 샜어요. 아침 햇살에 잠을 깬 당신은 참으로 가지고 싶었어요. 당신은 햇살과 잘 어울렸어요. 마치 하나의 그림처럼. 나는 그런 당신을 절대 놓치고 싶지 않았어요.

하지만 그럴 수 없었어요. 저는 이미 누군가와 함께 있었어요. 당신과 처음 만났을 때에도. 그렇지만 당신과 함께한 일주일이 내겐 얼마나 소중했는지 몰라요. 계속 편지를 보내오는 당신을 보니 내가 어떻게 해야 할지 모르겠어요. 결국은 이렇게 존댓말까지 써버리는 바보가 돼버렸어요. 이 말을 꼭 하지 않고서는 안될 것 같아서 편지를 써놓긴 했지만 부칠 자신이 있을지는 모르겠어요. 그래도 이 말은 꼭 하고 싶었어요. 나를 평생 기억해주겠다는 그 말, 정말 가슴 뛰었어요. 그리고 당신과 함께한 일주일은 내 삶의 모든 것을 떼어내도 결코 잊을 수 없는 순간이었어요. 지금도 그때의 기억으로 살아가고 있어요. 사실은 지금 내가 처한 현실이 모두 무너져내리길 바라고 있어요. 모두 무너져 나는 아무것도 없는 홀가분한 사람이 되길 바라고 있어요. 그래서 당신에게 되돌아가는 생각을 종일토록 해요. 정말 미안해요. 정말 미안해요. 정말.

여경은 종이를 북북 찢으며, 푸— 쓸데없는 영수증을 모아두는 것도 병이야, 병,이라고 말했다. 찢겨진 종이 한 부분에 적힌 '정말'이라는 단어는 무언가에 젖어 번져 있었다. 여경은 서랍을 열어 영수증을 차례로 찢어 쓰레기통에 버렸다. 그럴 때마다 여경은 귀찮다는 듯이 푸— 하며 긴 한숨을 쉬었고, 찢겨진 종이에는 서명이 아닌 깨알 같은 글씨들이 적혀 있었다. 우표조차 붙이지 않은 편지는 쓰레기통에 차곡차곡 쌓여갔다.

여경은 영수증 정리를 다 하고 나서 화장대에 앉았다. 머리를 곱게 빗고, 얼굴엔 기초 크림을 발랐다.

갑자기 문이 열렸다. 문간에서 느닷없이 큰 목소리가 들렸다.

저 말입니다, 다음 생에 태어나면 바퀴로 태어나고 싶습니다.
한곳으로 굴러가다 으스러져도 좋은 바퀴 말입니다.

여경은 화장을 하다 말고 돌아보았다. 여해가 근사한 재킷에 머릿기름으로 머리를 넘기고 서 있었다.

그다음 생에 또 태어난다면 그땐 브레이크가 고장난 자전거로 태어날 겁니다.
온몸이 녹슬고 브레이크도 고장나서 이리저리 못 굴러가지만, 그래서 멈추지도 못하지만, 언제나 한곳으로만 굴러가는 자전거……

폐가 감정으로 가득 차 호흡이 가빠졌다. 여해는 재킷 밖으로 폐의 운동이 드러날 만큼 가쁘게 숨을 뱉고 있었다.

아… 근데, 모범택시가 더 근사한데, 자전거보다,라고 여경이 말했다.

하얀 귀 위로 채송화를 꽂은 여경의 모습이 눈에 들어왔다. 여경은 환자복에 볼품없고 주름 가득한 얼굴에다 귀에 과자 봉지를 접어서 꽂았지만, 여해에겐 하얀 원피스를 입고 햇빛 찬란한 초원에서 걸어오는 여인이었다. 과자 봉지를 꽂은 여경이 웃자, 여해도 따라 웃었다. 여해는 꽃을 따줘야겠다 싶어, 여경에게 한송이를 건넸다. 병실에 있던 조화가 화병에서 빠지며 화병이 떨어져 깨졌다. 둘은 아랑곳 않았다. 여경은 여해에게 살며시 웃어 보이더니, 조금만 기다려주실래요, 외출을 하려면 화장을 해야 해요,라고 말했다. 여해는 험프리 보가트처럼, 물론이지요, 얼마든지 그러시죠,라고 말하고선 침대 모서리에 다리를 꼬고 걸터앉았다. 병원 침대의 낡은 스프링이 삐거덕거렸다.

여해가 건넨 꽃을 머리에 꽂은 여경은 크림을 찍어 발랐다. 새로 산 크림은 예전 것보다 조금 더 끈적끈적하다고 생각했다. 피부에 잘 스며드는 것 같지도 않았다. 그래서 몇번을 더 덧칠하고 있었다. 여해는 화장을 하는 모습을 보는 것은 신사답지 못한 행동이라 생각되어 고개를 돌리고 벽을 바라보았다. 벽에 꽃 모양 그림이 가득 그려져 있었다. 모두 여경이 그려놓은 것이었다. 여경은 똑같은 꽃 수천개를 벽에 빽빽이 그려놓았다. 그 광경이 마치 여해에게는 꽃이 가득 핀 초원처럼 보였다.

여경은 조금만 기다려요,라고 말하며 화장품을 얼굴에 고르게 펴 발랐다.

여해는 천천히 하세요,라고 말했고 아까 읊었던 말의 의미를 여경이 알아주길 바라며, 기다렸다. 침대의 노쇠한 스프링이 몇번 더 신음 소리를 냈다.

그리고 여경이 고개를 돌렸다.

여경의 머리에는 꽃이 꽂혀 있었고, 얼굴에는 변이 잔뜩 묻어 있었다.

여해는 문득 정신이 들었다. 피부색이 전혀 다른 여자가 자신의 눈앞에 있었다. 여해는 여경씨, 화장을 왜 이렇게 진하게 했어요,라고 묻고 싶었지만, 말을 꺼내지 않았다. 오래 기다렸다는 말도 하지 않았다. 일흔살의 남자는 그저 조용한 웃음으로 일흔두살의 여자에게 자신의 팔을 건넸다. 그러자 여자가 팔짱을 끼고 옆에 나란히 섰다.

둘은 이제 방문을 열고 나선다.

문득 여해는 생각했다.

처음 하는 데이트인데, 이 기분이 낯설지만은 않다.

이 여자 부근에서는 자기도 모르게 이 사람에게 끌려간다.

나도 몰랐던 나 자신을 발견하는 것 같다. 아니, 그 모습이 새로운 내가 되는 것 같다.

낯 설 지 만 은 않 다.

아무래도 이 여자와 연애를 시작해야겠다.

그게 언제까지일는지는 …… 나도 모르겠지만 말이다.

작가의 말(바꾸기)

우선, 밝혀둘 게 하나 있는데 나는 실로 섬세한 사내라는 것이다. 그런데, 최근 들어 처음 만나는 사람들에게 "생각보다 지질하지 않으시네요"라는 말을 연거푸 들으면서, 실의에 빠질 수밖에 없었다. 별로 소설과 상관없는 말이지만, 나 같은 변방 작가에게 지면을 얻을 기회란 흔치 않기 때문에, 출판사가 종이값을 대는 이 절호의 찬스를 놓칠 수 없었다. 그렇기에 작가의 말과는 일견 상관없어 보일지라도, 우선 항간에 떠도는 풍문부터 해명하고자 한다. 기왕 이렇게 된 김에 하나 덧붙여 말하자면, 단합된 시대적 외면 아래 비운의 길을 걷고 있는 나의 소설을 읽은 극소수의 현인들조차도 나를 만나면, "어머, 횡설수설하지 않으시네요" 하며 놀랐다. 나로선 당황하지 않을 수 없었다. 어째서 내가 지질하고, 횡설수설해야 한단 말인가. 그러나 세상 탓이라고는 할 줄 모르는 이 겸허한 필자가 숙고해보니 이러한 오해 역시 나의 부족한 어디선가 기인한 게 아닌가 하고 자책하게 되었다.

그러다 넘어진 김에 쉬어간다고, 한두번쯤은 나도 지질하고 횡설수설한다는 편견에 기대어 글을 남기는 것도 나쁘지 않겠다는 결론에 이르렀다. 그럼에도 불구하고 밝혀두자면, 나는 실로 까무러칠 만큼 과학적인 사유를 하고, 기겁할 정도로 담백한 사내다.

자, 그럼 이제 본격적인 '작가의 말'을 시작해볼까,

싶지만 나는 불과 2주 전에 연재 중인 에세이에 「작가의 말」이란, 무릇 작가의 변명에 불과하다'고 강한 어조로 쓴 바 있다. 나는 이렇게 가끔씩 가까스로 얻은 지면에다 쓸데없는 말을 잔뜩 써버리곤 하는데, 이번에도 역시 그 글이 발표되자마자 후회하기 시작하여 아직까지 후회하고 있다(학생 여러분, 저를 반면교사 삼으시면 성공합니다). 게다가, 그 글에다 "나는 소설이 끝나면 조용히 물러나 어떠한 변명도 보태지 않는 작가가 되고 싶다"고 예의 그 쓸데없는 손모가지를 함부로 놀려댔다. 한데, 여기서 하나 또 밝혀둘 게 있다면, 그건 내가 사실 말 바꾸기를 굉장히 좋아한다는 것이다. 아울러, 나 같은 무명작가가 연재하는 에세이를 과연 그 누가 읽었으며, 또 읽었다 한들 과연 그 누가 세밀하게 기억할까 싶어, 은근슬쩍 말을 바꾸기로 작정한 것이다. 나는 이토록 담백하고, 기겁할 정도로 융통성이 뛰어난 사내인 것이다.

그래도 석연치 않은 구석이 있었으니, 그것은 나의 순결무구한 문학적 자아 때문이었는데, 그래서 나는 앞서 언급한 대로 한두번 쯤은 지질하게 횡설수설하는 이미지에 기대어 글을 남기는 것도 나쁘지 않겠다고 자아를 속이기로 하였다. 정리하자면, 나는 담백한데다가, 융통성이 뛰어나며, 심지어 간단한 속임수에도 넘어갈 정도로 자아가 천진무구한 사내인 것이다.

여하튼, 지금부터 쓰는 것은 내 본모습이 아닌, 시중에 떠도는 오해와 편견에 스스로 편승하여 쓰는 것뿐임을 알아두기 바랍니다 (나는 왜 이럴 때만 존댓말을 쓰는가).

일단 이 소설집에 실린 글의 7할 이상은 3년여 전에 소설가로 데뷔하자마자 곧장 쓴 것이다. 하나 그사이에 다른 장편소설들이 출간이 되고, 이제야 소설집이 출판되니 외부적으로는 나의 문학적 수준이 오히려 날이 갈수록 퇴보하고 있다는 인상을 풍기게 되었다. 여기서 중요한 것은 장편소설 역시 말 못할 사정으로 인해 역순으로 출간되기도 하였으니, 종합하자면 외부적인 나의 문학적 수준은 나날이 전력을 다해 역주행하고 있는 것이다. 앞서 말했듯이, 나는 몹시 섬세한 감성의 소유자로서 이러한 나의 문학적 퇴보를 견딜 수 없어 이 소설집의 출간을 포기할까 생각도 해보았지만, 인도와 유럽, 북중남미의 약 20억 독자가 그래서는 안된다고 항의 편지를 보냈기 때문은 아니라, 어쩔 수 없이 계약은 지켜야 했기에 살기 위해 사료를 먹는 개의 심정으로 책을 출간할 수밖에 없었다.

그렇기에 앞서 말한 시중에 떠도는 나에 관한 오해에 슬쩍 기대어 지질하게 작가의 말을 쓰기로 한 것이다. 역시, 쓰고 보니 작가의 말이란, 무릇 작가의 변명에 지나지 않는다는 것을 나는 이 한 몸 제 살 깎기 식으로 희생하여 증명하고 있다.

뭐, 그건 내 사정이고, 여하튼 데뷔 초기에 소설을 중구난방 식으로 내키는 대로 써놓은지라, 어떤 소설은 서정적이고, 어떤 소설은 뜬금없이 신파 같기도 하거니와, 어떤 소설(사실, 대부분의 소설)은 유치하기 짝이 없었다. 그리하여 나는 뜨내기만 상대하는 장사치가 재고 정리를 하는 기분으로 서정적인 소설을 다른 책에 은근슬쩍 끼워서 처리하기에 이르렀다. 한데 그럼에도 불구하고 신파 기가 있는 소설(「누구신지…」)을 처리하지 못해 고민하고 있었다. 그러다 출간 전까지 처리를 하지 못해, 급기야는 소설집을 앨범 트랙처럼 구성하여 「누구신지…」라는 소설은 보너스 트랙으로 스리슬쩍 끼워넣는 꼼수를 부리게 되었다. 종합하자면, 나는 융통성이 뛰어나고, 자아가 순결무구하고, 재고 정리까지 잘하는 실속 있는 사내인 것이다. 그러므로 이 소설집은 그저 소파에 편안히 기대어, '허어, 뭐 이런 소설이 있나' 하는 기분으로 가볍게 '쓰윽 쓰윽' 넘기며 읽어줬으면 한다. 아니, 안 읽어도 좋다. 사실, 내가 가장 좋아하는 사람은 책만 사고 내 작품을 안 읽어서 나에 대한 알 수 없는 기대만 끊임없이 품어주는 (잠재적) 독자이기 때문이다. 요약하자면, 나는 이토록 담백하고, 융통성이 뛰어나고, 실속 있고, 아울러 일독 따위는 개의치 않는 21세기형 도시남자 작가인 것이다. 그러므로 결혼 문의는 출판사로.(아뿔싸, 내 입으로 이런 말을!)

끝으로 주절대는 김에 하나 더 덧붙이자면 이 소설의 초고는 지난 5년간 일상적으로 출근하는 합정동의 한 카페에서 썼고, 퇴고와 수정은 태국과 제주도와 아일랜드를 오가며 했다.

2014년 4월
최민석

| 수록작품 발표지면 |

시티투어버스를 탈취하라 『창작과비평』 2010년 겨울호

부산말로는 할 수 없었던 이방인 부르스의 말로 『문예중앙』 2011년 여름호

"괜찮아, 니 털쯤은" 『실천문학』 2013년 겨울호

국가란 무엇인가 『세계의문학』 2012년 겨울호

'속' 시티투어버스를 탈취하라 웹진 '문장' 2013년 8월호

독립운동가 변강쇠 『이미지 앤 노블』 1호, 2014

누구신지… 웹진 '문장' 2011년 8월호

시티투어버스를 탈취하라

초판 1쇄 발행 • 2014년 5월 7일

지은이/최민석
펴낸이/강일우
책임편집/이상술
펴낸곳/(주)창비
등록/1986년 8월 5일 제85호
주소/413-120 경기도 파주시 회동길 184
전화/031-955-3333
팩시밀리/영업 031-955-3399 · 편집 031-955-3400
홈페이지/www.changbi.com
전자우편/lit@changbi.com

ⓒ 최민석 2014
ISBN 978-89-364-3730-5 03810

* 이 책 내용의 전부 또는 일부를 재사용하려면
  반드시 저작권자와 창비 양측의 동의를 받아야 합니다.
* 책값은 뒤표지에 표시되어 있습니다.